FÉLINS POUR L'AUTRE

SABINE VENDRELY

FÉLINS POUR L'AUTRE

NOUVEAUX AUTEURS

Éditions Les Nouveaux Auteurs
16, rue d'Orchampt 75018 Paris
www.lesnouveauxauteurs.com

Éditions Prisma
13, rue Henri Barbusse 92624 Gennevilliers Cedex
www.editions-prisma.com

À tous les chats de ma vie,

PROLOGUE

Tout est calme, rien ne laisse présager ce qui va se passer dans quelques minutes…

La table du dîner est débarrassée. Le jardin bruisse de la musique de la nuit, et les parfums exaltants du soir montent de la terre encore tiède. J'ai envie de me lever de la balancelle où j'ai fait une petite sieste pour aller voir si les souris sortent de leur trou, ou pour chasser les papillons de nuit attirés par les lumières. Ils ont un vol si lourd et maladroit qu'ils sont vraiment faciles à attraper. Cependant, je sais que ma présence à cette table est nécessaire, et je résiste au désir de m'éloigner. Pour passer le temps, je fais un brin de toilette comme nous avons l'habitude de le faire, nous les chats, après un bon repas. Car oui, je suis un chat et ce moment important qui va changer le destin de mon humain, c'est moi qui l'ai provoqué. Je l'ai rêvé, j'y ai cru.

Alexandre se détend sur sa chaise et s'étire discrètement de bien-être, pour ne pas sembler grossier.

Après tout, il ne connaît sa voisine que depuis une petite semaine, et c'est leur premier dîner ensemble ! L'hôtesse a fini d'allumer les photophores, et elle se rassied en souriant. Un ange passe. Pour rompre ce silence, Alexandre tend la main vers le carton qu'il a apporté. À l'intérieur, des photos, dont des images de chats et de chiens qui ont vécu dans sa famille. Comme il partage l'amour des animaux avec sa voisine, il a eu envie de les lui montrer. Il plonge la main dans la boîte comme dans un chapeau de magicien pour en ressortir, tel un jeu de cartes, une pleine poignée d'images qu'il abat sur la table.

C'est ce moment que j'attendais ! Je sais que je peux me permettre ce que je vais faire. J'ai la réputation d'être joueur. Je saute sur la table au milieu des photos, et les lance en l'air. Le temps alors se ralentit, comme dans un film, lors d'une scène cruciale. La bouche d'Alexandre s'arrondit, entre surprise et indignation. Une image s'envole, fait un tour dans les airs, pour retomber sur les genoux de la jeune femme. Elle sourit de la situation, baisse les yeux, regarde la photo, et son expression vire d'un coup à l'étonnement le plus total. Bouleversée, elle balbutie :

– Ce n'est pas possible ! Comment as-tu eu cette photo ?

Pendant que les humains passent de la surprise à l'émerveillement, je revis dans ma tête de félin un après-midi décisif, il y a presque dix mois. Mon compagnon humain, Alexandre, écrivain de son état, s'était alors mis en tête de démarrer un nouveau roman, et avait décidé de fouiller le grenier de la maison familiale pour en tirer d'anciens documents susceptibles de nourrir son inspiration… Il avait trouvé le courage de se remettre au travail après une période difficile, et j'en étais ravi car je savais que j'allais pouvoir en profiter.

Je l'avais accompagné, il était plein d'appréhension. Mon ami avait encore peur des fantômes du passé et craignait de souffrir en faisant resurgir des émotions enfouies. Il s'était donc mis à ouvrir des cartons et je suivais avec curiosité l'avancée de ses découvertes. Sous une couche de jouets anciens qu'il avait écartés d'une main distraite pour me les abandonner, Alexandre avait déniché une carte postale aux coins écornés où apparaissait, sous les mouchetures, une lourde bâtisse sombre posée sur un terrain nu. Il avait déchiffré la légende semi-effacée, rédigée à la plume, qui s'étalait en travers de la photo.

– Maison… Mercier, rue de la Gare, janvier 1914.

Mon humain avait parlé tout haut à mon intention, pour m'intéresser à ses trouvailles. C'était gentil, mais c'est son autre langage, celui de ses yeux, de ses gestes, que je suis apte à comprendre.

J'avais repéré une lettre jaunie tombée au sol et la fleur sèche qui s'en était échappée. Je n'y détectai aucune odeur de jardin, rien que de la poussière qui me fit éternuer…

– Non, Mozart, fais attention, ne marche pas là-dessus. C'est fragile !

Alexandre avait voulu me repousser, mais je m'étais installé avec lourdeur sur la lettre qui crissait délicatement. Je n'avais pu m'empêcher de ronronner. Je savais qu'elle contenait un texte important, et que, même si c'était d'un peu loin et d'une façon indétectable, ce qui y était raconté me concernait aussi…

Mais n'allons pas trop vite en besogne, car si c'est récemment que j'ai commencé à manigancer pour créer cet instant, il m'a fallu beaucoup plus de temps pour comprendre mon rôle et acquérir la certitude que tout est lié en ce monde.

Cette histoire, que je vais vous raconter, commence il y a longtemps et par ma première vie, la première de mes neuf vies de chat…

PREMIÈRE VIE

In utero

Ma future mère de ce temps-là était une chatte noire que ses propriétaires appréciaient pour ses talents de chasseresse. Elle rapportait des souris, mais aussi des oiseaux de ses expéditions. Peu intéressés par les rongeurs, ses maîtres, Lucien et Ernestine Mercier, la remerciaient chaleureusement pour les volatiles qu'ils cuisinaient dans des soupes. Ils vivaient dans une ferme de l'Est de la France, un bâtiment lourd aux fenêtres étroites et aux formes pesantes souvent ruisselantes de pluie, avec comme toile de fond une période que les humains ont appelé « la Grande Guerre ».

Charbon – c'était le nom de ma mère, tout le monde ne peut pas avoir un goût sûr pour l'attribution des prénoms – était alors remerciée et recevait sa part de la carcasse de l'oiseau. Les souris et les rats lui étaient laissés.

Lors d'une expédition particulièrement risquée, Charbon avait eu son heure de gloire, en suscitant l'admiration de ses humains. Un peu inconsciente, car elle était enceinte, elle s'était aventurée dans une zone défendue. Je me trouvais dans son ventre à cette occasion, et le petit fœtus que j'étais y partagea ses émotions : anticipation, peur, détermination, courage et surtout générosité, car ma mère n'en manquait pas.

Charbon avait repéré une ferme habitée par des soldats. Ces hommes parlaient une langue différente de celle de ses maîtres. Pour Charbon, cela n'avait pas d'importance, elle n'entendait que les pensées. Mais les intonations gutturales de ces hommes ne lui plaisaient pas trop, car elle sentait que sa propre famille ne les aimait pas. Charbon avait repéré cette ferme où des odeurs de cuisine s'échappaient souvent par les fenêtres entrouvertes. C'était dans ses ordures que Charbon trouvait les meilleurs restes en cette période difficile où Ernestine ne la nourrissait presque plus. Elle avait repéré un cochon dissimulé dans une courette intérieure et, surtout, il y avait là encore quelques poulets.

Ce matin-là, Charbon rodait auprès du tas à purin sur lequel les soldats déversaient leurs déchets quand elle entendit des caquètements aigus. Prudemment, elle s'approcha de l'endroit où elle savait qu'étaient retenues les volailles. Charbon était mince et si fine qu'elle passait pour une ombre. Elle savait en jouer et se rendre invisible à volonté. Dans son sein, nous n'étions que trois, pas encore assez gros pour l'alourdir. Quand elle arriva sur le muret surplombant la cour, elle vit un homme qui s'était emparé d'un poulet et qui se dirigeait vers un billot de bois pour le décapiter. La hache tomba. L'adrénaline de Charbon nous arriva à travers le cordon ombilical. Le corps sans tête de la volaille courait en lâchant des jets de sang sur le sable, tandis que le soldat nettoyait ses outils en riant de ce qui paraissait être un jeu pour lui. Il savait que le poulet allait s'arrêter bientôt, dès qu'il aurait réalisé qu'il était mort. Alors que le corps finissait de tressauter, il le ramassa et se mit à lui arracher les plumes qu'il jetait dans une vaste bassine en chantonnant entre ses dents. Charbon frémit. Elle avait le souvenir de s'être roulée dans un de ces récipients quand elle était petite, et c'était délicieux. Si doux et si amusant. Elle avait jeté les duvets en l'air, les avait rattrapés, s'était mise à courir en rond à l'intérieur de la bassine, et s'était tellement amusée qu'elle avait fini par s'endormir cachée dans la profonde cuvette comme dans un nid douillet.

Le poulet plumé et vidé fut déposé dans un plat sur la table de la cuisine près de la fenêtre ouverte. Et le soldat, hache à la main, partit vers une autre tâche. Charbon ne savait pas ce qu'il allait faire et s'il en avait pour longtemps, mais elle sentait que c'était maintenant ou jamais. Elle bondit du muret, s'élança, sauta sur le rebord de la fenêtre, puis sur la table, planta ses dents en une prise ferme dans le dos du poulet et, sans perdre de temps, fit le chemin inverse. En se dissimulant et en suivant les fossés le long des routes, elle retourna chez ses maîtres.

Quand elle entra dans la cuisine, portant son trophée, Ernestine en laissa tomber la bûche qu'elle allait mettre dans le poêle. Quel cadeau ! Mais après l'enthousiasme vint la crainte des représailles. Quelqu'un avait peut-être vu Charbon ? Et ce n'était pas honnête de profiter du larcin d'un chat. Le soir, Lucien et Ernestine débattirent pour savoir s'il fallait aller rendre le poulet. Charbon entendit les mots « malhonnêteté, vol », mais aussi « sales Boches, pas de pitié ». Cela lui était égal ; et de toute façon elle n'y comprenait rien. Elle savait déjà comment cette histoire allait finir, elle attendait qu'on lui remette la carcasse encore bien garnie qu'elle savait mériter, et qui allait nous nourrir aussi dans son ventre. Car c'était une vraie mère, pleine d'amour par anticipation.

La maîtresse de Charbon était une ancêtre d'Alexandre – mon humain actuel –, son arrière-grand-tante ou quelque chose comme cela, je n'ai pas le sens de la famille. Elle vivait dans une demeure où Charbon était la bienvenue, sauf la nuit où on la mettait systématiquement dehors. À cette époque, on pensait que les chats devaient rester à l'extérieur dès le soir tombé. Ce qui n'est pas faux, mais pas tout à fait vrai non plus. L'hiver, Charbon devait chercher un tas de bois pour s'abriter du froid cuisant. Elle protégeait ses coussinets sous son ventre, pour les préserver du gel. Mais l'été, les nuits étaient une fête. Le jardin devenait, avec l'obscurité, un vaste terrain de jeu et de chasse. Insectes et petits animaux sortaient de leur cachette en quête de nourriture et, pour Charbon, il n'y avait rien de plus drôle que de retourner un scarabée pour le propulser dans les allées de pierre, ou de s'amuser à faire mettre les hérissons en boule. Il fallait se méfier des piquants, mais quelle joie de les faire rouler d'un coup de patte leste. La période des amours l'occupait beaucoup. Elle était sollicitée par de nombreux chats attirés par son odeur.

À cette époque, les chattes n'allaient pas chez le vétérinaire, ne recevaient aucun soin et n'étaient pas stérilisées – je vous dirai un peu plus tard ce que je pense de la stérilisation. Charbon passa sa courte vie à faire des bébés à raison de trois à quatre portées par an, et elle s'épuisa. En vieillissant, elle essayait de rester à la maison davantage, mais sa maîtresse, Ernestine, était intraitable. Elle la mettait dehors dès que l'obscurité arrivait. Charbon sautait sur les épaules d'Ernestine et s'agrippait à la peau rude de la paysanne qui semblait habituée à sentir ses griffes. Un amour les unissait toutes deux, mais les temps étaient durs : dès que Charbon accouchait – plusieurs fois par an –, Ernestine ne lui laissait pas le temps de lécher ses bébés. Elle les enlevait tout de suite, et sans un regard vers les petits aux yeux fermés, elle les mettait au fond d'un seau qu'elle remplissait d'eau au puits. Le contenu du seau était vidé sur la fosse à purin, et les corps des malheureux chatons se décomposaient pour donner du compost. C'était ainsi en ce temps-là.

J'ai été un de ces petits à la vie si courte. C'était ma première existence et l'expérience que j'en ai tirée était limitée, même si, pendant toute la grossesse de Charbon, j'ai vécu par procuration ses aventures de chatte de ferme. Je n'ai rien connu des humains, à part une main rugueuse qui m'a déposé dans l'eau froide pour m'y noyer. Lorsque le liquide a envahi mes poumons à peine ouverts et que j'ai quitté le monde physique, j'étais devenu méfiant, mais mon désir d'une autre existence, un peu plus longue, était malgré tout intense.

Alexandre retira le papier jaune tout fragile de sous mon ventre. Cela fit un bruit soyeux délicat et j'eus bien envie de le retenir d'un coup de patte.

– Non Mozart, arrête. Tu vois bien que c'est ancien.

Je frottai ma tête contre la main de mon ami pour la marquer de mon odeur. Je le regardai dans les yeux. Il comprit qu'il ne pouvait rien me cacher. Je n'eus pas besoin d'insister beaucoup pour qu'il me lise le document qu'il avait retrouvé. D'une voix inhabituelle, il commença :

– Avék l'acccent du terrrroir, j'm'en vais t'lire la lettre d'Ernestine, ma grrrand- tante du côté d'mon père !

Lettre d'Ernestine à son fils :

« Mon cher Léon,

J'espère que tu te portes le mieux possible et que notre belle armée française te nourrit bien. La vie nous est bien difficile car nous sommes maintenant tout près du front. Les Allemands sont partout.

Heureusement, notre maison a été épargnée car elle est trop petite à leur goût. Ils ont préféré réquisitionner les grosses fermes voisines. Il faut d'ailleurs que je te raconte une anecdote réjouissante qui a enrichi notre vie et nos estomacs. Tu te souviens de ma chatte Charbon, celle que tu nommes « la gourgandine » à cause de ses grossesses à répétition ? Eh bien, Charbon nous a réservé une belle surprise l'autre jour. Je te le donne en mille. Elle nous a rapporté un poulet entier, tout plumé, d'une de ces fermes où loge l'envahisseur. Nous n'en revenions pas. Bien sûr nous avons hésité à garder la volaille – tu connais l'honnêteté de ton père. Mais la rapporter équivalait à dénoncer Charbon, et probablement à la condamner à mort. C'est une si bonne chatte, une chasseresse hors pair qui ne cherche qu'à nous faire plaisir. Son dévouement est infini. Rends-toi compte, elle aurait pu dévorer toute seule le poulet dans un buisson. Mais elle nous l'a rapporté. Alors, la gourgandine est aussi une mère nourricière pour ses maîtres ?

Je finirai cette missive en espérant ton retour au plus tôt parmi nous, et en t'embrassant tendrement,

Ta mère,

Ernestine »

Alexandre posa la lettre sur ses genoux. Il tira de la boîte où elle se trouvait un petit bracelet en métal cassé en deux, gravé d'un numéro de matricule.

Je le lus dans ses yeux voilés de mélancolie : Léon n'avait jamais revu sa mère Ernestine, ni Charbon, la gourgandine.

C'était fini pour ce soir. Le bracelet cassé avait ôté à Alexandre l'envie d'écrire. Il s'était replié devant cet écran que les humains ont tous dans leur maison et qu'ils regardent avec beaucoup d'attention. J'aime bien parfois m'attarder devant quand il y passe des dessins animés dont les tracés simples et les couleurs vives attirent ma patte en déclenchant une envie de jouer, mais mon plus grand plaisir consiste à m'installer sur Alexandre quand il est ainsi immobile, et avachi, sur son canapé. C'est un grand moment de tendresse, sa main s'attarde sur mon dos et vient me gratter le menton, puis le ventre. Je me tords en forme de S, pattes en l'air, abandonné de volupté sous ses caresses. Alexandre s'étire. Il me regarde et me croit endormi. Quel bonheur d'être si pleinement avec lui et de tant partager. En soupirant d'aise, je repense à ma deuxième vie, celle des temps difficiles, où mes nuits n'étaient jamais tranquilles et mon sommeil toujours léger. Je ne regrette rien, il m'en fallait passer par là pour avancer, et arriver à cet état de bonheur que je vis aujourd'hui.

À cette époque-là, j'en étais encore loin ; les humains étaient pour moi des dangers ou des énigmes que j'avais bien du mal à cerner.

DEUXIÈME VIE
Humains anges ou démons ?

La Grande Guerre était finie, et c'était le tout début des années 1920. Ma mère n'était qu'une chatte sauvage, écaille de tortue, vivant dans des terrains vagues près d'une triste banlieue ouvrière. Dans son ventre, je ressentais son stress et son mal-être, ses pensées qui me gorgeaient de cette abominable impression que la vie est atroce et qu'elle ne vaut pas la peine d'être vécue. Je sais maintenant qu'il n'en est rien, et qu'elle peut être merveilleuse si on le veut, mais à ce moment-là, je n'étais guère encouragé à poser les pattes sur cette Terre.

Les premières vies d'un chat ne sont pas les plus agréables. Chatons orphelins, ou n'atteignant jamais l'âge adulte, chats harets livrés à eux-mêmes dans la nature sauvage, félins naissant dans des pays où on ne les aime pas, chats SDF, abandonnés au moment des vacances. Si vous nourrissez des chats errants qui en sont à leurs premières incarnations, le récit de ma deuxième existence vous aidera peut-être à mieux comprendre pourquoi, malgré tous vos efforts, ceux-ci ont souvent tant de mal à vous faire confiance.

Ma pauvre mère ne savait que courir comme une dératée pour se réfugier, le cœur battant et la poitrine secouée de soubresauts, dans des abris de fortune. Vieilles carcasses de machines, cartons renversés, hangars désaffectés aux vitres cassées étaient ses demeures provisoires. Elle enchaînait les grossesses, et chercher un endroit pour accoucher l'occupait intensément pendant les jours précédant la délivrance. Souvent, elle donnait naissance à des bébés mort-nés. Convaincus que la vie ne valait rien, empoisonnés par le stress maternel, les petits, surtout ceux qui en étaient à leur première existence, préféraient ne pas vivre.

Fort de ma courte expérience antérieure, je décidais d'essayer tout de même de me lancer sur la scène de la vie. Nous étions deux survivants dans la portée et notre mère, par instinct, nous lécha et nous donna à téter un lait maigre. Alourdie par son gros ventre, elle n'avait pas pu chasser. Elle était squelettique. Nous tirions comme des petites brutes sur ses tétines pour en faire sortir quelque chose ; elle finissait par nous laisser car nous lui faisions mal. Nos cris déchirants l'obligeaient à revenir, mais elle ne pouvait pas apaiser notre faim. Heureusement, on trouvait parfois des restes d'aliments jetés dans le terrain vague, et ma mère en profitait. Je grandis dans cet environnement hostile et sans attrait. Comme c'était la première fois qu'il m'était donné d'ouvrir les yeux sur le monde, je voulais en profiter malgré tout et je m'y employais activement.

Avec mon frère, tout était bon pour inventer des jeux. Quand nous trouvions des bouts de ficelle ou des plumes perdues par un oiseau, nous faisions des parties endiablées en nous les lançant ou en nous les disputant, tirant chacun d'un côté. Mon frère trouvait des stratagèmes pour me piéger et je dois reconnaître qu'il était plus vif, plus habile que moi. Cela finissait toujours en bagarre ; mon frère perdait car j'étais plus grand et plus fort. Je le sais maintenant, c'était sa troisième vie, il était en avance sur moi dans son évolution. Cependant notre mère, alors que nous avions à peine un mois, décida de se débarrasser de l'un d'entre nous et le choix se porta sur mon frère, plus chétif et un peu malingre. Elle ne le léchait plus, et il recevait force coups de pattes quand il cherchait à s'approcher pour téter. La décision de ma mère me paraissait indiscutable, je ne pouvais m'y opposer. Malgré tout ce que nous avions partagé, je ne fis rien pour aider mon frère, qui fut obligé, sous les brimades répétées, de partir seul. Il s'éloigna sur ses pattes grêles, sa minuscule queue dressée malgré tout dans un sursaut de dignité, et alla se cacher sous un buisson où il se mit à pleurer. Il criait sans cesse. Il ne s'arrêtait que lorsque la fatigue le saisissait et le faisait tomber endormi. Ma mère ne céda pas, elle n'avait du lait que pour un seul enfant. Et moi, malgré une impérieuse envie de le rejoindre pour continuer nos jeux et dormir contre lui, je n'envisageais même pas de m'opposer à la volonté maternelle.

C'est à ce moment-là que je vis des humains pour la première fois. Je ne les connaissais pas encore, et je ne pouvais pas savoir que ceux-là n'étaient que des enfants. Ils étaient trois, plus ou moins grands. Attirés par ses pleurs, ils avaient repéré le chaton. Je les vis entourer le buisson, courir d'un côté, puis de l'autre, appeler. L'un d'entre eux avait pris un bâton et essayait de débusquer mon frère. J'étais horrifié, paralysé de peur. Enfin, ils s'en allèrent mais ce fut pour revenir peu de temps après, chargés d'un sac. Accroupis devant les fourrés, ils tendaient quelque chose dont je ne pouvais sentir l'odeur à distance. Mais je vis mon frère s'approcher, lécher, il avait l'air d'aimer cela. Il buvait avidement tant il était affamé, et les humains reculaient de plus en plus le petit bol de liquide – du lait probablement – pour le faire avancer vers eux. Sa prudence instinctive l'avait abandonné. Je voulus l'avertir, crier, mais ma mère, angoissée par cette présence humaine trop proche, me prit par la peau du cou pour m'emporter dans un autre de ses refuges. J'eus encore le temps de voir mon frère sortir des épineux, et se faire saisir par la peau du dos, entre des doigts humains. La dernière image qu'il m'en resta fut sa minuscule frimousse déformée par un miaulement déchirant. De mon point de vue, balloté par ma mère dont j'entendais le cœur épouvanté, je ne pouvais que penser qu'il était perdu. Ces êtres allaient le dévorer, le torturer, ou pire encore. Je ne pouvais même pas imaginer ce qu'ils allaient lui faire subir.

Tant bien que mal, je grandis et devins un jeune matou errant. Mon premier hiver fut éprouvant, car le gel et la glace me saisirent et m'engourdirent. Je n'arrivais plus à chercher de la nourriture et commençai à m'affaiblir. Cela me força à réagir et me poussa à élargir mon territoire en sortant des terrains abandonnés pour m'approcher des habitations, ce qui s'avéra être une bonne chose au final. En mode silencieux, j'entrais dans des cours inconnues dès que les lumières s'éteignaient. Les poubelles des maisons des environs, ces ressources en nourriture dans lesquelles il fallait monter et fouiller, furent une découverte qui changea ma vie. Il valait mieux éviter de les renverser, car elles faisaient un bruit effrayant qui déclenchait les hurlements des chiens et l'allumage des fenêtres, et je devais m'enfuir au plus vite sans avoir eu le temps de me restaurer.

Dans les arrière-cours, on pouvait dénicher les ordures les plus récentes. Malheureusement, c'étaient aussi les endroits où se trouvaient les niches des gardiens, ces molosses féroces qui tentaient de m'égorger ou de m'étriper quand ils me voyaient. Avec le temps, et après quelques expériences périlleuses où je manquai laisser la vie, je repérai qu'ils étaient attachés et ne pouvaient donc me poursuivre que sur une distance limitée. Ils s'élançaient à toute vitesse en hurlant, et leur longe les retenait d'un coup, transformant leur cri en un petit roucoulement risible. Mon intelligence s'aiguisait avec les épreuves et je commençai à me distraire avec les chiens. J'étais devenu un habitué d'une poubelle aux résidus attrayants appartenant à une demeure gardée par un certain Rex, un berger à longs poils. J'attendais qu'il soit endormi pour me glisser dans la cour, je sautais sur la poubelle dont j'extrayais ce qui m'intéressait, puis je me mettais dans le périmètre de sécurité hors de sa portée, que j'avais appris à mesurer. En général, il sentait ma présence, se réveillait en sursaut et bondissait vers moi en s'étranglant. Après le petit couic de gorge, il se mettait à hurler. Je m'amusais beaucoup à le narguer en mangeant lentement sous son nez tandis qu'il tirait sur sa corde en aboyant comme un fou. Comme je me trouvais caché à l'abri du porche et que ses maîtres ne pouvaient concevoir qu'un chat puisse être aussi téméraire, il se faisait gronder et on lui intimait l'ordre de se taire. Parfois même, s'il n'obéissait pas tout de suite, il recevait une pantoufle ou un verre d'eau sur le museau. Ce jeu avec Rex fut un de mes petits plaisirs dans cette vie difficile.

Au printemps, je sentis les hormones envahir mon corps et me tournai vers les odeurs attractives des femelles du quartier. J'avais repéré une chatte grise et blanche dont les poses lascives me rendaient éperdu de désir. Je n'osais pas l'approcher, ce fut elle qui vint vers moi. Bouleversé, je me noyai dans l'océan de tendresse de ses iris dorés, et au moment où nos truffes se rapprochèrent pour la première fois, un matou noir et blanc s'interposa, voulant me chasser pour courtiser la belle. J'étais furieux. Il était plus gros que moi, mais je l'affrontai en une bagarre sauvage à coups de griffes et de morsures. Je sentis une vive douleur à l'oreille, eus le temps de fermer les yeux alors qu'une patte agressive m'atteignait au visage. Je contre-attaquai, et alors qu'il continuait à vouloir m'éborgner, je le contournai d'un bond et lui mordis les testicules. Cette prise fut radicale, il se mit à hurler et abandonna le terrain. J'avais une oreille déchirée, du sang partout, mais comme ce fut ma belle fiancée qui lécha mes plaies avant que nous n'entamions notre ballet d'amour, j'étais heureux. Nous étions jeunes tous les deux, et nos moments de jeux dans les arbres, nos courses-poursuites mirent du baume dans mon cœur de jeune mâle et me montrèrent que la vie pouvait être douce et agréable.

Et puis arriva ce jour mémorable où une vision inattendue fit basculer mon existence et ébranla toutes les croyances que m'avait transmises ma mère.

Je traînais, ce matin-là, de jardin en jardin, en quête de petites proies ou d'une poubelle bien garnie quand, levant la tête, j'aperçus une silhouette de chat derrière une fenêtre. C'était un gros mâle gras au poil brillant. Assis tranquillement sur quelque chose qui semblait moelleux, il avait l'air d'avoir chaud et faisait sa toilette. L'impression de calme et de sérénité de ce qu'il vivait me frappa comme un coup de griffe.

Ma réalité était si différente que j'en vomis le surmulot que j'avais commencé à croquer. Plusieurs jours de suite, je vins l'observer. Je le voyais en compagnie de petits d'hommes. Il jouait avec eux, et ceux-ci le touchaient, lui lissaient la fourrure de leurs mains. En réponse, il se dressait sur ses pattes, les yeux à moitié fermés en signe de contentement. Mon instinct me disait qui était ce chat, bien qu'il fût méconnaissable, mais ce furent les enfants qui confirmèrent ce que je pensais. C'étaient eux qui avaient emporté mon frère, et ce gros chat au poil brillant était bien le petit avorton aux pattes grêles dont le souvenir lointain hantait ma mémoire. Mon frère ! Je n'en revenais pas. C'était si inattendu. Jusque-là, j'avais cru que les humains ne faisaient que noyer les chatons et que mon pauvre frère avait succombé entre leurs mains. Je le retrouvais vivant, en pleine forme, avec des expressions de bonheur entre ses moustaches. Tout ce que ma mère m'avait transmis, inculqué, s'effritait. Toute cette peur, cette méfiance, pouvait donc être erronée. Quelle pouvait bien être la nature véritable de ces étranges créatures : les hommes ? Je n'eus pas le courage de m'en approcher tout de suite. J'étais trop profondément conditionné à la crainte. Je me contentais de les regarder de loin, et d'observer leur façon d'agir. Pour cela, je m'approchais des maisons du quartier où vivait mon frère sans me rendre invisible comme j'en avais pris l'habitude. Je me rendis vite compte que les humains n'étaient pas tous pareils. Il y avait les jeunes humains, plus grands que ceux qui avaient adopté mon frère. Ceux-là, surtout les mâles, me jetaient des cailloux en riant et en visant pour me faire mal. Les jeunes femelles avaient des attitudes très différentes. Elles faisaient des petits bruits avec leur bouche comme pour m'appeler, s'accroupissaient face à moi, et même me lançaient des morceaux de nourriture. Et puis, il y avait les vieux mâles solitaires à la fourrure grise sur la tête. Certains étaient si mauvais qu'ils lâchaient leur chien sur moi, et d'autres semblaient pacifiques et rêveurs. Tout cela était bien confus ! Mais j'avais envie d'approfondir mes connaissances : un jour, prenant mon courage à deux pattes, je me rendis à la maison où habitait mon frère. Là, je me campai devant la porte, respirai un bon coup et me mis à miauler. Assis courageusement, j'attendis, m'efforçant de ne pas partir en courant. Deux des enfants ouvrirent, surpris. Ils me regardaient d'un œil circonspect, sans comprendre trop bien ce que je faisais là. L'un d'eux proposa à l'autre d'aller chercher du lait. Ils partirent en courant, et revinrent avec un bol, mais avant qu'ils n'aient eu le temps de le poser devant moi, une voix cria :

– Qu'est-ce que vous faites, les enfants ?

C'était leur mère, que le bruit de la porte avait attirée. Elle apparut sur le seuil, repoussa les petits à l'intérieur de la maison et, me regardant d'un air dégoûté, tapa dans ses mains en émettant des sons bizarres pour me faire peur.

– Pcchhhhttt, allez oust ! Vilain chat.

Je partis en courant, bien incapable de m'expliquer. J'avais compris qu'un animal comme moi, sale et maigre, n'était pas le bienvenu, même chez les humains qui accueillaient un chat chez eux.

Je ne réussis pas dans cette courte vie à me faire une idée plus précise des humains et ne pus mener plus avant mes expériences d'observation. Un soir, je sautai comme d'habitude dans une poubelle en quête de ma nourriture quotidienne quand je me retrouvai nez à nez avec un rat, un rongeur presque aussi gros que moi. Il se tassa en une attitude agressive, sans doute apeuré par ma présence, mais prêt à défendre cher sa peau. Je n'eus pas le loisir de faire volte-face, nous étions trop proches l'un de l'autre. Je pus à peine cracher de colère qu'il m'avait déjà attaqué. Une courte bagarre s'ensuivit, la poubelle se renversa et nous partîmes en courant chacun de notre côté. Je me retrouvai dans un de mes refuges, le cœur battant, soulagé de m'en être tiré à si bon compte. La blessure que le rat m'avait infligée n'était pas bien grave, je pensais guérir rapidement. Malheureusement, sa salive était virulente et, malgré toute l'attention que je mettais à lécher ma plaie, elle se mit à suinter. C'était la fin de l'hiver, j'étais affaibli par la saison froide et mon corps se défendait mal. Rapidement, la blessure devint purulente, la fièvre brûlait ma truffe et l'intérieur de mon corps, desséchant mes muqueuses. À ma faiblesse, je compris que la fin était proche. Je me retirai dans le hangar qui avait abrité ma naissance pour me préparer à mourir. La souffrance n'était plus présente. Je savais ce qui allait m'arriver, je n'avais pas peur du passage. La solitude m'était nécessaire pour me mettre dans un état de tranquillité et glisser en douceur vers l'autre côté. Cela arriva par une nuit de printemps alors que mon amie, la douce chatte grise et blanche, chantait pour m'entraîner dans une danse d'amour. Malgré mes efforts, il me fut impossible de la rejoindre. C'était trop tard ! J'attendis de me sentir prêt à retenter une expérience que j'espérais plus enrichissante. Je ne savais pas encore que, dans ma troisième vie, une rencontre déterminante allait conditionner toutes mes existences futures.

C'est l'heure ! Alexandre vient de s'arrêter d'écrire et remonte l'escalier. J'adore ce moment, car je peux me retrouver à sa hauteur sur le palier supérieur. Je cours vers lui, il m'attend. À travers les barres de bois, je passe la tête et il m'embrasse. Aujourd'hui, il m'a rapporté une nouvelle peluche. Il sait que je les adore et il prend plaisir à me gâter. Je saisis la grosse souris rouge par la peau du cou et l'apporte sur le lit. C'est entre elle et Alexandre que je vais dormir ce soir.

Nous avons notre rituel ; quand il se couche, je me glisse sous le drap, à côté de lui, et je me laisse tomber contre son flanc, la tête sur son épaule. Nous dormons ainsi, tous les deux, tranquillisés par la présence l'un de l'autre.

Extrait du journal d'Alexandre

Mozart adore se rendre avec moi au grenier, où il trouve toujours de nouvelles sources de distraction. Courir après un vieux jouet mécanique ou lancer ses pattes au travers d'un rayon de soleil chargé de poussière le laisse frémissant de joie. De mon côté, j'ai trouvé le courage d'ouvrir les cartons entreposés par mes grands-parents. Depuis leur disparition, je n'avais pas pu me plonger dans tous leurs souvenirs et j'avais laissé intacte la pile d'emballages scellés. Mes grands-parents étaient si importants pour moi, ils me manquent tellement. En fait, ils ont été mes vrais parents ! J'avais peur d'avoir mal en remontant dans leur passé, mais ce n'est pas le cas. Ce que je trouve me passionne. Vincent et Marie, mes chers aïeuls, ne m'avaient pas tout raconté sur leurs vies et je dois reconnaître qu'elles étaient encore plus riches que ce que j'aurais pu imaginer.

J'ai bien avancé sur mon roman aujourd'hui et je continue mes recherches sur les chats. Je veux vraiment essayer de me mettre dans la peau d'un félin pour raconter ses vies. Du coup, j'observe davantage mon chat Mozart ; et lui, curieusement, ne me quitte plus d'une semelle. Nous avons pris l'habitude de dormir collés l'un contre l'autre, et d'ordinaire, je n'ai pas peur de rouler sur lui. Mais là, je me suis réveillé en pleine nuit la tête posée sur son ventre ! Le pauvre ne disait rien, pourtant, j'ai dû l'écraser un peu. Je pense que le fait d'avoir dormi sur lui en sentant sa fourrure contre ma joue et son parfum doux de chat propre a pu influencer mes pensées, car j'ai fait un drôle de rêve : j'étais invisible, debout à côté d'une chatte grise enceinte endormie sur le dos frisé d'un mouton. Je savais que nous étions dans une ferme en Bretagne. J'étais moi aussi sur l'ovin, mais la chatte ne me voyait pas et ne pouvait pas me percevoir. Je l'ai regardée se lever et l'ai suivie dans sa quête d'un endroit tranquille. Elle devait sentir les premiers signes de l'accouchement. Dans la suite de mon rêve, j'assistais à la naissance, j'encourageais la parturiente et posais mes mains invisibles sur son ventre pour l'aider. Trois minuscules chatons sortirent l'un après l'autre. Ils étaient encore tout sales, mais très vite leur mère les débarrassa du placenta et les nettoya avec soin. L'un d'entre eux se révéla être tout gris. Sans raison spécifique, il m'attirait tout particulièrement. J'avais très envie de l'embrasser, de le prendre dans mes bras, de le câliner et d'apaiser ses pleurs de bébé. Mais je n'arrivais pas à l'atteindre... Je me suis senti tiré vers le haut, et la bergerie devint un point sur une carte stylisée. Je me réveillai en sueur et en larmes, la joue sur Mozart dont j'avais trempé le poil. Je ne sais pas pourquoi j'étais si bouleversé.

TROISIÈME VIE
Le pacte !

Je naquis au début de l'automne dans la paille d'une étable. Maman était une chatte de ferme, amie des moutons sur le dos desquels elle dormait confortablement pendant les mois d'hiver. C'était une chatte grise tigrée comme on en voit fréquemment, mais c'était ma mère : pour moi, elle était la plus belle et sa fourrure était la plus douce du monde. L'odeur âcre de la laine des ovins parfumait son poil. J'étais bien, maman me lavait doucement et sa langue râpeuse nettoyait mon petit corps tout neuf. À peine propre, les yeux encore fermés, je rampai à la recherche d'une tétine gorgée de lait. Les chats sont connus pour aimer le lait, mais la première goulée de ce liquide sorti de la mamelle maternelle fit naître en moi une volonté farouche, un désir violent.

Je voulais avoir une vie qui en vaille la peine, et j'allais y arriver.

C'est alors que je sentis des humains s'approcher de nous. On entendait le bruit mou de leurs bottes en caoutchouc et les crissements de la paille sèche. Nous étions trois dans la portée, et les voix me parurent encourageantes. Peut-être étaient-ce des personnes du genre de celles qui avaient emporté mon frère dans ma deuxième vie ? Un petit groupe s'installa tout autour de nous et nous contempla. Je sentais même le souffle de quelqu'un, tout proche.

– Lequel on garde ?

L'intonation était grave.

Une petite voix fluette s'éleva et clama d'un ton enthousiaste :

– Je veux le petit gris et blanc !

Je n'avais aucun moyen de savoir de quelle couleur était mon pelage. Mais je me mis à miauler pour me manifester et leur faire savoir que j'en voulais vraiment, de cette vie.

– Il a l'air un peu agité. Tu ne préfères pas le tigré ?

Agité ? C'était donc bien moi que l'enfant avait choisi. Je décidai de me calmer, et de me montrer sous mon meilleur jour. Je balançai la tête de droite à gauche et essayai une reptation.

– Non, il a l'air vraiment intelligent celui-là. Je le veux ! ajouta la petite voix.

– Bon d'accord ! fit la voix grave.

Je sentis un petit courant d'air passer au-dessus de moi, et la main de l'enfant caressa le corps d'un de mes frères qui se mit à miauler.

C'était raté. D'ailleurs les sons changeaient : c'étaient maintenant des voix menaçantes, celles de grands garçons excités.

– On pourra éliminer les autres, papa ? Tu nous laisses le faire ?

La réponse me glaça le sang.

– D'accord, vous pouvez vous en occuper. Mais ne les faites pas souffrir. Dépêchez-vous.

C'était dur ! Je savais, car j'en venais, qu'après un mauvais moment à passer, je retournerais dans la grande lumière et me fondrais à nouveau dans la grande âme des chats. Mais j'avais tant espéré faire une nouvelle expérience sur Terre que j'étais affreusement déçu.

– On les éclate contre le mur ou on les noie ?

– On les noie, plutôt, sinon il va falloir nettoyer le mur. Maman était furieuse la dernière fois.

– Alors, viens, on va chercher le seau.

Il ne me restait plus qu'à attendre une mort que j'espérais rapide.

Je cherchais la tétine pour profiter des derniers moments de ma courte troisième vie, mais j'avais beau ramper en pleurant dans le foin, ma mère avait disparu. Je me heurtai à un de mes frères qui se déplaçait comme moi en miaulant. Je décidai de me coller à lui pour ne pas me perdre. Où était passée maman ? C'est alors que quelque chose de pire se produisit. Plein d'espoir, je sentis ma mère arriver, mais une seconde plus tard, elle s'était éclipsée en emportant mon frère. Seul désormais au milieu du foin, je me sentais tout petit et abandonné.

Les garçons revenaient et je percevais le cliquetis du seau lourd qu'ils charriaient. Ils s'approchaient et allaient bientôt me jeter dans l'eau froide. Soudain, je sentis sur ma nuque des dents fines et délicates qui saisissaient la peau de mon cou. Une seconde plus tard, je me balançais dans les airs. D'instinct, je me mis en forme de boule pour aider.

Ma mère m'avait enlevé juste à temps. Les garçons nous cherchaient, ils ne comprenaient pas pourquoi nous avions disparu et soupçonnaient une farce de leur jeune sœur.

Nous étions maintenant dans l'écurie, dans un coin de paille abrité sous les combles, j'avais rejoint mes frères et retrouvé la douce tétine nourricière.

Ma mère nous avait sauvés, et une vraie vie, plus douillette, s'ouvrait devant moi !

Une troisième vie est souvent une vie sans responsabilité. Si ce terme vous étonne, vous le comprendrez plus tard, au fil de mon récit. Nous, les chats, avons une responsabilité envers vous les humains, comme vous en avez une vis-à-vis de nous quand nous choisissons de vivre ensemble. Avec nous, vous pouvez apprendre à prendre votre temps, apprendre à « être » au lieu de courir après du vent. Nous vous apaisons, vous apprenons à vous sentir bien et à attirer du positif. Quand vous nous aimez, vous prenez un grand plaisir à nous regarder, à nous caresser, vous riez de nos mimiques, vous jouez avec nous. Cela contribue à vous rendre joyeux, et votre moral est meilleur. Cela attire à vous de bonnes choses. Et ça, c'est vraiment important, et pour vous et pour nous.

Mais dans cette troisième vie, je me sentais bien loin de vous. De mes expériences précédentes, je gardais une méfiance vis-à-vis des humains et m'en tenais éloigné le plus possible. Pour moi, ils étaient encore les « méchants », les tueurs de chatons, la source de tous les stress, et si ma mère semblait penser autrement, elle ne leur avait pas fait confiance en ce qui nous concernait.

Les premiers mois de mon existence furent confortables. Maman venait nous nourrir. Elle partait chasser et quémander auprès de ses maîtres les restes des repas. Et bien que les enfants des hommes nous aient cherchés partout, maman avait su être suffisamment discrète pour qu'ils ne réussissent pas à dénicher notre cachette. Quand mes yeux se sont enfin ouverts, j'ai découvert mon environnement, la couleur de la paille, la lumière du soleil que je sentais auparavant à travers mes paupières closes, et surtout la source d'un bruit qui m'intriguait depuis ma naissance.

Ce son ressemblait à un ébrouement de géant. Ce ne pouvait être un miaulement, ce n'était pas non plus quelque chose venant des hommes. Cela s'accompagnait d'une odeur d'herbe et stimulait mon instinct de chasseur. J'avais l'impression qu'il pouvait s'agir d'une proie possible pour moi, chat prédateur. J'avais ouvert des petits yeux à la couleur encore indéfinie, une teinte du genre purée de pois cassé, et j'essayai mes toutes petites pattes pour m'approcher du bord de la meule de foin dans laquelle nous avions notre abri. Ce que je découvris me fit reculer d'un bond et une fine crête de poils hérissés décora mon dos tout au long de ma colonne vertébrale. Je n'avais pas encore conscience de ce que cela pouvait être mais ressentis de la douceur venant de cet étrange animal qui se tenait debout, attaché par une corde à un anneau au mur. Il me vint l'envie de jouer avec lui. Comme je me tenais en hauteur, il me paraissait d'une taille raisonnable ; je me demandais si je pourrais le capturer pour faire une surprise à ma mère. Je me voyais déjà maintenant cet être à crinière, tout hennissant, d'une griffe triomphante. Mon instinct fonctionnait à plein régime. J'abaissai les épaules, relevai le derrière, remuai une omoplate après l'autre en visant ma proie. Mes frères me regardaient, indécis, hésitant à me rejoindre. Et soudain, je fonçai, sautai et atterris sur le dos gigantesque de l'animal.

À cet instant, je réalisai deux choses : tout d'abord, que j'avais sous-estimé la taille de cette bête ; ensuite – et c'était assez vexant –, que celle-ci n'avait même pas remarqué qu'un sauvage prédateur (moi !) l'avait attaquée par surprise. Je me tenais donc, tout stupide, sur un dos d'une largeur inattendue aux poils raides et courts. Mais une douce chaleur s'en dégageait et une immense vague de sympathie me reliait à cet animal. Du bout des pattes, je tentai un petit massage et pétris le cuir dur. Toujours pas de réaction. Je m'approchai de sa tête : c'est alors qu'il parut sentir ma présence. La première chose que je vis quand il tourna son profil vers moi fut son œil, en forme de grosse amande noire et brillante, au fond duquel brillait une lueur craintive. En même temps, la peau de son dos ondula en une vaguelette qui me souleva. Je compris qu'il avait peur de moi, et en éprouvai une grande fierté. Gonflé d'un sentiment de supériorité, je m'approchai de son oreille pour y glisser un petit ronronnement apaisant. Et je me frottai contre la paroi de son pavillon qui était plus haut que moi. Il parut se détendre, émit un son comme s'il soufflait et j'entendis sa pensée qui m'arrivait, amicale et accueillante. Je compris qu'il m'acceptait et me souhaitait la bienvenue dans l'écurie.

J'appris que les humains l'appelaient Armand, ce qui n'avait aucune importance pour moi. Nous devînmes très amis. Armand était un cheval de ferme qui travaillait toute la journée dans les champs. Quand venait le soir, il rentrait, épuisé, mais j'avais tout préparé pour qu'il soit bien. D'abord, je chassais les souris et les rats qui essayaient de s'installer dans son foin et dans sa paille. Il est malsain pour un cheval de risquer d'avaler une portée de souriceaux ou des crottes de rats. Je m'assurais que sa nourriture était propre et que les rongeurs ne lui volaient pas les grains. Armand me racontait sa journée. Je m'installais sur son dos et l'écoutais évoquer les champs qu'il parcourait en traînant de lourdes charges, il savait décrire le goût d'un fruit qu'il avait trouvé en chemin et qui paraissait la chose la plus délicieuse même si je savais que les chats n'en mangeaient pas.

Je sentais les muscles fatigués d'Armand, et j'utilisais tout mon pouvoir pour lui donner de l'énergie. Il m'en était reconnaissant. Quant à moi, je l'aimais de tout mon cœur de chaton.

Mon enfance dans cette ferme fut un enchantement. J'évitais les humains, dont je me méfiais comme de la peste. Les deux garçons qui avaient failli me tuer se promenaient souvent en compagnie de deux gros chiens noirs qui les suivaient comme leur ombre. Autant j'aimais Armand, autant ces animaux-là ne me plaisaient pas du tout. Je ne savais pas encore qu'un jour, dans une autre existence, une chienne serait si amicale et tendre qu'elle deviendrait la mère adoptive de mes bébés. Mais c'est une autre histoire que je vous raconterai en temps et en heure. Pour l'instant, je me contentais de vivre au jour le jour, ronronnant dans la paille avec mes frères, chassant les souris pour que le logis de mon cheval soit bien propre.

Je passai les premiers mois de ma vie à jouer avec les petites créatures du jardin. La chasse devenait de plus en plus facile pour moi. Des souris plus nombreuses m'offraient leur vie pour me permettre de prolonger la mienne. Cela vous surprend ? Les hommes pensent que les chats sont cruels avec les souris ou les petits oiseaux. Rien de plus faux. La nature est faite de proies et de prédateurs qui se respectent les uns les autres. Quand nous chassons, c'est une sorte de danse rituelle entre les rongeurs et nous. La souris peut mener la danse jusqu'à ce qu'elle accepte de se sacrifier pour nous. Quand nous continuons à la faire bouger ou sauter du bout des pattes après sa mort, ce n'est pas un jeu féroce, c'est une danse de reconnaissance envers ce petit être. Ne pensez pas avec vos intellects d'humains pour nous juger ! Arrêtez de faire des grimaces ou de punir vos compagnons félins. La nature est bien faite et notre instinct est sûr.

Donc, je grandissais et devenais un beau chat adolescent. Deux choses importantes m'arrivèrent à cette époque, et par deux fois, ma vie fut sauvée dans des circonstances que je vais vous raconter.

Avec l'adolescence, mon instinct s'éveilla, et les premiers souffles d'un été précoce bousculèrent la fin de mon enfance. J'avais alors six mois, ce qui peut paraître bien jeune, mais c'est l'âge auquel l'instinct de reproduction nous submerge et où nous devenons sensibles aux odeurs attractives laissées par les femelles. C'est pourquoi il nous arrive de partir loin et de prendre des risques pour rencontrer la source de nos désirs.

C'était à la mi-juin. J'étais tout au plus un grand chaton, mais mon amitié avec le cheval m'avait rendu fier et intrépide. Je me sentais fort, invincible : en quelques bonds, je me retrouvai sur la terre battue du sentier qui menait aux champs et vers un vaste monde que je ne connaissais pas encore.

Sans en être conscient, je me trouvais dans une région de France qui s'appelle la Bretagne et nous étions en l'an 1926 du calendrier humain de ce pays. Après quelques heures de marche précautionneuse dans la lande, étendue de plantes piquantes et odorantes, je sentis cette chose impalpable qui s'en prit à tous mes sens à la fois : la proximité de la mer. C'était exaltant ; les poils de mon dos se hérissèrent comme face à un ennemi gigantesque. Pourtant ce n'était qu'un réflexe car je ne me sentais pas attaqué. Prudemment, je m'approchai de plus en plus près du rivage. Les embruns me firent éternuer, je tendis une patte prudente vers une masse blanchâtre mousseuse. Mes coussinets s'y enfoncèrent sans que je sente la moindre résistance. C'était de l'écume. J'y mis la truffe et cela me piqua les narines, mais je commençais à m'amuser. Je projetai l'écume en l'air et sautai pour en attraper les éclaboussures. C'était irrésistible ! J'étais descendu vers une petite crique, à l'abri, et mon instinct me conduisit aux flaques d'eau stagnante dans les creux des rochers. Ce fut une partie de pêche très excitante, d'autant plus que tout était nouveau pour moi et tout était à découvrir. Quand un petit crabe s'agrippa à ma patte, je le secouai mais ne lui laissai pas le temps de se dissimuler ou de rejoindre l'eau. Je le plaquai au sol et, sans réfléchir, croquai sa carapace. Il n'avait pas du tout le même goût que les souris de la ferme, mais je le trouvai délicieux. J'avais compris comment me nourrir dans ce nouvel environnement et mangeai jusqu'à satiété. Comme je me sentais épuisé après la marche et la pêche, et que j'étais de surcroît bien repu, je cherchai un abri dans les rochers pour y faire une petite sieste. J'avisai un creux plein d'algues entremêlées qui me paraissaient confortables. Je me mis en boule et ne tardai pas à m'endormir.

Extrait du journal d'Alexandre

J'étais en train d'écrire le passage où le chat s'endort sur son lit d'algues, et cela m'a fait bailler à m'en décrocher la mâchoire. J'ai eu un tel coup de barre qu'il a fallu que j'aille m'allonger ! Je me suis assoupi tout de suite et ai encore fait un drôle de rêve. Je me trouvais avec mon grand-père, Vincent, au bord d'une falaise en Bretagne. Ce qu'il y avait d'étrange, c'est que tous mes sens étaient éveillés. Je sentais les odeurs de l'océan, des plantes sauvages, j'avais même le goût des embruns dans la bouche et, surtout, mon grand-père me tenait la main comme quand j'étais enfant.

Une falaise, un chat, mon grand-père… Ce mélange d'images a éveillé en moi des souvenirs aigres-doux, quelque chose d'effacé, comme une vieille carte postale, mais où je devinais sous le tableau bucolique une blessure mal refermée, une plaie à l'âme datant de mon enfance. Impossible de me souvenir de quoi il s'agissait.

Cette impression douce-amère était encore présente quand le téléphone m'a réveillé en sursaut. C'était mon copain Baptiste qui insistait pour sortir le soir même. Depuis que ma séparation est officielle, il agit comme s'il ne supportait pas de me savoir célibataire, seul avec un chat, comme si c'était incongru. Il fait tout ce qu'il peut pour me présenter des filles, souvent peu à mon goût malheureusement. Mais comment lui en vouloir ? Je suis obligé de le reconnaître : c'est tout de même grâce à lui et à ses manigances que j'ai rencontré Mozart !

Je dormais sur mon lit d'algues depuis un moment quand je fus réveillé par une sensation désagréable de froid. Je me rendis compte que je trempais dans de l'eau glacée. En un instant, je fus sur mes pattes, mais ce qui agressa mon regard ne me parut pas rassurant. Mon creux de rocher était maintenant au ras de l'eau. Étrangement, elle était montée jusque-là. La plage où j'avais pêché avait disparu, et je ne voyais pas comment remonter le long de la falaise abrupte dans laquelle j'étais abrité. Ma situation semblait désespérée. Je n'avais que deux alternatives : attendre d'être noyé dans mon trou ou sauter dans l'eau furieuse. Cette seconde solution ne me plaisait pas davantage que la première, et face à ce choix sans issue, je me mis, comme le chaton que j'étais encore, à appeler ma maman en pleurant. Je lançai des cris désespérés alors que l'eau montait encore, baignant mon ventre.

– Oh, regarde là-bas, on dirait un petit chat dans le rocher !

Une voix d'enfant humain était parvenue jusqu'à moi. Devais-je m'en réjouir, ou allais-je tomber de Charybde en Scylla ?

Ils étaient deux, un garçon et une fille, juste à quelques mètres dans les rochers. Ils avaient des épuisettes à la main et des sacs en toile sur le dos. C'est le garçon qui avait parlé, et c'est lui qui prit la décision :

– Viens. On va essayer de le faire remonter.

Qu'avaient-ils l'intention de faire ? Comme je le disais, je n'aimais pas les humains, je m'en méfiais, mais ma situation était tellement délicate que j'étais prêt à accepter de l'aide même de ces créatures.

Devant moi, et cela me fit sauter en arrière, je vis apparaître un cercle de métal orné d'un filet, une de leurs épuisettes. Je reculai. Il n'était pas question que je m'accroche à cette chose.

Les voix des enfants semblaient m'encourager.

– Allez, petit chat. Vas-y. Monte dans le filet. N'aie pas peur voyons.

Mais je me terrai au fond du trou.

Ce fut quand l'eau finit d'envahir ma cachette, et que je commençai à ne plus pouvoir maintenir ma tête à la surface, que je me décidai. Pas de gaieté de cœur, j'entrai dans le filet.

– C'est bon, il y est ! s'exclama la voix.

Je me sentis remonter dans les airs, tout ruisselant et dégoulinant.

Arrivé en haut, je voulus m'enfuir, mais, encore par un coup du destin, mes griffes s'étaient coincées dans les mailles. La petite fille avait sorti une serviette de son sac : je me retrouvai emmailloté comme un bébé humain et bercé comme tel.

– Arrête, Jeanne, ce n'est pas une poupée. On va l'emmener à la maison pour le sécher.

Et ils me ramenèrent d'où je venais. Mon escapade était terminée pour cette fois.

Jeanne et Vincent étaient en villégiature d'été avec leur mère en Bretagne. Ils logeaient dans la maisonnette de leur tante juste à côté de la ferme où j'étais né. Ce furent mes premiers humains. Et Vincent allait devenir plus tard le grand-père d'Alexandre, cet écrivain sur les genoux duquel je ronronne en ce moment.

Extrait du journal d'Alexandre

Mozart ne me quitte pas un instant quand j'écris. Parfois, il vient même à côté de moi et fixe l'écran en suivant l'apparition des lettres. J'ai l'impression qu'il se retient d'intervenir et de les attaquer d'un coup de patte. Il prend peut-être les lettres pour des moucherons ?

Je suis si heureux de l'avoir trouvé ! Il est arrivé juste au bon moment dans ma vie, au moment où son affection et sa drôlerie tombaient à pic pour m'aider. Je traversais la période difficile d'après ma rupture. C'était il y a un peu plus d'un an. J'étais agacé ce soir-là par Baptiste et le groupe de copains qui voulaient bien faire et cherchaient à me distraire à tout prix. Ils m'avaient obligé à me rendre à un rendez-vous avec une inconnue dénichée sur Internet. Je leur en suis très reconnaissant depuis, mais pas pour les raisons qu'ils auraient pu croire. Il y avait ce tout petit chaton assis seul sur un tabouret au comptoir de ce bar aux murs rouges. La fille ne s'est jamais montrée, mais je l'ai trouvé, lui, et ça a été la plus belle des rencontres.

Aussitôt arrivé chez moi, il a sauté sur le piano et s'est mis à marcher sur les touches en improvisant un petit air aux sons presque harmonieux. J'ai applaudi et, pour baptiser mon nouvel ami, le nom du musicien virtuose et précoce s'est vite imposé à moi. Mozart ! Depuis, il me soutient par ses ronrons, ou ses pitreries quand il me sent triste, mais surtout par la puissante affection qui émane de son regard.

Jeanne et Vincent me traitèrent comme le roi des chats. Avec eux, je goûtai pour la première fois une pâtée succulente et chacun de mes désirs semblait être un ordre. Je devins cet été-là leur ami. J'acceptai leurs caresses, que j'appréciais de plus en plus. Ils me nommèrent « Marmot » et en quelques jours, j'appris à reconnaître mon nom. Je ne me laissais pas approcher par leur mère et leur tante, qui avaient une taille gigantesque. Mais dès que Vincent s'asseyait au jardin et que nos regards se croisaient, je venais vers lui et m'installais sur ses genoux. Un cordon d'amour était en train de se tresser entre nous.

Comme ma ferme était toute proche, j'y allais souvent la nuit pour revoir mon ami cheval et partageais mon temps entre les deux demeures. Ce fut un été béni.

Un jour, je paressais au jardin avec Vincent, quand sa mère l'appela pour faire une promenade. Je sentis que Vincent me quittait à regret, mais qu'il ne pouvait qu'obéir, quel que soit l'ordre donné. Les enfants humains subissent souvent un conditionnement par leurs parents. L'autorité parentale les modèle comme un puissant envoûtement. Pour nous, c'est très triste à voir car les pensées de ces enfants font ensuite leur malheur. Quand ils sont rabaissés, critiqués, cela les conditionne à ne plus croire qu'ils ont en eux le potentiel d'être les créateurs de leur propre bonheur. Le pire, c'est que les parents pensent bien faire en les « domestiquant » ainsi. Une fois adultes, ils continuent à subir un conditionnement d'idées conformes à ce que « doit être » la vie en société, la vie au sein d'une religion, et ils n'apprennent pas à avoir confiance en leurs capacités génératrices de bien-être. Leur éducation, puis leur intégration, devient un solide carcan construit « pour leur bien ».

Nous les chats, avons notre ronron au puissant pouvoir et, contrairement à d'autres animaux, nous refusons la domestication qui bride nos forces. C'est ce qui fait que certains humains nous disent indifférents ou égoïstes. Ce qui est faux, bien sûr. Nous donnons beaucoup d'amour, mais dans un esprit de liberté. Les chiens par contre, que nous respectons, même s'ils nous effraient, ont décidé de faire don de leur existence aux hommes sans rien attendre en retour. La plupart d'entre eux acceptent la domestication, même s'ils n'en sont pas dupes, car leur nature est de se sacrifier.

Vincent obéit donc aux appels de sa mère. En me faisant une dernière caresse, il s'éloigna vers la maison. Il était encore tôt dans l'après-midi, mais je décidai de me mettre en quête d'Armand. Pour une fois, j'irais le rejoindre sur son lieu de travail. C'était risqué car j'allais m'exposer aux yeux des moissonneurs dans les champs, mais je voulais voir mon ami et étais décidé à lui faire une surprise.

Je traversai donc la route de terre qui menait dans les prés le long du ruisseau aux eaux basses en cette saison. J'avoue avoir passé un certain temps à regarder les grenouilles. Je les suivais des yeux alors qu'elles nageaient dans l'eau peu profonde, et l'envie de pêcher me reprit. Mais attraper une grenouille n'est pas une mince affaire. Mes coups de patte étaient comme des coups d'épée dans l'eau. Les batraciens avaient vite fait de disparaître des feuilles où ils semblaient tranquilles dès que je m'en approchais. Je me pris au jeu et quand je me dis que je ne goûterais pas de cuisse de grenouille ce jour-là, le soleil rougissait déjà l'horizon. Je sautai hors du fossé et vit les moissonneurs qui revenaient en chantant, leurs outils sur l'épaule. Armand marchait de son pas tranquille au milieu d'eux et en avant, – horreur –, les deux molosses noirs, la langue pendante, et les deux frères, leurs maîtres, faisaient la course. Tous quatre n'étaient qu'à quelques mètres de moi. J'allais me laisser rouler au fond du fossé pour m'y dissimuler quand l'un d'entre eux m'aperçut. Il aboya farouchement pour prévenir son compagnon et tous deux se ruèrent sur moi. Pour les arrêter, je me gonflai. Ce n'est pas la même technique que les poissons-lunes, mais cela y ressemble. Mes poils se hérissèrent et je grossis mon champ énergétique pour paraître plus imposant. Les chiens voient en premier l'énergie qui se dégage d'un être ; aussi cela les freina-t-il car ils crurent avoir affaire à un animal colossal. Un instant, je me crus sauvé. Mais l'un d'entre eux, plus intelligent que l'autre, au lieu de reculer et de partir comme son compagnon, prit le temps de m'examiner plus attentivement et décela ma supercherie. Mon répit fut de courte durée. Le chien était déjà sur moi, et je sentis son haleine sur mon échine alors que je m'enfuyais à toutes pattes. Mon instinct de survie m'empêcha de me ruer vers les champs où les chiens m'auraient rattrapé rapidement. Je fonçai, contre toute attente, vers le groupe des humains. Et ce fut à ce moment qu'Armand me reconnut. Il comprit vite mon désarroi et la mauvaise passe dans laquelle je me trouvais. Il avança vers les chiens et fit mine de se cabrer face à eux, puis dans le même mouvement, alors que les molosses s'étaient arrêtés, il se pencha en avant pour me permettre de m'accrocher à sa crinière. En deux bonds, je fus sur son dos, et Armand partit au petit trot vers la ferme. Les humains n'en revenaient pas : je vis toute une rangée de bouches ouvertes de surprise alors que je m'éloignais, soulagé et fier, juché sur mon ami. Le long de la route, nous croisâmes Vincent et sa famille qui finissaient leur promenade. Vincent ne put que marmonner :

– Maman, c'est Marmot, Marmot sur le cheval, maman !

Mais je ne crois pas que sa mère l'ait cru. C'est curieux comme certains adultes ne perçoivent rien quand ils ne peuvent accepter les choses. Elle affirma d'ailleurs n'avoir rien vu.

Le soir, Vincent fit un magnifique dessin d'Armand et de moi à cheval. Sa mère et sa tante admirèrent les qualités graphiques de l'œuvre, mais hochèrent la tête en disant que le garçon avait bien de l'imagination.

Un chat sur un cheval ! Quelle absurdité !

Extrait du journal d'Alexandre

J'ai introduit tout naturellement mon grand-père enfant et sa jeune sœur dans mon histoire, car cela me fait plaisir de les utiliser comme personnages. J'étais bien sûr persuadé que toute leur histoire avec ce chat à cheval sortait de mon imagination.

Et puis il m'est arrivé quelque chose d'assez troublant.

Après avoir écrit l'histoire de Marmot et d'Armand dans les champs, content de moi, j'ai décidé d'aller fouiller encore un peu dans les caisses à souvenirs du grenier. Mozart m'a bien sûr suivi car c'est devenu un de ses terrains de jeu privilégiés.

J'ai creusé dans les photos pour essayer de trouver des images de l'époque de l'enfance de mon grand-père, en espérant y découvrir des décors à décrire dans mon histoire. Je n'ai pas trouvé grand-chose, à part une photo marquée au dos « Été 1926, Vincent dix ans, Jeanne quatre ans ». On y voit mon grand-père et sa jeune sœur, toute petite. Ils posent tout raides devant une ferme entourée de pommiers. Et puis ma main est tombée sur une enveloppe brune enfouie tout au fond de la boîte. Elle contenait quelques dessins d'enfants. Des bonhommes un peu rudimentaires signés « Jeanne, cinq ans » et puis des dessins de mon grand-père Vincent à l'âge de dix ans. Il faut reconnaître qu'il dessinait déjà très bien. On y sent la patte du futur artiste ! Je regardais avec plaisir les paysages de mer qu'il avait réalisés à la peinture à l'eau, quand soudain, je suis tombé sur un dessin d'un cheval sur le dos duquel un chat gris se tenait fièrement. J'en ai eu un frisson. Je venais d'écrire l'histoire, et ce dessin issu du passé semblait me la confirmer. En quelques secondes, je me suis posé tout un tas de questions en envisageant des explications. La plus logique aurait été que cette anecdote soit remontée du fond de ma mémoire. Mais il aurait fallu que mon grand-père me l'ait racontée, et je suis sûr qu'il ne l'a pas fait. Pour la bonne raison que, quand il m'a parlé de son chat Marmot, c'était dans des circonstances tellement particulières que je ne peux pas l'avoir oubliée. C'est même ce récit qui nous a rapprochés, à une époque où cela n'était pas évident. Et tous ses mots sont encore présents dans mon souvenir. Alors ??

Serait-il possible que mon esprit soit allé fouiller tout seul dans la boîte pendant mon sommeil par exemple ? Mes rêves sont un peu étranges ces jours-ci !... Ou alors... J'ai refermé la boîte, soudain inquiet, et j'ai regardé tout autour de moi comme si je n'étais pas seul au grenier. Je suis parti en dévalant l'escalier, terrorisé comme si j'étais pourchassé par un fantôme. Mais le seul qui me poursuivait, tout amusé, c'était Mozart.

Et il m'a donné un peu honte de la frayeur que je me suis faite tout seul !

L'été tirait à sa fin. Je dormais souvent sur les genoux de Vincent quand il faisait bien chaud. Le garçon et sa petite sœur avaient passé l'après-midi à faire de la peinture. Vincent s'appliquait. Je l'ai déjà dit, il était doué de ses dix doigts. Les humains ont ces outils fantastiques, les doigts, tellement précis pour créer des objets. Nos pattes et notre souplesse sont bien sûr adaptées à ce que nous devons vivre, mais il m'arrivait de regarder Vincent dessiner, et j'étais fasciné par les traits qui s'étiraient souplement sur sa feuille. Souvent, n'en pouvant plus, je me laissais aller à attraper son crayon. Il n'appréciait pas trop car cela déformait son dessin, mais il ne me grondait pas fort et même riait avec moi de temps en temps.

Comment ça, les chats ne rient pas ?

Notre ronron peut vouloir dire beaucoup de choses et parfois c'est un rire quand il est fort et hoquetant. Écoutez bien, vous apprendrez à reconnaître un ronronrire !

Vincent avait peint mon nom en calligraphie élégante sur un ruban vert et sa petite sœur s'extasiait.

– C'est pour Marmot ?

– Oui, je vais l'emmener avec nous quand nous rentrerons.

En me caressant sous le cou, Vincent glissa le ruban sous mon menton et fit un nœud. Incommodé, je sautai à terre et entrepris de dégager ma tête de ce lien importun.

– Arrête Marmot. C'est ton cadeau. Regarde comme tu es beau !

Mais je n'avais pas envie d'être beau, je voulais qu'on me débarrasse de ce fichu bout de tissu qui me gênait comme la pluie. Je me roulai dans l'herbe, tirai dessus avec mes pattes, essayai de l'arracher, tant et si bien que Vincent eut peur que je m'étrangle et m'attrapa pour dénouer mon soi-disant « cadeau ».

Ce fut le lendemain de ce jour que le drame arriva.

J'avais dormi à la ferme avec Armand. Le cheval, ce matin-là, semblait soucieux, il hennissait à voix basse pour manifester son inquiétude. Je sautai sur son dos, me frottai à ses douces oreilles qui virèrent dans ma direction. Je lui murmurai un petit « rrrrr » tout tendre pour le rassurer, mais la peau de son dos faisait des vaguelettes, ce qui n'était jamais bon signe. On aurait dit qu'il ne voulait pas me laisser partir. Quand les humains vinrent le chercher pour aller aux champs, il se retourna plusieurs fois pour me regarder. J'étais au sommet du tas de foin, il ne pouvait guère voir que mes oreilles qui pointaient, mais je sentais sa pensée qui me priait de ne pas sortir. J'étais encore bien jeune, et je n'avais pas envie d'écouter des conseils. Aussitôt Armand disparu de l'étable, je m'élançai en trois bonds vers la maison voisine.

Vincent paraissait m'attendre. Il me présenta un panier garni d'un coussin moelleux, ma curiosité et mon sens du confort firent que je ne me retins pas longtemps. J'avançai une patte prudente qui s'enfonça dans le tissu soyeux, puis l'autre, et finalement je m'installai en boule dans la corbeille. Une seconde plus tard, un couvercle se refermait sur moi. J'étais prisonnier ! La cellule était confortable mais je ne supportais pas cet internement qui me rendait fou. J'eus beau me débattre comme un beau diable, impossible de sortir.

Je vécus alors des heures de grande angoisse. Mon univers avait basculé vers un pur cauchemar. Je fus brinqueballé, secoué, malmené. Je ne pus me retenir et j'urinai et déféquai sous moi. Pour un chat, être sale est une expérience horrible. Nous sommes des animaux d'une grande propreté, et la crasse est pour nous synonyme de maladies graves. Je finis par ne plus bouger, terré au fond de ce panier souillé.

Quand enfin ma prison s'ouvrit, j'étais devenu fou. Je reconnus à peine Vincent alors que je jaillis comme une furie pour m'élancer à travers un espace clos inconnu. Je bondissais sur les murs, me fracassais contre les fenêtres, m'accrochais à des rideaux auxquels je grimpais pour chercher une sortie vers le haut. Vincent et Jeanne criaient, mais je refusais de me calmer et continuais ma ronde hystérique. Quand les parents entrèrent dans la pièce, il y eut de nouveaux cris :

– Vincent, qu'est-ce que tu as fait ? Pourquoi tu as ramené ce chat ici ?

– Regarde ta chambre ! Dans quel état il l'a mise !

Et soudain une porte s'ouvrit sur la nuit. Une issue ! Je m'y engouffrai sans hésiter et partis en courant droit devant moi, insensible aux appels des enfants.

Mon soulagement fut de courte durée. Je ne reconnaissais rien. Où étaient les champs épineux, les plantes odorantes que j'aimais mâchonner ? L'odeur de la mer avait disparu. Ici, le sol était dur, fait en pierres carrées collées les unes aux autres. Rien ne m'était familier. Je me retrouvais dans un environnement hostile, sans repère, sans ami, sans rien à quoi me raccrocher. Je me mis à miauler de désespoir, assis sur cette surface étrange qui commença soudain à vibrer. Quelque chose arrivait sur moi, une drôle de machine qui faisait un bruit effrayant. Je sais maintenant que c'était une automobile, un véhicule à capot avec de hautes roues comme on en voyait dans ces années 1926. La voiture émit des sons étranges, comme si un canard géant me criait dessus. Figé dans la lumière des phares, je ne bougeais pas.

Quelques instants plus tard, je baignais dans une belle lumière et ne sentais plus mon corps. Je compris que je venais de mourir. J'en voulus à Vincent qui m'avait volé les belles années d'une vie que j'aurais voulu longue. Je maugréais, je râlais, même si la lumière et la grande âme des chats m'incitaient à me détendre. Comme j'avais gravi un échelon, j'eus le privilège de pouvoir regarder ce qui se passait sur Terre et j'en profitai en m'y rendant sous ma forme immatérielle.

Armand fut le premier à reconnaître mon fantôme quand il me vit passer. Il n'eut pas peur, il me connaissait si bien. Il me salua en s'ébrouant et en m'envoyant de tendres pensées. Il me dit avoir senti que j'allais mourir et avait essayé de modifier mon destin. Mais je ne l'avais pas écouté.

Mon esprit se sentit attiré ailleurs : en un clin d'œil, je fus déplacé à l'endroit où gisait mon corps. Il faisait jour, et Vincent m'avait retrouvé. Il pleurait en me serrant dans ses bras. Sa maman tenait sa petite sœur contre elle. Elle aussi semblait inconsolable. Je compris que Vincent n'avait pas voulu me faire de mal et que mon attitude avait causé mon malheur. Mais j'étais si jeune et si ignorant.

La famille me fit un bel enterrement le dimanche suivant en dehors de la ville. Mon corps avait été mis dans une boîte à chaussures sur un lit de coton. On m'avait entouré de fleurs, et la petite Jeanne avait mis des baisers invisibles sur moi. Chacun dit une petite prière et je dois dire que j'ai apprécié cette cérémonie. Mais j'aimais beaucoup moins les larmes des enfants.

Vincent continua à pleurer longtemps. Le petit ruban vert avec mon nom se retrouva dans sa boîte à trésor avec le dessin d'« Armand et Marmot », et quelques babioles qu'il chérissait. Vincent nourrissait une culpabilité terrible à mon égard, il n'arrêtait pas de se dire que c'était lui qui m'avait tué. Sa tristesse m'empêchait de retourner tranquillement continuer ma route de l'autre côté. Au bout d'un mois à se torturer entre les remords et les pensées sombres, Vincent attira la maladie sur lui. Il devint pâle, cessa de manger, se mit à tousser de plus en plus. Très vite, son corps brûla de fièvre, et plus ses parents avaient peur pour lui, plus il sombrait. Depuis quelques jours, il ne quittait plus son lit.

Il fallait que je fasse quelque chose pour l'aider. J'avais envie de lui rendre l'amour que nous avions partagé cet été quand un fil invisible nous reliait. Il avait voulu garder cette affection pure et simple, et moi, par sottise et manque de confiance, je l'en avais privé. Je ne voulais pas lui faire peur, mais je me collai contre lui alors qu'il dérivait dans sa fièvre. Je sentis qu'il sanglotait et tremblait. Alors, je m'approchai davantage de son visage et gonflai mon champ énergétique pour l'envelopper et le rassurer. Je le pansai de tendresse et le mis dans un bain de lumière. Peu à peu, il se détendit et s'endormit. Quand il partit au royaume des rêves, je l'accompagnai, et nous nous retrouvâmes face à face. Il me regardait avec des yeux émerveillés. Nous étions comme aux beaux jours, encore plus proches l'un de l'autre. Vincent se disait qu'il rêvait, mais sans en être sûr. Il me supplia de ne plus le quitter, de rester près de lui. Dans un ronron, avant qu'il ne se réveille, je lui fis la promesse que nous nous retrouverions.

C'est à ce moment-là que je scellai mon destin pour mes vies à venir.

Le lendemain, Vincent ne se sentait plus coupable. Il était encore triste, un petit peu, mais moins. Il hésitait à croire en son rêve, car on l'avait habitué à entendre des phrases comme « Songe, mensonge ». La seule à qui il le raconta fut sa sœur Jeanne, qui le surprit en confirmant que cela ne l'étonnait pas. Elle avait vu mon fantôme passer plusieurs fois dans l'appartement et était sûre que je reviendrais un jour. Jeanne était toute jeune, elle pensait plus simplement, sans idées toutes faites, et elle contribua à le rassurer.

Quand les larmes de Vincent cessèrent, je pus reprendre mon chemin vers la lumière où je me blottis dans un bien-être délicieux.

Jusqu'à ce que l'envie de revêtir une nouvelle enveloppe ne me reprenne. Avec une petite différence toutefois, car les choses avaient changé pour moi. Je ne pouvais plus rester trop longtemps dans l'au-delà comme le font certains chats. Il y en a qui attendent jusqu'à plusieurs centaines d'années entre deux incarnations. Moi, je devais retrouver Vincent pour respecter ma promesse. Désormais, mes vies allaient devoir être soigneusement planifiées en fonction de Vincent et de ses proches.

Comme Vincent s'était juré de ne jamais remplacer Marmot, le chemin pour le retrouver s'annonçait plutôt difficile…

QUATRIÈME VIE
Clandestin au royaume des anciens

Malgré le lien développé avec Vincent et Jeanne, je ne me sentais pas encore assez proche des humains pour naître dans une maison au milieu d'eux. C'est pourquoi j'arrivai cette fois dans un buisson épais.

Cependant – léger progrès –, ma mère avait été une chatte d'intérieur. C'était une belle angora rousse à longs poils soyeux. Comment s'était-elle retrouvée seule dans un jardin alors qu'elle était si racée ? Il faut vous expliquer que cela arrivait souvent à cette époque.

Nous étions en 1933, une année qui peut être évocatrice pour certains d'entre vous. Les femmes aisées de ce temps-là utilisaient beaucoup d'accessoires, sac, chaussures, bijoux, manchons, on assortissait tout, et les animaux pouvaient être également des accessoires de mode. Dans les revues, on voyait des dessins d'élégantes présentant les nouvelles collections :

« Cet hiver, vous porterez une étole de renard argenté sur un manteau en velours de soie orangé. Un sautoir de perles ornera votre cou, et vous irez au bois en compagnie de votre lévrier. » L'année suivante, *exit* le lévrier. Les plus chanceux partaient vers un domaine à la campagne sans comprendre pourquoi, après avoir été choyés, on les rejetait. Et les plus malheureux étaient noyés dans la Seine sous prétexte qu'ils étaient atteints d'une maladie.

Et voilà que la nouvelle mode était à la cretonne imprimée, aux grenats, et aux chats angoras. C'est ainsi que ma mère fit l'objet de mille attentions, dormit sur des coussins de satin, fut nourrie de blancs de poulet et caressée par une maîtresse attentive pendant le temps où elle était « à la mode ». Quand la vogue des caniches arriva, elle se retrouva jetée dans le parc d'une maison de retraite.

C'était la bonne qui avait eu pitié d'elle. Le majordome avait reçu l'ordre de se débarrasser de Sissie – c'était le nom de ma mère – et il allait l'assommer et l'enterrer, mais la jeune employée lui avait fait les yeux doux et il n'avait pu résister. Elle ne voulait pas que l'on tue Sissie, elle s'y était attachée. Il lui était impossible de la garder car elle vivait sous les toits de la maison de ses maîtres dans une chambre de bonne à peine assez grande pour y mettre son matelas, mais elle avait eu l'idée de lâcher Sissie dans un parc où elle savait que des chats vivaient libres. C'était le jardin d'une maison de retraite pour personnes âgées fortunées. Le lieu était bien entretenu, et si les chats y avaient élu domicile, c'est parce que nombre de vieillards les aimaient et leur procuraient nourriture et câlins en abondance.

Ce ne fut pas pour autant que Sissie se sentit à l'aise dans cet endroit. Jusque-là elle avait été traitée comme la fille chérie d'une humaine, au chaud et en sécurité dans une demeure. Elle était nourrie abondamment, avait le droit de faire tout ce qu'elle voulait sans jamais être grondée. Elle avait toujours été détendue et confiante. Quand, après l'avoir transportée, cachée sous son manteau, la jeune bonne la jeta par-dessus le mur et qu'elle se retrouva dans ce parc, sa curiosité prit tout d'abord le dessus. Il y avait tant à explorer ! Sissie ne connaissait rien de la nature : pour la première fois de sa vie, elle entra en contact avec l'énergie des plantes. C'était passionnant, elle apprenait beaucoup en goûtant des feuilles et en s'adressant aux grands arbres, jusqu'à ce qu'elle se retrouve cernée par une bande de chats qui se rapprochaient dangereusement. Elle sentait d'instinct que c'était elle l'intruse entrée sans permission sur leur territoire, mais elle n'avait nulle part où aller. Le mur par-dessus lequel elle avait été jetée était trop lisse pour être escaladé, elle ne pouvait pas s'enfuir de ce côté-là. Elle se réfugia sous un buisson épais, se griffant le dos aux épineux, et se défendit comme elle put. Comme le passage était étroit, les chats ne pouvaient s'y glisser qu'un par un, et elle pouvait faire face à un adversaire à la fois. Au bout d'un temps très long pour les nerfs de Sissie, ils se lassèrent. Et la belle angora se retrouva seule, aplatie sous les feuillages, sans savoir quoi faire ensuite. Dans sa conscience, plusieurs faits nouveaux s'imposèrent : elle était sans protection, sans rien à manger, et livrée à elle-même. Elle vécut alors des moments traumatisants, d'incompréhension et de douleur, et sa première réaction fut de se laisser mourir. Une nuit passa ainsi, entre stress et abattement.

Le lendemain, elle se rendit compte qu'elle avait survécu et était parvenue à dormir dans l'inconfort de son buisson. Des sons de voix humaines attirèrent son attention. Elle avait aimé les humains, leur avait accordé sa confiance. Sans même réfléchir à ce qui venait de lui arriver, son premier réflexe fut de sortir pour aller à la rencontre de ces voix.

– Oh, mais regardez comme elle est jolie, celle-là !

– C'est la première fois que je la vois. Quelle beauté !

– Viens là, ma toute belle !

Un groupe de vieilles personnes faisait cercle autour de Sissie qui se mit à faire des volutes autour de leurs jambes. Des mains caressantes venaient de partout se poser sur elle.

– Vous avez la viande que le cuisinier nous a donnée ?

– Oui, tenez Germaine. La voici.

Devant Sissie, une petite assiette apparut, remplie de viande fraîche en morceaux. Elle se rendit compte qu'elle mourait de faim, et cette manne fut la bienvenue. Sa matinée passa en compagnie de ce groupe, auprès de qui elle s'abandonna, comme elle savait le faire avec son ancienne maîtresse. Elle monta sur les genoux d'une dame qui l'accueillit en constatant qu'elle n'avait même pas de puces. Toutes deux s'endormirent au soleil jusqu'à ce que sonne la cloche du déjeuner. En moins de temps qu'il n'en faut pour le dire, tous les humains disparurent dans le bâtiment, et Sissie se retrouva seule sur la terrasse sans savoir où aller ensuite. Aussi elle attendit.

C'est ce jour-là qu'elle fit la connaissance de Marie, une infirmière du centre. Marie était très jeune, à peine vingt ans. C'était une jolie personne blonde aux yeux clairs, petite et fluette, au regard pétillant d'intelligence.

– Qu'est-ce que tu fais là, toi ?

Sissie leva la tête vers Marie et un courant passa entre elles. Marie avança une main prudente et la tête de la chatte vint s'emboîter dans le creux de sa paume.

– Attends une seconde.

Marie revint avec un bol de lait que Sissie but lentement, en s'arrêtant souvent pour remercier la jeune femme du regard.

Sissie s'aperçut que tous les chats du parc bénéficiaient d'un traitement amical. Chaque humain avait son préféré, et des fils lumineux allaient des vieillards aux chats, les liant à travers leur amour partagé.

La vie de Sissie continua ainsi. Ses journées se passaient dans la chaude amitié des humains, mais ses nuits étaient difficiles. Ses coussins lui manquaient, et elle avait du mal à côtoyer les autres chats quand l'obscurité tombait. La saison des amours la prit par surprise, elle ne put y résister. À son propre étonnement, elle roula sur le dos dans des poses lascives, face aux matous attirés par son odeur. Elle accepta l'un d'entre eux, un grand mâle presque roux lui aussi, avant de se réfugier, effarouchée mais pleine de volupté, dans sa cachette. Désormais, elle se savait enceinte et entrait dans l'attente de sa future portée.

Elle n'allait avoir qu'un seul chaton vivant.

Moi !

Les vieillards s'aperçurent que ma mère était pleine car son ventre s'était arrondi. Cela devint le sujet de conversation préféré de tous. Qui avait été l'heureux élu de la petite princesse ? Combien allait-elle avoir de chatons ? Quelle serait leur couleur ? Tout le monde spéculait, pariait sur moi. Je n'étais qu'un fœtus, mais cet intérêt arrivait jusqu'à moi et je sentais les nombreuses caresses qui m'étaient destinées à travers le ventre de ma mère.

Marie prévint les personnes âgées. Après ma naissance, la princesse devrait être opérée. C'était la règle. On ne pouvait pas laisser proliférer les bébés dans le parc.

Cette loi était acceptable pour tous. Même nous, les chats, préférons la stérilisation à l'abandon ou à une vie stressante sans protection dans des endroits dangereux. Pour une chatte sans maître, la procréation n'est pas une partie de plaisir. Elle s'y sent obligée par ses bouleversements hormonaux, et elle aimera ses petits, fera tout pour les protéger et les rendre heureux. Mais si elle sait que leur vie sera si difficile qu'elle ne leur apportera rien de bon, elle préférera qu'ils ne viennent pas au monde. La vie dans la rue est très dure pour des petits chats ; c'est pourquoi les chattes seules préfèrent ne pas avoir des grossesses répétées dont l'aboutissement est de voir mourir leurs bébés. Ne plus être en chaleur leur permet de n'avoir à veiller que sur elles-mêmes et ne plus craindre pour leurs petits. D'ailleurs, si vous vous souvenez de ma deuxième vie et de la pauvre chatte qui avait été ma mère, vous ne vous aventureriez pas à compter le nombre de bébés qu'elle avait perdus, au risque d'en être attristé…

Les vieilles personnes n'aimaient pas l'idée de l'opération de Sissie, mais personne ne pouvait aller contre les décisions de Marie qui, malgré son jeune âge, avait une autorité naturelle indiscutable.

Le moment venu, je naquis dans mon buisson, et tout le petit monde de la maison de retraite veillait autour et procurait à ma mère les meilleurs morceaux de viande ou de poisson subtilisés pendant les repas. Une couverture avait été glissée par une main amie au fond de notre abri de verdure. Tous les humains étaient aux petits soins. Mais personne ne m'avait encore vu. Ma mère me cachait comme un enfant de star mis hors de portée de la curiosité des paparazzis.

Il leur fallut attendre que j'aie presque un mois pour assister à ma première sortie.

Mon début de vie fut consacré à téter et à dormir. Maman ne me laissait que très peu. Où serait-elle allée ? Tout venait à nous. Elle me lavait soigneusement, et quand mes yeux finirent par s'ouvrir, j'explorai tout d'abord ma niche de feuillages. Et puis un matin, je me décidai.

Ce fut un rayon de soleil qui m'attira. Il semblait danser jusque sur la couverture où je dormais. Comme il bougeait, j'essayais de l'attraper. Bien sûr, mes pattes ne retenaient que du vide, mais c'était très amusant. Je sautais sur ce rond de lumière dansant, bondissais, le suivais du regard et de la patte. Ce jeu m'excita tellement que je sortis en courant de ma cachette et me retrouvai au milieu d'un important groupe de personnes. L'un d'entre eux, un petit monsieur souriant entièrement vêtu de noir, aux cheveux tout blancs, tenait un miroir dans lequel il capturait le soleil de ce matin de printemps. C'était lui qui, pour m'attirer, avait envoyé ce rayon jusqu'à moi. Une clameur accueillit ma sortie, et tous se mirent à parler en même temps.

– Oh, qu'il est mignon !

– C'est un petit cœur.

– Il a les poils longs comme sa mère, mais avec un peu de blanc.

– Vous croyez qu'on peut l'attraper ?

– Non, Simone, laissez-le. Il est trop petit.

– Voilà sa mère !

Ce jour-là, maman ne me rentra pas dans le buisson. Elle resta là, au milieu du groupe de nos admirateurs, fit ma toilette devant tout le monde, me donna à téter et suscita des propos enthousiastes. Maman aimait avoir un public, cela devait dater de sa vie mondaine.

Mon enfance dans ce parc fut parfaite. Je me liai particulièrement avec la dénommée Simone qui m'adorait. Simone avait un visage un peu fripé où brillaient deux yeux très bleus, et sa tête était surmontée de boucles blanches que j'aimais tirer car elles rebondissaient dès que je les lâchais. Je passais beaucoup de temps à jouer avec elle et elle était devenue mon « humaine ». J'aimais quand elle s'endormait en me tenant sur ses genoux. Sa jupe faisait une sorte de hamac où je me sentais bien au chaud. Ma maman m'apprenait ce qu'elle savait, ce que les chats se transmettent, et je passais du temps avec elle à remuer mon petit derrière pour me mettre en embuscade et chasser des insectes. Le jour où j'attrapai un petit papillon, je le mangeai sans faim car j'étais fier d'être devenu un vrai prédateur. Maman me félicita, mais je fus surpris d'entendre des grondements de réprobation de la part des humains qui assistaient à la scène. Simone ne sembla pas apprécier et je me demandai alors si je n'aurais pas dû le lui offrir en cadeau.

J'étais devenu un jeune chat et les matous commençaient à revenir vers ma mère. C'est à ce moment-là que Marie décida d'intervenir. Elle arriva un soir avec une boîte dans laquelle elle mit maman qui se laissa faire, confiante. Simone l'accompagnait et, ce soir-là, elle me prit dans ses bras et me parla longuement. Je ne compris pas tout son discours, mais je vais le retranscrire comme je l'ai entendu :

– Viens, mon petit Nemo (j'appris que je m'appelais Nemo. Apparemment, mon nom avait fait l'objet d'un grand vote dans la salle à manger un soir.) Ta maman va revenir bientôt. C'est pour son bien que Marie l'emmène. Ne t'inquiète pas. Et surtout ne bouge pas. Je vais te prendre avec moi dans ma chambre. C'est interdit, mais je ne supporterais pas que tu restes tout seul dehors. Je vais te cacher dans mon armoire quand l'infirmière de nuit passera. Tu ne diras rien, hein, mon petit Nemo ?

Je ronronnais contre sa poitrine. Elle m'avait glissé dans son corsage pour me dissimuler et m'introduire en secret dans sa chambre. Je sentais son cœur qui battait fort dans sa poitrine. Quand elle referma la porte derrière elle, elle poussa un gros soupir et me fit sortir. Simone me montra une salle d'eau et m'expliqua que je devrais y faire mes besoins si j'avais envie, qu'elle nettoierait. Comme elle formait des images bien claires dans sa tête, j'arrivais à les lire et je compris.

Ça, c'est une chose importante pour que nous vous comprenions. Vos mots ne nous disent pas grand-chose même si nous arrivons, au bout d'un certain temps, à les reconnaître et à en saisir le sens. Si vous voulez vraiment nous transmettre des idées, faites des images dans votre tête. Imaginez que vous avez un petit écran de cinéma derrière votre front, et projetez dessus ce que vous voulez nous dire. Nous lirons ces images et saisirons ce que vous voulez.

Simone savait le faire et c'est pourquoi j'obéis en faisant un petit pipi dans le bassin qu'elle me montrait. Elle s'exclama de joie et me félicita pour mon intelligence. Je vis sa pensée : elle se voyait racontant mes exploits aux autres dames, puis elle effaça cette idée car cela lui parut dangereux de dire qu'elle m'hébergeait. L'image suivante était nous deux, rien que nous deux dans sa chambre jusqu'au retour de ma maman.

Elle ne savait pas, bien sûr, que les choses ne sont pas toujours comme on les prévoit.

Alexandre s'étire et visualise son lit. Il en a assez d'écrire et veut aller se coucher. Mais avant, il va falloir qu'il fasse quelque chose d'important et je vais l'y obliger. Cela fait trois jours qu'il ne s'est pas occupé de mon bac de litière, et c'est dégoûtant. Je préférerais qu'il mette moins de grains et qu'il les change plus souvent que d'en mettre une couche épaisse et de l'oublier. J'ai voulu y aller tout à l'heure mais ai mis la patte sur un caca. Berk !! Du coup, je me retiens depuis une heure et n'ai pas l'intention d'attendre plus longtemps.

– Qu'est-ce qu'il y a, Mozart ? Pourquoi tu cries comme ça ?

Bon, j'ai attiré son attention. Il se brosse les dents, mais je vais continuer.

– Awouette, cha chuffit. Qu'ech tu veux ?

Il fait semblant de ne pas comprendre alors que je lui montre la litière et tourne autour. Il a fini avec ses dents. Ah non, il ne va pas sortir de la salle de bains. Pas question.

– Mais tu as failli me faire tomber ! Ça va, j'ai compris. Tu veux que je change ta litière, mais je suis crevé, là. Ça devra attendre demain !

Demain ? Il est fou ? Et si je l'empêchais d'aller aux toilettes, lui, il accepterait d'attendre mon bon vouloir ? Je décide d'employer les grands moyens.

C'est une méthode éprouvée. Je m'en suis déjà servi une fois. D'un pas souple et détendu, comme si j'acceptais ce qu'il vient de me dire, je me dirige vers mon bac, mais au lieu d'y entrer, je me perche sur le rebord, le derrière vers l'intérieur pour bien montrer que je n'y mettrai pas les pattes ; comme dans les cabinets à la turque des humains, si vous voyez ce que je veux dire. Il me regarde en hochant la tête, même pas gêné. Il me voit comme un chat intelligent qui a trouvé une solution d'attente valable, et s'apprête même à me féliciter. Je dois avouer que j'ai pris un peu d'embonpoint ces derniers temps. La sédentarité, la bonne chère, la vie d'écrivain, et mon poids a raison du bac qui bascule, renversant granules et crottes partout sur le sol. J'ai juste le temps de reculer d'un bond. Le bac s'est retourné. Alexandre pousse un cri, baisse les bras et s'avoue vaincu. Cinq minutes plus tard, je peux, enfin, occuper tranquillement une litière propre.

Ce qui est bien avec Alex, c'est qu'il n'est pas rancunier. Quand je le rejoins dans son lit, il pose sa main à plat, paume en l'air à ma portée pour que je puisse y mettre ma tête comme dans un oreiller tiède. Nous gardons un contact pour dormir, un contact qui relie nos pensées...

Simone était une vieille dame adorable. Ancienne cantatrice, elle avait beaucoup voyagé et été très courtisée.

Elle avait réuni une fortune en bijoux, cadeaux de ses admirateurs. Elle les portait avec élégance et beaucoup de grâce, mais sans ostentation. Ce qui me plaisait en elle était sa douceur et le timbre de sa voix. L'âge n'avait pas éraillé les sonorités qui sortaient de sa bouche, et quand elle s'adressait à moi, j'étais aux anges. Parfois elle chantait des airs qu'elle avait interprétés et j'étais comme statufié par le pouvoir de son vibrato. Les ondes sonores hérissaient mon poil de plaisir et faisaient vibrer mes moustaches. Beaucoup de chats aiment la musique car nous ressentons une grande joie à l'écouter quand elle est harmonieuse. J'étais en admiration devant Simone et elle me le rendait bien.

J'étais donc avec elle dans sa chambre quand Marie emporta ma mère pour lui faire enlever les ovaires et l'utérus. Je ne savais pas trop pourquoi maman devait partir et à vrai dire, je n'y prêtais même pas attention parce que j'étais bien avec Simone, et que je n'avais plus besoin de téter. N'allez pas interpréter cela avec votre mental d'humain. Ce n'était pas de l'égoïsme. Vivre au jour le jour et se sentir bien dans le moment présent au lieu d'extrapoler sur ce qui pourrait être, et tout ce qui pourrait arriver de bien ou de mal dans le futur ne fait que blesser. Pourtant, c'est la seconde solution que choisissent la plupart des humains. Mon attitude était plus sage. Et c'est pourquoi je ne compris pas trop – ou ne voulus pas comprendre – pourquoi Marie revint seule, catastrophée, et pourquoi Simone sanglota toute la nuit suivante. Ma mère n'avait pas supporté l'anesthésie et était décédée pendant l'opération. Mais cela, je ne le savais pas, et je me contentais de consoler Simone en ronronnant sur sa poitrine alors qu'elle pleurait allongée sur son lit. Elle murmurait pour moi :

– Mon pauvre petit. Te voilà orphelin. Je vais m'occuper de toi, je te le promets. Je ne te laisserai pas. C'est juré !

Et elle versait des larmes, encore et encore. Bien sûr, elle projetait ses émotions humaines sur moi et se faisait tout un roman de cette malheureuse histoire. Simone avait de l'imagination, et je sentis aussi qu'elle puisait dans son passé, dans un épisode mal digéré de sa jeunesse, alors qu'elle avait perdu un bébé. Je devenais cet enfant perdu, ce petit malchanceux.

« Orphelin » ne voulait rien dire pour moi, mais que Simone me prenne sous son aile me convenait à merveille.

Marie se sentait coupable et les pensionnaires de la maison de retraite ne l'aidaient pas à aller mieux. Tout le monde la regardait de travers, comme la meurtrière qui avait mené leur « Princesse » à la mort et provoqué la disparition du petit Prince (moi). Ce devait être très pénible pour elle et il ne lui restait que l'amitié de Simone, avec qui elle partageait le secret de mon devenir. Simone ne voulait pas me relâcher dans le parc. Elle avait décidé de s'occuper de moi comme une mère et elle allait tenir sa promesse.

Pour éviter que les femmes de ménage ne passent trop de temps dans sa chambre, Simone décida de ranger elle-même, de passer le balai et de faire son lit alors qu'elle n'avait jamais eu à le faire de sa vie. Je ne savais pas à quel point c'était une preuve d'amour pour moi. Mais je ne crois pas que cela lui était pénible, car nous en fîmes de joyeux moments de jeux. Quand elle faisait son lit et secouait les draps, j'entrais en dessous et courais sur le matelas. Dès que le tissu retombait sur moi, je me mettais sur le dos et essayais d'en faire une boule. Simone riait en faisant semblant de me gronder et nous passions de longs moments à nous amuser ainsi. Le passage du balai était un autre jeu très divertissant, car je m'amusais à envoyer à travers la pièce toutes les poussières qu'elle rassemblait. Le ménage nous prenait souvent toute la matinée et Simone fréquentait moins les autres pensionnaires. Mais elle voyait beaucoup Marie, la seule à qui elle pouvait se confier et à qui elle avait fait jurer de s'occuper de moi s'il lui arrivait quoi que ce soit. Marie avait promis en posant la main sur mon dos.

Et je devais comprendre plus tard que c'était par cette jeune infirmière que le fil du destin que j'avais tressé autrefois allait se renouer.

Cependant, quand j'arrivai à l'âge où l'instinct d'un chat lui dicte de se mettre en quête de femelles, Simone et Marie se sentirent très mal à l'aise. Toutes deux avaient à l'esprit la triste fin de ma mère, et l'idée de mon opération faisait remonter toute la douleur qu'elles avaient ressentie. Elles essayèrent d'ignorer mes miaulements qui devenaient de plus en plus rauques. Simone dut se procurer de l'eau de Javel et jouer les maniaques de la propreté pour voiler mes jets d'urine odorants.

Il devenait impossible de continuer ainsi. J'allais être repéré et personne ne connaissait les conséquences que cela pourrait avoir pour Simone, Marie et moi. Aussi, un soir, Marie prit les choses en main, et m'emporta malgré les yeux ruisselants de Simone.

Du point de vue de Marie, je faisais un pèlerinage sur le lieu où ma mère était morte. De mon point de vue, on m'amenait dans un endroit horrible et stressant. C'était une animalerie de laboratoire où séjournaient surtout des rats, mais aussi des singes, des lapins, quelques chiens et quelques chats. Les images que ceux-ci avaient en tête et qu'ils me firent parvenir étaient traumatisantes. Les humains de cette époque n'avaient aucune pitié, aucune considération pour la souffrance animale. Même les rats m'émurent et leurs pensées m'atteignirent en plein cœur. Si j'avais pu, j'aurais ouvert toutes ces cages pour libérer tous ces malheureux. Je n'oublierai jamais ces animaux sacrifiés cruellement à la – soi-disant – science.

Celui qui devait m'opérer était une relation de Marie, vétérinaire de l'animalerie de ce laboratoire. Il avait fait un gros travail sur lui-même pour devenir totalement indifférent et sourd aux cris et aux appels au secours qui lui parvenaient d'une façon sonore ou silencieuse de toutes les bêtes autour de lui. Comment aurait-il pu vivre autrement ? Il promit à Marie de s'occuper de moi, lui assura que l'opération d'un matou était sans conséquence et qu'elle pourrait venir me chercher rapidement. Ou même, si elle le souhaitait, elle pouvait rester et m'attendre. Marie choisit cette solution et bien lui en prit car elle assista à l'opération et empêcha le vétérinaire de m'administrer du curare au lieu d'une anesthésie. Pour lui, c'était la même chose. Je ne bougerais pas, et c'était ce qui lui importait. Mais Marie savait, car elle avait des connaissances médicales, que le curare ne fait que paralyser, tout en laissant conscient et en empêchant les poumons de fonctionner. Il lui assura qu'il m'aurait donné de l'oxygène, mais je n'en suis pas sûr. Et je compris alors pourquoi ma mère était morte entre ses mains. Moi, je m'en sortais plutôt bien. Après une courte anesthésie, je m'éveillai avec une légère douleur au niveau de l'arrière-train. Marie me remit dans le panier et m'emporta tout de suite après avoir remis quelques billets à son « ami » pour l'intervention.

Quand je retrouvai Simone, elle pleura de joie. Elle s'était fait tout un film en m'imaginant déjà mort. Elle me prit doucement sur ses genoux et me chanta *Duetto buffo di due gatti* (de G. Berthold, faussement attribué à Rossini) que j'aimais par-dessus tout. Elle l'avait compris car elle sentait les vibrations de ma peau quand sa voix s'élevait. Nous étions en phase, sur la même longueur d'onde. C'était vraiment une personne merveilleuse. C'est elle qui a contribué à me lier définitivement aux humains.

Un gros changement attendait la maison de retraite. Nous étions fin 1936, et après l'annonce du départ à la retraite de l'ancien directeur, un nouveau responsable fut nommé. Il s'appelait M. Coutreaux. En enlevant le r, cela donnait « couteaux » !

Il fit une très bonne impression sur les pensionnaires car il avait une allure martiale et de la distinction. De plus, et les vieilles dames gloussaient en l'affirmant, « c'était un bien bel homme ! ». Son discours d'arrivée suscita des réactions enthousiastes. Il se disait adepte de principes tels que « un esprit sain dans un corps sain » et suggérait d'introduire la gymnastique quotidienne dans le centre. La propreté était aussi pour lui capitale et il prévoyait des changements notoires en ce domaine.

Si les pensionnaires avaient su que le premier de ces changements concernait les chats du parc, ils n'auraient certainement pas applaudi comme ils l'avaient fait.

Quelques jours plus tard, au petit matin, un service de dératisation envahit le lieu. Les hommes, armés de cages, d'appâts, de poison et de lacets, avaient pour mission de débarrasser le parc de tous les parasites, rats, souris, cafards, et… chats avant le lever des pensionnaires.

Après le petit déjeuner, quand les personnes âgées sortirent pour appeler leurs amis félins et leur offrir comme d'habitude ce qu'ils avaient subtilisé pour eux, ils ne trouvèrent plus personne. Nombreux furent ceux qui allèrent aux nouvelles pour comprendre ce qui s'était passé. Une délégation fut envoyée chez le directeur, qui rit en leur annonçant sans ménagement que tous les « parasites du parc » (*sic*) avaient été envoyés *ad patres*.

Ce fut l'horreur et la consternation. Certains voulaient partir immédiatement de cet endroit et se mirent à écrire à leurs enfants. D'autres sombrèrent dans une profonde dépression.

Et l'ambiance changea du tout au tout.

Quelques semaines plus tard, au lieu d'un endroit de vie joyeux où les pensionnaires ne pensaient qu'en termes de partage et d'amitié, il n'y eut plus que des vieillards isolés dans leur fauteuil, une couverture sur les genoux pour réchauffer leur corps privé de tendresse. On compta de nombreux décès cette année-là, ce qui réjouissait M. Coutreaux car, par contrat, il récupérait une partie des héritages pour ses « œuvres ».

Simone se mit à craindre pour moi. De nouvelles aides-soignantes choisies par le directeur avaient été recrutées pour s'occuper de l'hygiène du centre, et j'étais de plus en plus menacé d'être découvert. Si j'émettais le moindre miaulement, Simone se mettait à trembler, ce qui fit que je devins muet de crainte de susciter ce malaise chez elle.

La tension devint trop forte pour Simone et sa santé en fut affectée. Malgré sa minceur et sa petite taille, elle avait toujours été solide et volontaire ; cependant le choc de la disparition des chats et la crainte de me perdre la fragilisaient. Marie supportait pour sa part très mal ce nouveau régime, mais elle restait, se sentant responsable des pensionnaires auxquels elle s'était attachée.

Un soir, Simone demanda à Marie de la rejoindre dans sa chambre sous prétexte de soins. Elle avait pris une décision. Elle ne pouvait plus vivre ainsi en craignant pour moi à chaque seconde. Elle m'aimait trop fort. La résidente supplia Marie de me prendre avec elle, et la pria d'accepter de l'argent pour mon entretien. Elle pressa entre les mains de Marie une grosse enveloppe et lui demanda de m'emmener. Ce fut un moment déchirant. Je sentais qu'il s'agissait de me séparer de mon humaine bien-aimée. Je me laissai tomber sur ses genoux en ronronnant, pour prolonger les moments en sa compagnie. Mais je savais déjà qu'une nouvelle étape de ma vie devait commencer et que j'avais un destin à accomplir.

Nous les chats percevons certaines choses que vous ne voyez pas. Il faut que vous sachiez que trois jours avant qu'un humain ne parte dans la lumière, son âme commence à se détacher. Quand je quittai Simone, je savais qu'elle était dans ce cas. Elle avait décidé de partir, et déjà elle était en train de s'en aller, légère comme un ballon luminescent.

Je m'installai donc chez Marie, dans son petit appartement sous les toits d'un immeuble dont l'escalier en bois dégageait une odeur forte d'encaustique. Ce n'était pas grand, mais j'étais habitué à vivre dans une chambre et cela ne me changeait pas beaucoup. Le soir de mon arrivée, Marie, tout en préparant à manger, se mit à me faire des confidences. Elle avait rencontré un jeune homme dont elle était tombée amoureuse. Il allait venir ce soir, elle voulait que je le rencontre. Elle était sûre que j'allais m'entendre avec lui et elle comptait sur moi pour faire sa conquête.

– Allez, viens mon petit Nemo, je vais te faire tout beau !

Elle me brossa le poil et voulut me mettre un peu de brillantine sur le haut de la tête, mais je ne me laissai pas faire. Cette espèce de gelée me donnait la nausée, et si les humains se trouvaient beaux avec, ce n'était pas mon cas. Marie n'insista pas et se mit à préparer un repas qui, en mijotant, dégageait un fumet irrésistible. Elle avait obtenu des crevettes du cuisinier de la maison de retraite et en faisait un plat qui avait l'air délicieux. J'en retrouvai la voix, et me mis à miauler pour la supplier de me faire goûter avant l'arrivée de notre invité. Je crois que ce qui la fit céder fut la surprise de m'entendre. Simone lui avait raconté que j'étais un chat muet. Marie comprit que je me sentais bien à son domicile ; elle voulut me souhaiter la bienvenue en augmentant mon plaisir. Elle me servit une petite assiette de crevettes en sauce. Je me régalai, puis allai m'étendre sur un coussin qui m'était destiné et faisait partie de mon trousseau offert par Simone.

J'étais parti dans mon monde de rêves quand quelques coups discrets firent vibrer la porte peu épaisse de la chambre de Marie. Poliment, je me levai pour aller accueillir le nouveau venu.

Je pense qu'inconsciemment je savais déjà qui était derrière cette porte. Mais quand elle s'ouvrit, mon cœur fit un bond car je le reconnus tout de suite, bien que sa taille et sa carrure aient bien changé. Vincent ! Un Vincent adulte était dans la pièce et embrassait Marie. Je me mis à faire des rondes autour de ses jambes pour fêter nos retrouvailles, mais en me voyant, il eut un geste de rejet, et son visage blêmit.

– Ça va, Vincent ? Qu'est-ce que tu as ?

Marie avait remarqué son malaise. Il se força à sourire et répondit que tout allait bien, que c'était la fatigue sans doute. Vincent peignait des panneaux de bois pour les cinémas et c'était un gros travail pour lequel il fallait de la patience et beaucoup de talent artistique. Vincent n'en manquait pas. Il se mit à raconter que ces jours-ci, il travaillait sur un panneau pour la sortie d'un film de Charlie Chaplin, *Les Temps modernes*.

– J'ai eu la chance de le voir à l'avance. Tu vas voir, il est sensationnel. Je t'emmènerai dès qu'il sera à l'affiche.

Marie contemplait Vincent avec des yeux d'adoration, mais le regard de son bien-aimé était attiré de mon côté et il avait l'air contrarié.

Il fallait que je fasse quelque chose. Doucement, je montai sur le sofa où le jeune couple était installé, je passai tout d'abord sur Marie, puis me glissai jusqu'aux genoux de Vincent, qui se raidit. Avant qu'il n'ait pu faire un geste pour me repousser, je me laissai aller, comme je le faisais autrefois sur le jeune Vincent, et lui présentai mon ventre à la caresse. Vincent eut un sursaut, hésita une seconde, puis retrouva le geste de son enfance pour me cajoler. Je répondis comme je le faisais autrefois en me mettant en S et en ronronnant bruyamment.

– Ça alors. On dirait qu'il t'aime déjà. C'est maboul ! C'est un coup de foudre. Mais… Qu'est-ce que tu as, Vincent, tu pleures ?

Alors Vincent raconta tout à Marie. Ses vacances en Bretagne, la ferme d'à côté, son petit chat Marmot qu'il avait sauvé de la noyade et adopté avec sa sœur Jeanne, et la grosse bêtise qu'il avait faite en voulant l'emporter chez lui à la ville.

– Je me suis toujours senti coupable. Je n'en ai jamais parlé à personne. Et je n'ai jamais plus voulu avoir un chat. J'ai toujours raconté que j'étais allergique, alors que ce n'est pas vrai. Et maintenant, celui-là, sur mes genoux… il a fait exactement la même chose que Marmot. Et en plus il lui ressemble. Ça m'a fait du mal… et du bien à la fois.

Marie embrassa Vincent, et je crois que sa sensibilité la séduisit encore davantage que son talent et son allure. Ils dînèrent en se regardant dans les yeux et firent des projets d'avenir. Ils n'étaient pas riches, ni l'un ni l'autre, mais une vie à deux leur souriait. Enfin, à trois, puisque j'en faisais maintenant partie, comme me le confirmait la main que Vincent posait tendrement sur ma tête.

Comme je l'avais senti, Simone décéda, et ce fut ce jour-là que choisit M. Coutreaux pour convoquer Marie et lui faire part de son licenciement. Depuis le début, le courant ne passait pas entre eux car il voyait bien que Marie désapprouvait ses méthodes. Mais il savait que Simone, la cantatrice, adorait la jeune infirmière, et pour ne pas contrarier une de ses plus célèbres – et plus riches – pensionnaires, il ne l'avait pas congédiée plus tôt. Pour Marie, l'annonce fut un choc. Ses projets de mariage tombaient à l'eau. Le salaire de Vincent ne suffirait pas pour leur installation. Elle allait devoir chercher du travail ailleurs, et elle avait bien compris que M. Coutreaux ne lui donnerait pas de bonnes recommandations.

Le soir, je la consolai comme je pus en ronronnant pour rééquilibrer son corps affecté par cette mauvaise nouvelle. Vincent fut aussi atterré qu'elle car il saisit tout de suite que leur union allait être remise à plus tard.

Mais moi je savais que pour eux, les choses allaient s'arranger, car j'avais eu la visite de l'esprit de Simone qui m'avait mis au courant.

Simone ne s'était jamais préoccupée d'avoir un mari et des enfants. Ses parents étaient décédés depuis longtemps, et comme elle était enfant unique, j'étais sa seule famille. C'est pourquoi, après son décès, je fus le premier qu'elle visita. Je vis tout d'abord une belle lumière dans la pièce, et je me dis que le soleil était bien haut ce jour-là. Puis je sentis une chaleur très douce m'enrober. Un parfum bien connu atteignit mes narines et je reconnus mon amie. Nous passâmes de longues heures de béatitude tous les deux, avant que Simone n'ait à partir pour aller assister à son enterrement – comme le font toutes les personnes qui s'en vont. C'est une curiosité bien légitime. Les défunts veulent savoir qui va se déplacer, ce que l'on va dire d'eux, mais ils n'aiment pas que l'on pleure, car la douleur des proches les empêche de passer dans la lumière. Ils se sentent responsables de cette souffrance et ne savent comment dire aux vivants qu'ils vont bien et qu'ils se sentent légers dans leur nouvelle vie de l'autre côté. Bien qu'il y ait eu à ses obsèques ses amis de la maison de retraite et des anciens admirateurs, Simone n'avait personne de proche pour la pleurer, et ce fut très bien ainsi car elle n'eut aucune difficulté à entrer dans la lumière après être venue une dernière fois me faire ses au revoir.

Elle avait eu le temps de me dire ce qui allait se passer dans la vie de Marie et de Vincent, mais je sus garder le secret, tout en me réjouissant par avance.

Marie courait les maisons de retraite, les hospices, mais le sort semblait s'acharner contre elle. En fait, ce n'était pas la malchance mais M. Coutreaux, à travers ses nombreux appuis politiques et ses relations puissantes, qui avait fait passer le mot de ne l'engager nulle part. Pourquoi cet acharnement ? En fait, il lui prêtait ses mauvaises pensées et s'imaginait qu'elle avait agi comme lui l'aurait fait à sa place. Il la soupçonnait donc de « faire la cour » aux personnes âgées pour en obtenir des avantages financiers. Il pensait que Simone n'avait pas eu le temps de faire un testament, et c'est pourquoi il fut très surpris d'être convoqué chez le notaire pour l'ouverture de ce document.

Il fut encore plus étonné de voir entrer dans le cabinet la jeune Marie, qui avait l'air de ne pas savoir ce qu'elle faisait là. Il lui jeta un regard de haine et de mépris si prononcé que le notaire intervint :

– Je vous en prie. Asseyez-vous. Nous allons procéder immédiatement à l'ouverture du testament de Simone Langeveau.

La lecture commença. Au fur et à mesure de son déroulé, M. Coutreaux devenait de plus en plus rouge, et Marie avait la bouche qui s'entrouvrait de stupeur. N'y tenant plus, le directeur se leva, cracha aux pieds de Marie en la traitant d'intrigante et de putain, puis sortit de la pièce en claquant violemment la porte.

Vous l'avez tous compris. Simone avait fait de Marie sa légataire universelle, et avait même stipulé dans son testament que, vu le changement de direction et les nouvelles dispositions contraires au bien-être des pensionnaires, elle se dégageait du contrat qui l'avait liée à l'ancienne hiérarchie et dans lequel elle s'engageait à donner ses biens à la maison de retraite.

Le notaire avait vérifié. C'était légal : le contrat qui unissait Simone à la maison de retraite avait été signé avec l'ancien directeur et le concernait personnellement. Comme il était décédé récemment, plus rien ne contraignait Simone à faire ce legs. Elle avait fait venir son notaire en le faisant passer pour un ancien amant car elle soupçonnait M. Coutreaux de la surveiller, et elle avait eu bien raison !

Marie se trouvait donc à la tête d'une fortune ; elle sortit de chez le notaire la tête vidée et les jambes flageolantes.

Comme elle n'était pas sûre et qu'elle se demandait encore s'il s'agissait d'un rêve, elle ne dit rien à Vincent et le laissa se torturer encore un peu pour leur avenir. Elle l'écoutait calmement, et était si tranquille qu'il finit par ne plus se soucier de rien, s'abandonnant à sa confiance à elle. Elle lui fit une magnifique surprise, et me rendit aussi très heureux. En se basant sur le récit des souvenirs d'enfance de Vincent, elle alla en Bretagne dans le village qu'il avait décrit et, après avoir touché son héritage, y acheta une maison. Elle en avait choisi une traditionnelle en grosses pierres, à une centaine de mètres de la ferme où j'avais vécu ma troisième vie. Nous partîmes tous les trois au moment où Vincent bénéficia de ses premiers congés payés. Je n'aimais pas voyager, cela me rappelait un mauvais souvenir. Je me terrai au fond de mon panier ; mais à l'arrivée, quelle fut ma joie de retrouver cette campagne que j'avais tant aimée. J'explorai la demeure, puis m'élançai vers la lande en direction de la ferme voisine. Marie cria, m'appela, elle avait peur de me perdre. Elle ne savait pas que je connaissais la région comme mon pelage.

Extrait du journal d'Alexandre

J'ai écrit la quatrième vie de Mozart d'une traite, presque sans m'arrêter. Je dois l'avouer, l'inspiration est là, et mes doigts glissent sur le clavier sans problème. D'ailleurs, j'avais même oublié de changer la litière et Mozart m'a bien fait part de son mécontentement. Message reçu.

Comme j'ai décidé, malgré la peur que je me suis faite l'autre jour, de continuer à m'inspirer de l'histoire de mes grands-parents, je vide toujours des cartons au grenier. J'ai retrouvé ainsi un album photo avec des images de

Vincent et Marie devant leur ferme en Bretagne. L'endroit est joli, mais ils ne m'ont jamais vraiment parlé de cette période. Je ne sais pas trop pourquoi. D'ailleurs, ils ne l'ont pas gardée longtemps et l'ont vendue juste quelques années après. Mais c'est curieux, je l'avais visualisée telle qu'elle apparaît sur les photos. Et puis, j'ai trouvé des images de mon père petit, en compagnie du chat qu'ils avaient à cette époque et qui ressemble à Mozart. Il n'est pas comme Mozart, mais il y a un air, et surtout un regard très semblable.

J'ai cherché partout le nom de ce chat, mais je n'ai pas trouvé. Alors j'imagine qu'il s'appelle Nemo ! Il n'y a rien d'écrit au dos des photos, rien dans les lettres de cette époque, et je n'ai pas envie de contacter mon père pour savoir s'il se souvient de ce chat. Vu mes relations avec lui, ce serait vraiment déplacé.

Marie et Vincent se marièrent en Bretagne et la fête fut magnifique. Mais Vincent n'ayant pas envie de dépendre de sa femme financièrement, il voulut continuer à travailler. Il allait donc dans les villes de la région où les cinémas commençaient à se développer pour y exercer son métier de peintre de panneaux de films. Marie avait un gros ventre et ce fut une période bien douce pour moi car je passais de longs moments avec elle tandis qu'elle tricotait pour son futur bébé. Je découvris les joies des pelotes de laine qui parfois s'échappent du fauteuil et se mettent à rouler. Les griffes s'enfoncent délicieusement dedans, et ces objets roulants sont comme des proies faciles avec une longue queue. Je les trouvais très drôles, mais Marie n'aimait pas que je les attrape. Elle me fit cadeau d'une petite pelote jaune pour moi tout seul, que je trouvais beaucoup moins amusante.

À la ferme, Armand n'était plus là. Il y avait un nouveau cheval, plus méfiant, avec lequel je ne pus devenir ami. Il me voyait comme un prédateur dangereux et se méfiait de moi. Mais les moutons étaient toujours aussi confortables et chauds, et j'allais souvent les voir pour dormir sur leur dos. Je me remis à la chasse aux souris, même si je n'avais pas besoin de cela pour vivre. Mon instinct me disait qu'il valait mieux m'entraîner.

Et les événements me donnèrent raison.

Le petit Pierre, le fils de Marie et de Vincent, venait de faire ses premiers pas sous les applaudissements de ses parents. J'avais voulu l'aider en le poussant en peu, et il avait failli s'asseoir sur moi avec son derrière garni de tissus volumineux (les humains appelaient cela des « langes »). Tout le monde avait bien ri jusqu'à ce que la TSF – c'est un appareil qui parle – annonce le début de la guerre. Nous étions en 1939, et Marie tomba assise sous le coup, comme si elle avait un lange pesant au derrière.

Je ne vais pas m'étendre sur les guerres que se font les humains car pour un chat, elles sont incompréhensibles. Tout ce que je peux dire, c'est que pour des êtres comme nous qui apprécions une vie tranquille et calme, les conséquences de la guerre sont horribles. Vous me direz que pour la plupart des humains aussi, sauf que beaucoup se donnent des mauvaises raisons pour la justifier. Ce fut difficile pour Vincent et Marie, qui furent tous deux appelés « sous les drapeaux » : Vincent comme soldat, Marie comme infirmière. Comme Pierre était encore très jeune, Marie ne fut pas mobilisée à plein temps. Elle put rester dans la région et se déplacer à vélo pour aller là où se trouvait l'hôpital. Pierre était gardé par une nourrice qui s'occupait de tout un groupe d'enfants.

Quant à moi, j'étais un peu laissé à l'abandon, et souvent les journées passaient sans que j'aie quoi que ce soit à manger. Je devenais efflanqué et chassais autant qu'il était possible pour subsister. De temps à autre, Marie semblait se souvenir de ma présence et me donnait une espèce de rata infâme que j'avalais uniquement parce que mon estomac criait famine. Elle resta sans nouvelles de Vincent pendant de longs mois, jusqu'à ce qu'une lettre lui arrive d'Allemagne. Quand l'enveloppe fut glissée sous la porte par le facteur, je me couchai dessus et ne bougeai plus. Je serais bien resté longtemps ainsi si Marie, inquiète de cette immobilité, n'avait fini par me prendre dans ses bras. Elle découvrit le courrier et, comme je le supposais, pleura un mélange de larmes de douleur et de soulagement.

« Ma Marie,

Si tu savais comme tu me manques. Nous avons été faits prisonniers, mes camarades et moi, et conduits en Allemagne dans un camp. Nous avons été placés dans des fermes de la région pour y travailler, et j'ai pu ainsi faire passer cette lettre qui, je l'espère, te parviendra. Mon sort pourrait être pire et je remercie la providence car je sais que cette guerre va bientôt finir et que je pourrai revenir auprès de toi et de notre petit Pierre. Je t'aime, ma Marie. »

Vincent se montrait optimiste, il était vivant. Marie ne demandait qu'à espérer. Mais je notai aussi qu'il n'avait rien mis pour moi dans sa lettre, pas même un petit mot !

La guerre allait durer encore de trop longues années, et il allait leur falloir attendre bien des mois avant de se retrouver.

Quant à moi, je ne devais pas revoir Vincent dans cette vie. C'était contrariant. Je n'allais pas pouvoir lui faire la tête comme prévu pour m'avoir oublié dans son courrier.

Un soir où je dormais dans la cave – nous avions pris l'habitude de nous y installer la nuit de peur des bombardements –, je vis une lumière s'approcher de moi et sentis un parfum familier. J'étirais mes pattes de bien-être, en émettant un roucoulement de gorge. Je l'avais reconnue, c'était mon amie Simone. Elle venait me préparer à la rejoindre dans la grande lumière. J'essayai d'en savoir plus, mais elle ne m'envoya aucune image sauf pour me dire qu'elle serait là pour m'accueillir.

Le lendemain se passa comme d'habitude. Aussitôt Marie partie, je sortis par la lucarne de la cave pour aller en quête de petits rongeurs ou d'oiseaux. Je ne trouvai pas grand-chose, la faim me poussa à grignoter des plantes. Il en fut de même le jour suivant, et celui d'après, où je m'éloignai davantage pour tenter ma chance un peu plus près des fermes. Je me disais que les souris allaient venir s'y réfugier et que ce serait un meilleur terrain de chasse. Je ne vis pas venir le coup, mais mon corps fit une pirouette dans les airs avant de retomber, inanimé. J'avais été abattu d'un coup de fusil. Était-ce un Allemand qui avait la consigne de tuer tous les animaux errants, ou un chasseur en quête de nourriture, ou même une balle perdue ? Je ne devais pas le savoir, car Simone m'empêcha de voir. Elle m'emporta rapidement, et j'avoue m'être laissé aller avec bonheur dans son énergie.

Les guerres sont des affaires d'humains, mais nous, les animaux, en sommes les victimes oubliées. En montant vers la lumière, je vis tous les animaux qui partaient eux aussi de l'autre côté. Il y en avait une foule, beaucoup avaient été abattus par les envahisseurs dans les villes à l'abandon. Des trains entiers de corps de chiens, de chats et de chevaux étaient partis vers des incinérateurs et leur énergie montait en masse vers la lumière où ils trouvaient paix et bien-être.

Le changement de décor de ma vie suivante allait être radical et surprenant ! Des tristes campagnes dévastées par la guerre, je me vis parachuté dans un univers de conte de fées pour millionnaires désœuvrés…

CINQUIÈME VIE
Smart Vet Clinic ou l'*American way of life*

J'étais serein, heureux dans l'au-delà et donc pas trop pressé de repartir sur Terre. Mon excuse pour traîner était que je voulais être sûr que la guerre soit finie, mais il faut aussi avouer que je m'amusais bien. Je me trouvais dans un endroit où l'on peut créer tout ce que l'on veut simplement avec ses pensées, pour le faire apparaître instantanément. Simone était là aussi, je faisais partie de ses souhaits, et elle faisait partie des miens. Elle s'était donné l'apparence de ses trente ans et agissait comme telle ; mais moi, je la visualisais comme je l'avais connue, comme une mignonne vieille dame. Nous nous entraînions à inventer des paysages merveilleux pour nous y promener et j'arrivais à avoir une bonne maîtrise de mes représentations. Parfois, nous nous faisions des surprises ou des farces en rajoutant des éléments incongrus ou fantaisistes dans nos créations. Simone m'avait offert une vision de souris danseuses dotées d'ailes de papillons, et j'avais inventé pour elle ce que je pensais être un opéra pour qu'elle puisse y chanter. Mais vu son fou rire en le découvrant, je compris que je m'étais trompé quelque part. Entre deux hoquets, elle m'expliqua que j'avais fait un genre de grande étable en bois de luxe et marbre, et que le poulailler des salles de spectacle ne devait pas contenir de volailles. Bref, nous passions de très bons moments.

Deux choses pourtant me poussèrent à reprendre un corps : Simone devait partir plus haut vers une mission dont elle ne pouvait me parler, et il ne fallait pas que je traîne trop si je voulais pouvoir suivre « ma » famille. Je ne souhaitais pas me retrouver, en me réincarnant, face à un arrière-arrière-petit-fils de Vincent avec qui je n'aurais eu aucun lien. C'est avec lui que j'avais passé un pacte, et il n'était pas question que je rompe mon engagement.

Aussi, je me décidai. Et repartis sur Terre.

Ce que je percevais du monde extérieur depuis le giron de ma mère me parut étrange. Les bruits de voix ne ressemblaient en rien à ceux que j'avais connus dans mes autres vies. J'étais en compagnie de trois autres fœtus qui pédalaient en me donnant des coups de pattes, ce que je leur rendais bien, et j'étais sûr d'une chose : cette fois, j'allais naître au milieu des hommes.

Et j'avais raison : autour de ma mère en plein travail, il y avait des bruits et quand je pointai mon museau à la sortie, je fus accueilli par une lumière vive et des mains recouvertes de caoutchouc vinrent me dégager, puis couper mon cordon. Je fus emporté sur un tissu pour être lavé, séché, emmailloté. Je reçus des gouttes dans la truffe, et ma gueule fut ouverte et examinée. Ce n'est qu'au bout d'un bon moment que l'on me permit de retrouver ma mère pour avoir droit à la tétée.

Mais où étais-je donc tombé ? L'odeur était bizarre et me rappelait ce que je sentais sur Marie quand elle rentrait de son travail à l'hôpital. Au bout de quelques jours, on nous mit, ma mère et tous ses petits, dans une vaste corbeille et on nous emmena de cet endroit vers ce qui paraissait être une maison. Les humains parlaient une langue différente de celle que j'avais connue, mais je pouvais capter quelques-unes de leurs images. Une me fit sursauter. En humain, cela donnait :

– *Hello, little girl. How are you, Moïra* ?

En chat, cela voulait dire que j'étais une femelle !!

Extrait du journal d'Alexandre

Encore un coup de fil pendant que je travaille :

– Oui Baptiste, bien sûr je vais bien. Si je veux sortir ce soir ? Non mon vieux, je ne crois pas. La dernière fois, c'était vraiment un plan foireux. Les deux filles que tu as amenées, c'étaient des pures cruches. Non, je n'exagère pas. Mais bien sûr j'ai le droit de rester célibataire si ça me chante. Je fais ce que je veux, tout de même. Non, n'insiste pas, je préfère rester là. Je suis inspiré et je veux travailler. Allez, ne sois pas vexé ! Et amuse-toi bien.

J'ai peut-être été un peu rude, mais c'est la vérité. Les deux filles qu'il avait invitées la dernière fois pour me divertir (et peut-être me faire rencontrer l'Amour avec un grand A) étaient vraiment tartes. Je me suis ennuyé toute la soirée en les écoutant commenter des téléréalités.

Mais en plus, j'ai vraiment envie de continuer à écrire. Mon livre prend beaucoup d'importance dans ma vie. Ce n'est pas que j'y pense tout le temps, mais c'est – comment dire – comme si je me sentais obligé de l'écrire. Mes mains deviennent parfois étrangement indépendantes de mon esprit. L'autre jour, je pensais à ma liste de courses, et quand je suis revenu à mon travail, eh bien, je me suis rendu compte que j'avais écrit deux pages entières. Deux pages que j'ai découvertes comme si quelqu'un d'autre les avaient rédigées.

C'est très curieux d'écrire presque inconsciemment…

Du coup, j'ai eu l'idée de faire des expériences avec moi-même. Là, j'ai tenté un truc. Pour sa vie suivante, j'ai fait naître mon chat très loin de mes grands-parents en situant mon histoire à l'autre bout du monde, et je vais bien voir où cela va m'entraîner.

Tiens, je commence à parler comme si je ne maîtrisais plus rien… En fait, c'est un peu le cas. Je n'ai aucune idée de ce que je vais écrire aujourd'hui ! Ce sera la surprise.

Merci Mozart de me faire des bisous. Heureusement que tu es là, toi ! Fidèle à ton poste de chat d'écrivain ! Un bien beau métier, non ?

Je m'appelais Moïra, et j'étais une femelle ! Ça, c'était déjà un choc. Et j'étais née à New York dans les années 1950. 1953 ! C'était l'époque du renouveau d'après-guerre, du modernisme, de l'hygiène. La clinique où ma mère avait accouché, la *Smart Vet Clinic* (SVC) était le fin du fin pour chat distingué. Dès que sa maîtresse crut détecter les premières contractions, elle appela les services de taxi de la clinique pour que ma mère soit transportée en urgence et dans le plus grand confort vers cet endroit de luxe. On l'installa dans une chambre où elle reçut des soins, compresses sur la truffe et sur les coussinets, examen cardiaque, bouffée d'anesthésiant, avant de passer en salle de travail où une équipe l'attendait pour l'aider à accoucher. Ce qui bien sûr perturba totalement ma pauvre mère, laquelle essaya de se sauver à plusieurs reprises pour aller faire ses bébés tranquille dans un coin. On ne l'y autorisa pas, et elle fut obligée de laisser les humains continuer leurs simagrées.

C'est pourquoi je fus enlevée à elle et nettoyée à fond dès ma naissance, des narines au trou du derrière. J'étais une chatte de luxe, une pure chatte persane au pedigree impressionnant, et je le valais bien.

Ce que fut mon enfance, vous pouvez l'imaginer. Ma maîtresse, miss Victoria O'Donell, était une millionnaire américaine dont la famille avait fait fortune dans la fabrication de pneus. Ce fut d'ailleurs mon premier jouet, une petite roue de voiture miniature en pur caoutchouc où je laissai une de mes dents de lait. Le moins que l'on puisse dire est que notre vie, à ma fratrie et moi-même, était confortable.

Mais il y avait des contreparties.

En premier lieu, les domestiques nous détestaient, non pas parce que nous étions des chats, mais pour tout ce que leur patronne leur imposait en ce qui nous concernait. L'intendante devait commander « *from France* » du « pâtéé de fwoie grras » (prononcé avec l'accent de miss O'Donell) qu'on nous servait sur des toasts grillés dans des coupelles en argent. Elle devait également aller dans des épiceries de luxe choisir du homard et des filets de poissons qui étaient cuisinés et mis en scène d'une manière harmonieuse et originale dans nos assiettes. Nous, les chatons, devions suivre notre mère qui nous enseignait à ne pas nous précipiter pour aller manger. Ma mère avait été formatée par les humains à un point inimaginable pour un chat : au lieu de nous apprendre ce qu'une chatte doit montrer à ses petits, elle nous faisait adopter des comportements singeant les attitudes humaines. Marcher lentement vers nos assiettes, nous tenir droit, ne pas jouer comme des fous, ne surtout pas grimper aux rideaux, pourtant si tentants. Elle avait été éduquée à coups de baguette jusqu'à ce que la crainte la force à se comporter comme le souhaitait sa maîtresse.

Vous remarquerez que c'est la première fois que j'utilise ce terme « maîtresse ». Vincent, Marie, Simone, n'avaient pas été des maîtres pour moi. Ils étaient des compagnons de vie et de partage pour notre évolution parallèle. Ma mère n'avait pas la chance d'avoir une compagne humaine. Je jugeai vite miss O'Donell. Elle était folle ! Non pas aliénée ou délirante, mais folle dans son comportement car elle agissait comme si elle endossait tout le temps des déguisements différents. Il m'était impossible de savoir qui elle était vraiment tant ses masques étaient nombreux. Elle avait son visage pour son conseiller, une attitude un peu hautaine et détachée de femme d'affaires intelligente, ou ce qu'elle croyait l'être. Elle portait son masque pour les domestiques, autoritaire et arrogante, et très aigre dans son ton de voix. Elle était tout autre avec certains hommes, ceux qu'elle pensait être ses « admirateurs ». On aurait dit qu'elle imitait alors ma mère, en ronronnant et en prenant des poses lascives. Et puis, il y avait une autre elle-même face à son miroir où elle faisait des grimaces en se tirant la peau et en soupirant. Elle se détestait cordialement et tout dans sa vie était faux.

Comme elle vivait dans le mensonge envers elle et les autres, elle passait son temps à interpréter les attitudes des gens, car elle se pensait supérieurement intelligente et très psychologue. Elle se confiait à nous, les chats, et cela donnait :

– Je suis sûre que Peter est amoureux de moi. Quand je lui ai tendu mon gant, il s'est incliné et y a posé ses lèvres. Tu te rends compte, Beauty (c'était le nom de ma mère) ? Il a dû penser que je l'encourageais. Comme c'est divertissant !

Et moi, j'avais vu la grimace de dégoût de ce Peter quand il s'était retourné pour s'en aller.

Un autre gros inconvénient de notre « fortune » était qu'en plus d'être toujours sous tension, nous devions subir ce que miss O'Donell pensait convenable pour nous, comme l'arrachage des griffes. Pour nous les chats, c'est une mutilation horrible. Les humains pensent que les griffes sont comme leurs ongles alors qu'elles sont comme leurs doigts. Elles font partie de notre corps et nous en avons besoin pour nous sentir en sécurité. Privés de ces attributs, nous nous sentons mal dans notre peau et pouvons développer des névroses si graves que nos humains en arriveront à nous rejeter.

Pour moi, c'était clair, miss O'Donell voulait nous rendre aussi fous qu'elle.

Quand le vétérinaire préféré de notre maîtresse (un de ceux pour qui elle ronronnait fort) arriva pour l'opération des « petits », j'étais bien décidée à ne pas me laisser faire. Il fallut m'attacher et je continuais à gigoter pour manifester ma réprobation. On m'enleva les griffes et je restai ensuite pendant plusieurs jours prostrée, refusant de m'alimenter. Rien n'y fit : le saumon de Norvège, les truites du Canada, les huîtres fines, je refusais tout. Jusqu'à ce que le vétérinaire vienne me faire des piqûres d'un produit destiné à stimuler mon appétit. Je dois dire que cela fonctionna, mais bien contre mon gré.

Comme je vous l'ai dit, j'étais une persane, une persane argentée. En plus d'être tombée chez une maîtresse déséquilibrée, c'était une épreuve d'être née dans un corps créé par des éleveurs. Car c'est en croisant des chats atteints de déficiences génétiques que les persans sont devenus une race recherchée. Notre museau est trop plat, nos yeux trop grands, nous larmoyons souvent, et notre nez coule car notre énergie circule mal dans un visage écrasé où notre gueule est mal adaptée pour faire notre toilette. Bien sûr, dans mon cas, ce n'était pas un problème car j'avais une servante dédiée à mon lavage, brossage, nettoyage des yeux et des dents.

Victoria O'Donell recevait de nombreux amis, devant qui elle nous exhibait pour nous faire admirer. En nous regardant, ceux-ci faisaient des réflexions du genre : « Eh bien, voilà des chats qui ne doivent pas être malheureux. » « Ils doivent en faire des envieux ! » ou encore : « J'ai vu des chats errants à la campagne. Les pauvres. S'ils voyaient ceux-là, ils en mourraient de jalousie ! »

Ne voilà-t-il pas la preuve évidente que les humains ne pensent pas comme les chats ? J'aurais donné tous mes coussins et mon fwoi grras pour être libre de gambader avec ces fameux félins errants !

Quand miss O'Donell partait visiter ses usines, nous avions un peu la paix. Nous pouvions jouer entre chatons, même si notre mère, terrifiée, tentait de nous en empêcher. Je finis par devenir une chatte méditative. Je passais de longues heures à écouter battre mon cœur et à me relier à tout ce qui vit sur Terre. Je me rééquilibrais et acceptais alors cette vie difficile dont j'avais du mal à comprendre le sens.

Où était la famille que j'avais aimée ?

C'est ce côté tranquille et mes postures de sphinx miniature qui firent que miss Victoria O'Donell me choisit pour l'accompagner dans un de ses voyages en Afrique. Elle m'admirait beaucoup et voulait que le monde entier en fît autant.

Les autres humains autour d'elle s'amusaient encore à interpréter mes pensées : « Comme elle en a de la chance. » « Elle doit être si heureuse de vous accompagner dans un si beau voyage. » « Regardez-la. Elle a même l'air d'être reconnaissante. »

N'importe quoi ! S'ils avaient su à quel point tout cela m'était indifférent...

Quelque temps avant le voyage, un vétérinaire vint m'examiner en détails. Il me trouva parfaite, et je sus alors que je ne serais pas opérée. J'étais destinée à devenir une reproductrice. Comme je n'avais encore jamais fait l'expérience de la maternité, cela me parut digne d'être vécu.

Je dus subir des vaccins et sentis quel mal cela faisait dans mon corps. Affaiblie, je dormis longuement, ce qu'avait prédit le vétérinaire. Les humains croient nous faire du bien avec leurs vaccins, mais ils nous tuent lentement en les renouvelant chaque année. Nous savons nous soigner nous-mêmes et sommes mieux adaptés aux médecines naturelles si vraiment nous avons besoin de soins complémentaires. Les vaccins et les remèdes chimiques altèrent notre champ énergétique et l'endommagent. J'étais donc patraque, dans un corps pas vraiment adapté à une pleine forme, et face à une vie qui ne me disait rien qui vaille, mais que bien des humains auraient rêvé de vivre !

Je la leur aurais laissée avec grand plaisir. Mais il fallait que j'aille au bout de cette expérience.

Mon panier de voyage avait l'allure d'une malle aménagée avec goût, montée sur roulettes. Il était doté d'une fenêtre translucide avec des rideaux de dentelle, contenait un lit en plume, avec oreiller, de quoi m'alimenter, et quelques jouets pour me tenir compagnie. Séparée de mes frères et sœurs, je me pris donc d'amitié pour une peluche en forme de chat, à peu près de la même taille que moi et qui me ressemblait. Au point que les gens qui jetaient un coup d'œil dans mon habitacle pensaient que deux chats étaient installés dans la malle. Je surnommais cette peluche « minnrrrou ». Elle devait être ma vraie amie pendant toute la traversée sur le luxueux paquebot.

Et j'allais avoir besoin de son réconfort, car Victoria O'Donell avait préparé une de ces mises en scène dont elle avait le secret pour se faire valoir, et je devais en être l'infortunée vedette !

Nous étions installées dans une suite sur le pont principal où une bouteille de champagne et une corbeille de fruits attendaient au frais. Des filets de saumon et du caviar étaient aussi disposés sur une table au ras du sol à mon intention. Victoria croqua quelques grains de raisin avant de sonner les domestiques pour qu'ils défassent ses bagages. Dans la partie de la suite où se trouvait mon lit de satin à baldaquin était installée une armoire miniature. Je suivais des yeux une soubrette qui la remplissait de petits vêtements. C'était étrange. Quand la domestique eut terminé, elle me prit dans ses bras pour m'emmener dans la salle de bains. J'avais l'habitude d'être baignée, mais je continuais à ne pas aimer cela. L'eau nous est étrangère au niveau cellulaire et notre corps est propre naturellement. Nous sécrétons un suint qui fait briller notre poil et ne sentons jamais mauvais, sauf si nous sommes en mauvaise santé ou en désarroi.

Mais j'étais bien obligée de me laisser faire. Après m'avoir séchée et brossée, elle m'enfila une brassière de cuir rose ornée de diamants. J'étais gênée sous les pattes, mais je savais très bien que rien ne servirait de me débattre. Ma mère m'avait inculqué sa peur et m'avait appris à me tenir tranquille.

Victoria apparut dans un fourreau de soie rose, fendu sur une jambe, assorti à ma brassière. Ses cheveux blond platine avaient été gonflés, elle fermait les yeux à demi en entrouvrant la bouche. Je l'avais vue s'entraîner de longs moments face à un miroir. Elle voulait ressembler à une jeune actrice en vogue du nom de Marylin Monroe, dont elle n'avait plus l'âge. Elle prit la laisse que lui tendit la soubrette, au bout de laquelle j'étais attachée.

Les couloirs du bateau m'étaient étrangers et je me sentais mal à l'aise dans cet environnement mouvant. Par moments, nous n'arrivions pas à marcher droit car le sol ne restait pas horizontal. Les gens qui nous croisaient se retournaient et murmuraient sur notre passage, et Victoria renouvelait ses mimiques à la Marylin. Quand nous arrivâmes dans la salle à manger, un homme en costume blanc et casquette se leva pour venir nous accueillir. Il embrassa les doigts de miss O'Donell, qui le salua du nom de « capitaine Richard », se pencha vers moi pour me caresser d'une main distraite, puis offrit son bras à ma maîtresse pour la conduire à sa table. Là, il se baissa à nouveau vers moi pour me déposer sur un siège surélevé qui avait été prévu pour moi près de Victoria. Ma brassière fut fixée à un anneau sur le dossier de mon fauteuil, ce qui fit qu'il m'était impossible de descendre et de m'en aller si jamais cette fantaisie m'était passée par la tête. J'allais devoir assister à tout un repas interminable. Nous venions de nous asseoir et l'ensemble du restaurant retenait son souffle en nous regardant. On aurait pu entendre une mouche voler. C'était perturbant car l'assistance était statufiée, en suspens, jusqu'à ce qu'enfin, le capitaine fasse tinter une clochette et lève son verre. L'atmosphère se détendit et le brouhaha reprit dans la salle. On me servit comme les humains et je mangeai un peu de tout. Il faut avouer que les plats étaient excellents, mais quel ennui d'être ainsi coincée. Après le second service de viande – magret de canard aux framboises –, je me mis en boule sur ma chaise et m'endormis.

Je me réveillai dans la chambre et, le lendemain, tout recommença.

Bain, brossage, brassière, petit déjeuner. Nous fîmes sur le pont une promenade qui me terrorisa. Le bateau bascula alors que nous marchions et je perdis l'équilibre, me retrouvant tout au bord de la balustrade.

Quelques centimètres de plus et je serais passée en dessous, vers le vide. J'entrevis tout en bas la surface foncée d'une nappe mouvante immense et eus du mal à reconnaître la mer. Dans ma vie en Bretagne, je ne l'avais vue que depuis des petites criques et l'effet était très différent. Là, c'était impressionnant et effrayant tout à la fois.

À la nuit tombée, sur le bateau, l'équipage organisait des soirées pour distraire les passagers. J'avais pu jusque-là me faire ramener à la suite par une servante avant que ces fêtes ne commencent, mais le troisième soir, Victoria semblait désireuse de me garder auprès d'elle. Il y avait un concours de mini miss, et toutes les petites filles qui se trouvaient à bord devaient y participer. Une douzaine de fillettes, entre sept et onze ans, avaient été inscrites par leurs parents à ce concours. Le prix était encourageant : la miss gagnerait une croisière sur un bateau de la compagnie, et les dauphines auraient chacune un bijou en or. J'étais toute proche de la scène et je voyais les visages des mères qui apprêtaient et conseillaient chacune leur fille. Elles distillaient de la haine et de la jalousie comme un poison sur les enfants et observaient les rivales de leur progéniture en fronçant le nez comme s'il s'agissait de poissons pas frais. Les fillettes étaient tendues et absorbaient les paroles de leur mère. Je voyais bien l'action invisible de ce qu'elles transmettaient aux enfants. Cela fonctionnait comme des envoûtements maléfiques et, pour moi, cela devenait insupportable. Heureusement, une jeune bonne que j'aimais bien vint me chercher. Miss O'Donell lui sourit en lui demandant de bien s'occuper de moi. C'était la première fois que je la voyais parler à une domestique avec un tel sourire. Cela me fit froid sur l'échine car j'eus comme un pressentiment.

Arrivée dans la chambre, je me précipitai sur mon lit pour rejoindre minnrrrou, ma peluche, et m'endormir en la serrant contre moi. Mais ce n'était pas le programme prévu. La jeune fille m'emporta dans la salle de bains pour une nouvelle toilette, et je me dis que j'allais finir par perdre tous mes poils à force d'être lavée. Bain, séchage, brossage, parfum, et ce ne fut pas tout... La bonne me ramena dans la chambre et ouvrit ma petite armoire pour en sortir un vêtement blanc qui ressemblait à un gros gâteau, et – horreur – me le fit enfiler en tirant mes pattes dans les manches puis en refermant les boutons dans le dos. Elle ne s'arrêta pas là. Elle me mit des bijoux et, pire, fixa un voile sur ma tête avec un élastique qui passait sous mon menton. J'étais mortifiée, engoncée, mal à l'aise, et je ne rêvais que d'une chose : déchirer tout ce tissu encombrant. La domestique dut sentir mon envie, car elle ouvrit un flacon rempli de petites pilules jaunes et me força à en avaler une. Elle me maintint quelques minutes sur ses genoux tandis que mes forces vitales s'affaiblissaient et que mon énergie décroissait. Les médicaments m'abîmaient, je le sentais bien, mais ces humains étaient sans pitié. Quand je fus bien molle, la jeune bonne pressa sur une sonnette et quelques instants plus tard, on frappa à la porte. Sans attendre qu'on lui ouvre, un jeune homme en livrée qui tirait, en pouffant de rire, une espèce de carrosse doré, entra. La domestique m'introduisit dans le réceptacle de ce véhicule capitonné où je me laissai tomber, empêtrée dans mon vêtement.

– Hubert, voulez-vous cesser !

Le jeune homme avait attrapé la petite bonne par la taille et essayait de l'embrasser. Apparemment, la mise en scène dans laquelle je me trouvais l'excitait. Tout en se bousculant, se pinçant et se lutinant, ils poussèrent à deux mon habitacle ridicule jusqu'au salon principal.

En vue de la grande porte, ils se calmèrent. Quelqu'un guettait leur arrivée qui, d'un geste, déclencha une musique solennelle retentissante.

– *La Marche nuptiale* ! Allez ma jolie, il faut y aller en rythme. On fera la noce tous les deux tout à l'heure, susurra le garçon à l'oreille de la jeune servante.

Et je fis mon entrée au milieu des applaudissements d'un cercle de gens qui n'attendaient plus que moi. On me sortit de ma cachette et Victoria me prit dans ses bras pour me montrer à la foule qui applaudissait, et aux photographes qui m'aveuglaient de leurs flashs. Et puis j'avisai un autre chat. Il était assis sur un coussin de velours bleu, maintenu par un monsieur en smoking. C'était un chat persan argenté, comme moi, et il avait lui aussi le nez qui coulait. Comme moi, on l'avait habillé. Mais si j'étais déguisée en meringue, il était, lui, en pingouin. C'était un cauchemar qui ne faisait que commencer. Les humains avaient décidé de projeter leurs fantasmes sur nous, et ils allaient aller jusqu'au bout.

Ma queue battait tellement fort de colère que ma traîne de dentelle se balançait vigoureusement de droite à gauche. Un homme s'avança et me prit la patte. J'essayais de me dégager mais il me maintint fermement. Il attrapa la patte de l'autre chat qui fit comme moi, sans plus de succès.

– Moïra of great windy islands de la bergerie du mont, voulez-vous prendre pour époux Imperator III de la calinette du Val d'ailleurs ?

Une petite voix flûtée susurra un « oui » tendre et timide. C'était Victoria qui jouait mon rôle de jeune mariée effarouchée.

– Imperator III de la calinette du Val d'ailleurs, voulez-vous prendre pour épouse Moïra of great windy islands de la bergerie du mont ?

Le « OUI » viril et fort me fit sursauter. La pilule jaune m'avait anesthésiée et j'avais du mal à réagir, mais je commençais vraiment à en avoir assez. Je me mis à me débattre. À ce moment-là, les humains décidèrent que les jeunes mariés devaient s'embrasser et l'on nous mit museau contre museau, Imperator III et moi. Excédés tous les deux, et malgré les photographes qui voulaient immortaliser ce moment romantique, nous nous crachâmes mutuellement à la gueule en reculant, pattes levées. Quelques instants plus tard, nous roulions par terre dans une bagarre sauvage. Des lambeaux de robe en dentelle sautaient en l'air avec le nœud papillon de monsieur, et ses débris de chemise. Ce fut une peignée mémorable, peu dangereuse car nous étions tous deux dépourvus de griffes. Les humains y allaient de leurs commentaires et interprétaient les faits :

– Quelle mal élevée, cette Moïra !

– Mais non, c'est une vraie jeune fille.

– Imperator III n'est pas très gentleman.

– Ce ne sont que des bêtes. (Eh, qui a dit ça ?)

– Quelle sotte, elle ne sait pas à qui elle a affaire.

– Il ne sait pas qui elle est.

Mais nous, nous avions relâché nos nerfs et soulagé nos tensions. On nous avait séparés et débarrassés de nos vêtements. Enfin à poils, Imperator et moi, nous allions pouvoir passer une bonne nuit.

Chacun dans sa suite !

– Eh Mozart, regarde, j'ai retrouvé tous les jouets de quand j'étais petit. Regarde, il y a ma petite 2 CV rouge.

Alex fait rouler vers moi une petite voiture qui cahote jusqu'à ma patte et que je me fais une joie de renvoyer là d'où elle vient. Il a vidé un carton et des sacs en papier pour mon plus grand plaisir. Je renverse une poche qui bruisse agréablement, et m'introduis à l'intérieur. Je cours un peu jusqu'au fond puis pars en l'entraînant à travers la pièce à l'aveugle. Je me heurte à un meuble, mais repars dans l'autre sens. C'est un jeu très amusant. Alex tend la main pour m'arrêter, je lance une patte griffes sorties vers cette proie.

– Aïe. Tu m'as fait mal. Espèce de dingue. Sors de ce sac.

Pas question. Attrape-moi si tu le peux, mais je ne vais pas me priver si facilement d'un tel jouet. Je repars mais suis stoppé net dans mon élan. Alex a fermé l'issue du sac et m'a pris au piège. Je me retrouve tout au fond, soulevé du sol.

– Ah, et tu fais quoi maintenant, hein, le chat ? Tu fais moins ton malin ?

Mais c'est mal me connaître. D'un coup de griffe acérée, j'éventre le sac, et me voilà reparti vers un carton ouvert. J'adore jouer avec Alexandre. « Il est trop cool », comme disent les jeunes humains !

Le bateau voguait vers les côtes d'Afrique tandis que j'étais enfermée dans une suite avec Imperator III. Nous avions été mariés en grande pompe la veille, et on attendait de nous la consommation de cette union. Cela n'avait pas bien commencé, et continuait tièdement. Je n'étais pas en chaleur et ce matou m'indifférait. De son côté, après s'être approché pour me flairer le dos, avoir reculé sous mes manifestations hostiles, il était allé s'installer sur un coussin pour y faire sa sieste, et je décidai de faire de même.

Je finis la croisière dans cette suite avec Imperator. Ce furent des jours agréables car nous avions une paix royale. On nous donnait à manger, on nous changeait notre litière, et on nous laissait à notre « intimité ». Nous finîmes par passer de bons moments en partageant des jeux. Imperator aimait faire la course et jouer à chat perché. Cela tombait bien. Moi aussi ! Il était un peu plus âgé que moi, mais à peine. Après l'agressivité et l'indifférence vinrent la sympathie et, pour moi, de vrais moments chaleureux. Victoria s'interrogeait sur ma grossesse possible, encouragée par le fait qu'on nous avait vus endormis dans la même panière.

En arrivant en vue des côtes africaines, nous fûmes séparés et regagnâmes chacun la suite de nos maîtres. Imperator était devenu mon ami et j'espérais qu'un jour, nous nous retrouverions.

Nous fûmes accueillis en grande pompe par une délégation d'officiels noirs et blancs, tous français congolais. Victoria O'Donell venait en Afrique pour y négocier l'installation d'usines de fabrication de pneus. Cela devait générer des emplois et amener de l'argent dans une région peu développée, mais surtout sur le compte en banque de ma maîtresse. On nous offrit des boissons et de quoi nous restaurer. Je me faisais la plus petite possible, car la fatigue du voyage avait rendu Victoria nerveuse et je m'attendais à tout de sa part. Ce ne fut pas long avant qu'elle ne déclenche un de ces scandales dont elle avait le secret. Un boy avait déposé devant moi avec le plus grand mépris un bol ébréché contenant une eau sale. Quand Victoria, qui sirotait son thé glacé, s'en aperçut, elle réagit dans la seconde avec une rapidité surprenante. Elle donna un violent coup de pied dans le bol que je n'avais pas touché, se leva pour gifler le boy qui avait eu le malheur de rester au garde-à-vous à proximité. Le garçon fut renvoyé sur-le-champ et dut s'interroger longtemps sur la cause de son infortune. Sur ordre de ma maîtresse, on m'apporta une coupelle de cristal remplie d'une eau translucide et quelques morceaux d'une viande non identifiée baignant dans une sauce brune pour obtenir mon pardon.

Le lendemain, après une nuit dans un hôtel convenable au lit garni d'une moustiquaire, on nous emmena en voiture dans un semblant d'aéroport à l'allure fantomatique, que le vent avait recouvert uniformément de poussière ocre. Nous montâmes dans un tout petit avion. J'étais morte d'angoisse car l'appareil possédait des hélices qui, dès qu'elles se déclenchèrent, se mirent à faire un bruit infernal. J'étais aplatie au fond de mon panier où heureusement Victoria m'avait laissé Minnrrrou et je me lovais auprès d'elle pour me rassurer. Quelques heures passèrent ainsi avant que l'avion n'atterrisse au milieu de nulle part. Un groupe de Jeep nous attendait en pleine savane.

Victoria ressemblait à une momie tant elle était emmaillotée de voiles destinés à la protéger de la poussière. Notre convoi démarra. Nous fûmes à nouveau secoués sur des pistes terreuses qui n'en finissaient pas. Cependant, vers l'heure du déjeuner, nous fîmes halte et Victoria me sortit de mon panier pour que je me dégourdisse les pattes et que je me désaltère. Les boys cuisinaient, les chauffeurs vérifiaient les moteurs et nos accompagnateurs tenaient compagnie à miss O'Donell. Un garçon était chargé de ma surveillance, et c'est lui qui « les » aperçut le premier alors qu'ils arrivaient en groupe dans la savane.

Il eut juste le temps de me rattraper, de me serrer dans ses bras. Après avoir poussé un cri pour avertir le groupe, il monta avec moi sur le toit de la Jeep. Des félins arrivaient droit vers nous. De loin, je ne leur donnais pas une taille précise, mais ils me semblaient bien gros pour des chats. Ils étaient de couleur dorée, leur poil brillait au soleil et l'un d'entre eux avait une crinière impressionnante autour de la tête.

– Des lions, des lions ! Montez dans les voitures.

Les humains se précipitèrent pour se mettre à l'abri, et plusieurs d'entre eux s'emparèrent de fusils qu'ils pointèrent en direction des animaux. Mais leur groupe ne s'intéressait pas à nous. Ceux qui n'avaient pas de crinière étaient des femelles s'occupant de leurs petits. Et le mâle déambulait souplement, la tête levée vers le ciel. Il était fascinant. Il me faisait penser à un morceau de soleil, son souffle soulevait sa poitrine large et je n'osais imaginer le pouvoir de son rugissement. J'étais éperdue d'admiration. Moi qui étais issue de croisements génétiques malencontreux, je reconnaissais dans cet animal une forme de perfection. J'étais là, toute petite dans les bras d'un enfant africain, toute grise dans ma robe argentée, honteuse de ma face plate et du ridicule grelot qui tintait autour de mon cou… Mais le lion tourna la tête vers moi et nos regards se croisèrent. Il ne bougea pas, mais j'y vis un signe et fis un vœu : quand j'aurais fini mes incarnations en tant que chat, je souhaitais devenir un lion et vivre dans la savane une existence de liberté sauvage !

Extrait du journal d'Alexandre

Je maîtrise mieux mon histoire maintenant qu'elle n'est plus liée à mes ancêtres. Et même s'il m'arrive encore d'avoir des genres de transes pendant lesquelles j'écris sans m'en rendre compte, je pense que cela peut être normal, et pas du tout inquiétant. Juste un détachement de soi qui prouve mon investissement dans mon travail ! J'ai trouvé dans un recoin du grenier un carton à dessin de mon grand-père Vincent et je l'ai ouvert. C'étaient des œuvres plus anciennes que celles qui sont maintenant célèbres. Je me suis régalé. C'était si varié : des paysages, des arbres, des animaux et des scènes de la vie quotidienne. Vincent a touché à plusieurs styles, mais tout est splendide. Pour rester dans l'ambiance de mon travail, j'ai sorti un tableau représentant un chat persan dans un décor baroque rutilant, dans une mise en scène des mille et une nuits. Il est magnifique et étonnant car très différent des œuvres de la « période chats », plus tardive, de Vincent. Je vais le faire encadrer et l'accrocher dans mon bureau.

Notre voyage en Afrique avait été fructueux pour miss O'Donell. Son usine devait prendre forme, et elle aurait pu être plus positive. Mais elle aimait cultiver l'énervement et un état de contrariété. Son sujet du moment était mon ventre, qu'elle tâtait souvent pour sentir si je m'arrondissais, et elle était déçue car je conservais ma taille fine.

Elle eut un brin d'espoir un jour où l'on m'avait servi de la tortue, dont la viande m'avait fait ballonner. Mais le lendemain, après un passage dans le bac à sable, il n'y paraissait plus. Elle dut se rendre à l'évidence : je n'attendais pas de petits, et la somme rondelette qu'elle avait versée au maître d'Imperator III était perdue. La milliardaire pesta contre mon ami et je miaulai pour le défendre. Imperator n'était pas en cause. Elle ne pouvait s'en prendre qu'à elle-même car elle aurait dû attendre que je sois en chaleur.

Nous étions remontées en Afrique du Nord et installées dans une villa mauresque à Alger avec vue sur la baie splendide où la mer reflétait un ciel plus pur que le bleu de mes yeux. Victoria recevait les hommages de riches amis qui vivaient dans cette ville, et l'un d'eux, pour la séduire, lui proposa de faire peindre mon portrait. On avait envoyé à ma maîtresse des œuvres de plusieurs artistes pour qu'elle sélectionne celui qui serait le plus apte à me représenter. Après moult hésitations, l'un d'entre eux fut engagé, et des domestiques installèrent tout un décor dans la chambre où je devais poser. J'en avais déjà assez avant de commencer ! D'autant que j'aimais cette ville où il faisait chaud et où j'étais autorisée à dormir dehors sur une vaste terrasse. J'y passais de longs moments agréables à l'ombre d'un toit de palmes.

Le jour de la première séance de pose arriva : on m'amena dans la pièce agrémentée de tentures scintillantes formant un genre de dais et on m'installa au milieu de coussins de brocart. Contrariée, je faisais la tête, tournais le dos, et fis mine de m'endormir. Le peintre entra sans bruit, et je l'entendais qui sortait calmement ses pinceaux. Puis ce fut le silence ! Était-il déjà parti ? Intriguée, je levai la tête, et le vis, assis tout près de moi sur les coussins. Il souriait. Mon cœur fit un bond dans ma poitrine. C'était Vincent !

La dernière fois que je l'avais vu, c'était un jeune père qui partait à la guerre ; maintenant il devait avoir une quarantaine d'années. J'étais curieuse de savoir ce qui s'était passé dans sa vie. J'aurais voulu lui poser des questions sur Marie, sur le bébé qui ne devait plus en être un, mais surtout j'étais heureuse, si heureuse de le revoir.

– Eh bien, Mademoiselle, en voilà des manières.

D'un bond, j'avais sauté sur ses genoux et poussais avec force ma tête contre son menton en ronronnant sans contrôle. Je me laissai tomber comme un chiffon mou sous ses mains caressantes, et il me regarda interrogativement. Mes attitudes lui rappelaient quelque chose. Il était ébahi par ces marques d'affection débordantes qu'il ne comprenait pas de la part d'un chat inconnu. Mais il était flatté et, confusément, une idée folle effleurait la lisière de sa conscience : se pouvait-il que j'aie quelque chose à voir avec Marmot et Nemo ? Il se posait des questions et cela me plaisait. Nous passâmes une demi-heure à partager de la tendresse. Ce fut le plus beau moment de ma cinquième vie.

Vincent devait travailler avec moi, il avait été engagé pour cela.

Cependant, il sentait bien que je n'étais pas à l'aise dans cette pièce. Il me proposa de le suivre sur la terrasse et je l'y précédai. Là, il inventa un jeu avec des boulettes de papier qu'il avait dans ses poches. Je retrouvais le plaisir des moments de délire ou de joie partagés avec le Vincent de mes autres vies. Je courais comme une folle, heureuse, et Vincent faisait des croquis. Au bout de l'heure de pose, Victoria vint constater l'avancée de ses travaux. Elle regarda la pile de croquis qu'il avait faits de moi en mouvement et hocha la tête. Vincent était un excellent dessinateur, elle en avait la preuve, mais elle ne le payait pas pour cela. Ce qu'elle voulait, c'était un portrait de moi dans toute ma splendeur.

Il nous fallut y concéder. Nous divisâmes le temps de pose en deux parties : jeux et câlins, puis pose classique. Mon portrait avançait car Vincent était doué ; moi, je nageais dans le bonheur.

Mais cela ne pouvait pas durer car déjà, miss O'Donell avait donné des ordres pour notre retour en avion vers les États-Unis. Le tableau touchait à sa fin, elle en était satisfaite. Vincent allait être payé et n'aurait plus à revenir. La toile partirait en bateau et devrait arriver à New York le mois suivant pour figurer en bonne place dans une grande exposition féline dont je serais la vedette.

Cette vie m'apparut soudain inutile. J'avais revu Vincent : si je ne pouvais pas rester avec lui, je n'avais plus aucune envie de continuer à supporter l'existence artificielle de ma « maîtresse ».

Le jour des dernières touches arriva. Il n'était pas prévu que je vienne poser, mais je m'introduisis dans la pièce en passant par la terrasse pour retrouver Vincent. Il m'embrassa pour me dire au revoir et je vis que ses yeux étaient humides. Il était aussi malheureux que moi de cette séparation, c'est pourquoi je ne résistai plus. Quand il s'en alla, son salaire en poche, je ne fis ni une ni deux, je le suivis.

Alger est une ville en terrasses et l'on peut descendre de l'une à l'autre comme dans des grands escaliers. Je ne perdais pas Vincent de vue, le suivant ainsi jusqu'au quartier où il avait sa maison. Une fenêtre était ouverte à ma portée : je m'y introduisis, soulagée d'avoir quitté miss Victoria et heureuse d'avoir retrouvé mon ancien ami. Je me trouvais dans une salle de bains dont la porte était fermée, mais j'entendis la voix de Marie, et une autre voix, celle d'un adolescent que je supposai être le petit Pierre. Ils étaient tous là et nous allions être à nouveau ensemble. Tranquillisée et emplie de mon rêve de félicité, je m'installai sur le carrelage frais pour y méditer avant d'entamer cette nouvelle étape de ma vie.

Extrait du journal d'Alexandre

J'étais dans mon bureau après le déjeuner, je somnolais un peu en rêvassant, et je viens de m'apercevoir que mes doigts ont écrit trois pages. C'est aberrant ! J'ai eu l'impression qu'il ne s'était écoulé que quelques secondes, mais presque tout l'après-midi était passé. J'ai un peu hésité à me relire. J'avais une appréhension. Et j'avais raison car j'ai eu un choc. La chatte Moïra a réussi à retrouver mon grand-père Vincent à Alger ! On dirait que mes personnages se mettent à faire ce qu'ils veulent, sans même me consulter. Je savais que cela pouvait arriver ! Souvent, le livre ne ressemble pas au plan établi auparavant par son auteur, car les héros refusent de se conduire comme l'écrivain le souhaitait au départ.

Non, c'est idiot, c'est impossible, c'est moi qui ai écrit cela, mais dans un état second. Mes grands-parents ont habité l'Algérie, ils me l'avaient raconté, même s'ils n'étaient pas trop loquaces sur le sujet. Cela a dû m'influencer inconsciemment. Le tableau de mon grand-père représentant un chat dans un décor de mille et une nuits que je viens de faire encadrer est au-dessus de mon bureau. J'y ai forcément puisé l'idée des séances de pose pour le portrait de Moïra.

Je me suis relu plusieurs fois, et j'ai finalement décidé de garder ces pages rédigées en état de transe. Je suis moins inquiet. Je pense maintenant que ces « absences » ne sont que des moments où mon subconscient prend le relais. J'ai dû avoir entendu mes grands-parents raconter beaucoup de choses que j'ai ensuite oubliées, et tout ressort dans cet état inconscient.

En revanche, j'ai eu besoin de documentation pour reconstituer l'histoire de Vincent et Marie à partir des années 1940 quand ils habitaient leur ferme en Bretagne pendant la guerre, afin de comprendre ce qui s'était passé ensuite, et pourquoi ils se trouvaient désormais en Algérie. J'ai passé toute une journée à extraire les lettres et les objets de cette époque et j'ai réussi à retracer leur histoire…

Vincent était prisonnier en Allemagne. La vie pour Marie et son petit Pierre, seuls à la ferme, était très difficile. Pierre passait beaucoup de temps chez une nourrice peu cultivée, avec beaucoup d'autres enfants dont il partageait les poux et les mauvaises manières. Il apprit avec eux à devenir grossier et violent. La nourrice les laissait traîner dans la cour derrière la maison, car elle avait trop à faire et n'était pas très débrouillarde. Leur alimentation ressemblait beaucoup à celle des cochons, avec un peu de lait en plus. Pas tout à fait la dose à laquelle ils avaient droit car la nourrice prélevait une part de leurs rations pour elle et son mari. Pierre avait reçu un lance-pierres offert par des garçons plus grands, et il s'entraînait avec eux à viser les oiseaux. À l'âge de six ans, il était devenu bon tireur et ne rêvait que de tenir une arme. Il observait les soldats et admirait leurs fusils et leurs pistolets. Privé d'affection et obligé de vivre dans la compétition pour obtenir sa ration de nourriture et ne pas être battu, Pierre s'endurcit rapidement.

Marie était sollicitée à temps plus que plein auprès des blessés. Souvent, elle dormait sur place pour reprendre le travail dès son réveil. Elle rentrait peu, et s'était à peine aperçue de la disparition de son chat Nemo. Il y avait d'autres priorités dans sa vie, et en premier lieu, celle de tenir le coup et de survivre. Quand elle réussissait à partager des moments avec Pierre, elle était horrifiée de constater à quel point son fils était mal élevé et ignorant. Mais elle ne pouvait pas y faire grand-chose.

L'entrée à l'école du petit Pierre coïncida avec l'armistice et le retour de Vincent. À la rentrée 1945, la famille était reconstituée. Il ne manquait que Nemo. Vincent se posa des questions à son sujet, mais il lui fallait surtout penser à sa santé. Un œdème de carence dû au manque de vitamines avait enflé son corps. Sa peau était grisâtre et quelques-unes de ses dents bougeaient dans sa mâchoire. Mais il était vivant et de retour. Marie prodigua tous ses soins et sa tendresse à son époux retrouvé.

Pendant plusieurs mois, Vincent ne put plus dessiner. Il trouva un travail dans une menuiserie, où il apporta son talent et son bon goût à la création de meubles. Quand il reprit un crayon, il déversa sur le papier des croquis exprimant toute l'horreur de la guerre et des camps de prisonniers. Quelques-uns des dessins de cette époque ont été conservés par son fils qui les trouvait admirables, alors qu'il n'aimait pas les paysages ou les portraits – ce qui définissait bien le tempérament de Pierre, forgé dans la guerre et la violence.

D'ailleurs le garçon allait être un des moteurs du virage pris par sa famille au début des années 1950.

L'école n'eut pas sur lui le caractère bénéfique que ses parents espéraient. Il était surtout connu dans la cour de récréation pour ses bagarres ou les sévices qu'il faisait subir aux plus fragiles de ses camarades. Vincent et Marie furent convoqués à plusieurs reprises par le directeur pour faire le point sur la violence de leur fils.

Peu de temps après, ce fut auprès de la police que les parents de Pierre durent s'expliquer. Le garçon avait blessé un de ses camarades de classe avec lequel il était en rivalité de « territoire ».

Les humains parfois sont des êtres territoriaux, comme les chats. Ils ne supportent pas que des inconnus pénètrent sur ce qu'ils considèrent être à eux. C'est apparemment ce qui s'était passé pour Pierre au sujet d'un terrain vague qui était son emplacement à sa bande et lui. Une bataille au couteau s'était ensuivie et Pierre n'avait pas hésité à « planter », comme il l'avait dit, son rival.

L'adversaire de Pierre était à l'hôpital et on craignait pour sa vie car le poumon avait été touché. Marie n'arrêtait pas de pleurer, Vincent ne savait plus comment gérer la situation. Quand on apprit que le garçon allait vivre, Vincent prit rapidement une décision : ils mettraient la maison en vente et toute la famille allait partir s'installer en Algérie.

Là-bas, personne ne les connaissait, une vie nouvelle s'ouvrirait devant eux.

C'est donc là, dans la ville d'Alger où ils avaient refait leur vie, que moi, Moïra, je les avais retrouvés et c'est ainsi que j'étais allongée, pleine d'espoir, sur le dallage frais de la salle de bains de mes amis. Je fus réveillée par des coups violents frappés à la porte de la maison. J'entendis des éclats de voix, des cris. Cela m'inquiéta et je me mis à miauler. Si j'avais compris ce qui se passait, je serais ressortie au plus vite par la fenêtre. Car je devais me sentir bien coupable par la suite de ce qui allait arriver.

Une voix perçante, que je pouvais reconnaître entre mille, répondit à mon miaulement :

– Là, elle est là, je l'entends. Défoncez cette porte !

Un violent coup d'épaule fit sauter la porte, qui n'était pas fermée à clé. Je reçus des éclats de bois qui me firent saigner, et Victoria O'Donell fondit sur moi en pleurant.

– Ma pauvre chérie. Tu es là, ma poupée. Ce monstre t'avait enlevée.

J'essayai de me débattre, de faire comprendre que Vincent n'y était pour rien. Mais que pouvais-je dire ? Victoria interprétait mes mouvements comme des suites traumatiques dues au rapt.

– Je vais porter plainte. Vous allez voir ce que vous allez voir. Vous ne vous en tirerez pas comme ça. C'est scandaleux.

Vincent et Marie n'arrivaient pas à s'exprimer. Ils étaient éberlués par ce qui venait de se passer, par l'invasion des militaires armés et de cette folle en fourreau fuchsia que l'on devait entendre dans toute la ville.

Victoria me remit à son domestique et fit une sortie indignée. Ma dernière vision fut Vincent, les mains menottées dans le dos, qu'on conduisait comme un criminel vers le commissariat. Nos regards se croisèrent, j'entrouvris la gueule pour prononcer un miaulement muet à son intention, un cri de pardon.

Heureusement, miss O'Donell était connue pour ses excentricités, alors que Vincent bénéficiait d'une excellente réputation. Le vol d'un chat lui ressemblait si peu que les policiers crurent sans difficulté sa version des faits. Il n'était pas au courant de la présence de la chatte chez lui. Elle avait dû le suivre quand il avait quitté la maison après la dernière séance de pose. Il fallut tout de même jouer le jeu face à miss O'Donell, et le policier passa la voir pour lui dire que Vincent serait puni. Cela suffit à ma maîtresse. Tout ce qui lui importait était qu'on lui donne raison.

Vincent en fut quitte pour une grosse frayeur assortie des moqueries de Pierre qui avait bien ri, pour la réparation de la porte de sa salle de bains, et une vague de tristesse et de regret chaque fois qu'il pensait à moi.

Car c'était moi la plus à plaindre !

À peine dans l'avion, mon nez se mit à couler plus que d'habitude. J'éternuais, je respirais avec peine. Mon système immunitaire, déjà bien fragilisé, ne remplissait plus son office à cause de ce dernier choc. Je ne savais pas que Vincent s'en était bien sorti, et j'avais perdu l'espoir d'être à nouveau à ses côtés. Je n'avais plus envie de vivre, je me laissai aller.

Quand Victoria se rendit compte de mon état, elle se mit à hurler que l'on appelle une ambulance au plus vite. Je partis à la SVC dans un véhicule équipé d'une tente à oxygène. Une équipe médicale passa des jours entiers à faire tout ce qu'il fallait pour m'empêcher de mourir tranquillement. Dès que je me laissais aller au calme pour pouvoir passer doucement de l'autre côté, c'était un vrai branle-bas de combat. Vétérinaires et assistantes se jetaient sur moi pour me ranimer et m'injecter divers produits. J'eus même droit à une piqûre directement dans le cœur, ce qui est affreusement douloureux. Mon bien-être ne les préoccupait pas. Ils ne voulaient qu'une chose : me maintenir en vie contre mon gré !

Mon corps était devenu une prison d'où cette équipe m'empêchait de m'évader. Miss O'Donell venait tous les jours pleurer à mes côtés et me supplier de tenir le coup. Je ne la supportais plus. Elle disait m'aimer et me faisait torturer sans relâche. C'était incompréhensible. Les animaux ont d'ordinaire le droit de mourir sans que l'on s'acharne sur eux, mais on me traita comme un humain. Au nom de quoi ? De l'amour ?

Et puis un jour, je vis une lumière dans l'entrebâillement de la porte et le sourire lumineux de mon amie Simone qui apparaissait dans les airs comme celui du chat du Cheshire dans *Alice au pays des merveilles*. Une nouvelle infirmière avait été engagée. Inexpérimentée, elle avait laissé la porte ouverte. Simone, dans sa bienveillance, venait me prévenir, c'était le moment, il me fallait agir. Je réunis ce qui me restait de force, arrachai les fils qui me retenaient à ma couche, et m'extirpai de la bulle de plastique souple dans laquelle j'étais. J'avais repéré l'endroit où cela s'ouvrait car la nouvelle ne l'avait pas bien refermée. La lumière de Simone me guida pour que je ne croise personne jusqu'à la réserve à linge. Ce fut là, confortablement installée dans un panier plein de draps propres et sur les genoux lumineux de Simone, que je pus me laisser aller et passer sereinement de l'autre côté.

Par curiosité, je souhaitai voir ce qui s'était passé après ma mort. On retrouva mon corps dans la lingerie et miss O'Donell déversa sa rage sur la jeune infirmière qui perdit son travail, mais trouva rapidement un fiancé (je m'arrangeai avec Simone pour le mettre sur sa route). Mon ancienne maîtresse (quelle joie de pouvoir dire « ancienne ») fit venir du marbre du Taj Mahal pour me faire construire un mausolée dans son parc. Mon enterrement fut un événement auquel furent conviées des stars internationales et de nombreuses personnalités du Gotha. On mit Minnrrrou auprès de moi dans le cercueil capitonné où mon corps avait été mis en scène par l'équipe des pompes funèbres. J'étais disposée comme si je dormais, ma peluche tendrement serrée entre mes pattes. Tout le monde pleura tant les musiciens jouèrent des airs émouvants. La cérémonie fut idéalement accompagnée par une météo qui sut alterner pluie légère quand il fallait verser des larmes et rayons de soleil aux moments où l'espoir d'une vie meilleure était évoqué. L'on se sépara en se congratulant pour ce bel événement que la presse couvrit copieusement.

Tous les jours, des roses fraîches étaient déposées sur ma tombe, et Victoria O'Donell vint s'y recueillir pendant plus d'un an, jusqu'à ce qu'un malheureux chaton vienne prendre ma place dans son cœur.

En Algérie, Pierre avait trouvé les coupures de journaux qui montraient la cérémonie et ma sépulture fleurie. En ricanant, il les avait mises en évidence sur le bureau de son père. Cela énerva Vincent qui avait gardé un mauvais souvenir de toute cette histoire. Mais il fut touché et attristé par l'annonce de mon décès car le fil qui nous reliait n'avait pas été coupé.

Il ne fallait pas que je traîne trop dans l'au-delà. Je savais où se trouvait Vincent et mon désir de le rejoindre avait été avivé par les quelques heures de bien-être en sa compagnie.

Mais je devais tout d'abord me soigner. J'avais vécu dans un corps trafiqué et étais morte de maladie. Il me fallait me purifier et me ressourcer avant de redescendre, ce que je voulais faire le plus vite possible, pour retrouver Vincent. De l'autre côté, le temps ne se déroule pas à la même vitesse, et il fallait que je sois vigilante pour ne pas rater ma chance.

Une occasion se présenta. Je me précipitai sans prendre le temps de connaître les épreuves que j'allais devoir passer dans cette nouvelle existence.

Ma sixième vie !

SIXIÈME VIE
De Moka à Moktar

J'étais dans un ventre très moelleux, avec deux autres chatons. Pas de stress, peu de mouvements. Ma mère semblait bien sédentaire et fort peu active. J'en étais sûr, j'étais dans une maison chez des humains. J'entendais quelques voix d'enfants, mais surtout une féminine, haut perchée, qui chassait les autres présences dès qu'il y en avait. On aurait dit que ma mère était isolée dans une pièce à l'abri de tout bruit ou mouvement. Notre habitacle était étroit, et mes frères et moi étions bien serrés.

C'est après la naissance, en tâtonnant pour téter, que je sentis que ma mère était une chatte obèse et que c'était la graisse qui nous comprimait ainsi dans son ventre.

– Tiens, ma chérie. Il faut manger pour quatre.

Je flairais plusieurs fois par jour les odeurs des plats qui défilaient devant elle et qu'elle dévorait sans faire d'histoires.

Au bout de quelques semaines, quand j'ouvris les yeux et que je vis la maîtresse de ma mère, je fus terrifié par son impressionnante corpulence. Quand elle se déplaçait dans la pièce, le mouvement d'air était si fort qu'il nous entraînait à sa suite, nous les chatons. Plusieurs fois, en fuyant sous ses pieds, nous avions failli la faire tomber au risque de finir écrasés sous sa masse imposante. Elle apportait des plâtrées de nourriture à ma maman qui engloutissait tout voluptueusement en fermant à demi ses yeux doux. À quelques signes, je reconnus cette chatte obèse comme étant la mère que j'avais eue en troisième vie, la belle angora abandonnée, morte d'une mauvaise anesthésie, qui n'avait pas réussi à obtenir un corps convenable après les chocs subis dans son existence précédente. Là, elle s'était attachée comme une ombre à cette femme, Nénette de son prénom, et leur lien était si puissant qu'elles paraissaient ne faire qu'une. Ma mère traînait un ventre énorme qui balayait le sol et ne se déplaçait que d'un fauteuil vers un coussin ou jusqu'à son panier et sa gamelle. C'était là toute son activité physique ! Nénette la défendait contre ses enfants, quatre garçons et une fille qui faisaient du raffut dans les pièces voisines. Dès le matin, on entendait des airs à la mode, rock ou twist qu'ils entonnaient à tue-tête en écoutant leurs disques. De nombreux amis venaient pour partager le petit déjeuner, ils renversaient des biscuits, du chocolat, du lait sur la nappe en toile cirée, hurlaient sur la terrasse pour appeler d'autres copains qui à leur tour envahissaient les lieux. La maison était pleine sans cesse de jeunes exubérants toujours en quête de divertissements, bruyants de préférence.

Rien ne les rendait plus heureux, semblait-il, que de se faire crier dessus par les habitants des environs qui leur ordonnaient en vain de faire cesser leur musique de sauvages. Ils se tortillaient alors en riant et beuglant des « Wababedoula, bedouwapwap ! ».

Dans mes premiers mois, j'avais profité d'un rare moment de calme et d'une envolée de mouvements de Nénette pour me glisser vers la terrasse. Face au spectacle de la ville qui s'étendait devant mes pattes, je fus émerveillé et plein d'expectative. Je l'avais souhaité et appelé de tous mes vœux, mais là j'en étais sûr. Je me trouvais bien à Alger. Ma mission : retrouver Vincent et Marie !

Les maisons blanches, éblouissantes, s'étageaient jusqu'au port, et il me semblait même reconnaître des rues où j'étais passé quand j'étais dans la peau de Moïra. Rien n'avait vraiment changé. J'allais m'élancer à l'aventure et à la recherche de mes amis quand une énorme paume me cueillit comme un fruit en pleine chute. Je me retrouvai compressé entre deux seins humides de transpiration, à moitié étouffé par la main moite qui me retenait. Car il faisait chaud en ce début de printemps 1957 et Nénette subissait les inconvénients physiques de la canicule. Elle entra dans la chambre où tournaient deux ventilateurs et s'écroula sur une chaise longue. Je dus attendre que ses souffles rauques se transforment en sourds ronflements pour pouvoir m'échapper de la poigne qui m'enserrait et rejoindre ma mère qui haletait sous l'effet de la chaleur

– mais aussi à cause de son embonpoint qui la tuait doucement en noyant son cœur dans la graisse. Plus d'issue possible vers l'extérieur, j'étais enfermé à nouveau. Il allait me falloir attendre une autre opportunité.

– Eh Polo, t'as le dernier 45 tours de Bill Haley, je peux l'écouter ?

Polo mit le disque sur la platine, tourna le bouton à fond. Ils se mirent tous à chanter. D'autres adolescents montèrent, attirés par la musique qui se déversait jusque sur les trottoirs. Toute une bande de jeunes Français d'Algérie envahit la pièce en grimpant par l'escalier, ou en s'agrippant aux plantes le long de la terrasse. Les filles portaient des jupes larges et bouffantes et tressautaient sur leurs chaussures plates. Un garçon en attrapa une par les mains et l'attira à lui pour la faire tourner comme une toupie. Un instant plus tard, elle était en l'air, puis presque au sol pour sauter au plafond dans un même mouvement. J'étais terré sous le canapé, paniqué. J'avais réussi à me glisser hors de la chambre vers le salon et commençais à le regretter. D'autant qu'un couple se jeta sur le sofa dont les ressorts s'affaissèrent en m'écrasant au sol comme une galette. Il fallait que je m'extirpe de là. Je tentai une sortie en rampant, avisai la porte de la chambre, entrouverte, fonçai au plus vite, esquivai des danseurs dont les pieds me frôlèrent, et j'allais arriver à mon but quand quelque chose saisit la peau de mon cou. Ce ne pouvait être que ma mère ; aussi je me mis en boule, la queue rentrée entre les pattes, en position d'obéissance. J'aurais dû être ramené à mon coussin, mais je montais toujours plus haut, ce qui n'était pas logique. Face à moi, une tête souriante, le front orné d'un genre de mèche arrondie, un visage moqueur qui me regardait avec des yeux malicieux.

– Alors petit, tu vas où par là ?

Je me mis à ronronner, non pas de bien-être mais pour me rassurer, car j'étais mort de peur, suspendu au bout des doigts de ce garçon. Il se méprit sur le sens de mon ronron qu'il comprit comme s'il s'agissait d'une marque de sympathie à son égard.

– Eh Polo, il est drôlement chouette, ce chaton. Tu me le donnes ?

– T'es dingo, David ! Il est à ma mère.

– Allez. Je te donne mon ballon de plage en échange.

– Ton ballon, d'accord. Et c'est toi qui paies les brochettes à Sidi-Ferruch.

– Tope là !

Et voilà comment je fus échangé contre un ballon et des brochettes. Je traversai la ville dans un sac de sport, tapi sur un maillot de bain humide, un polo malodorant et un short qui ne valait pas mieux. David montait un vélo mais son derrière ne touchait pas la selle. Il restait debout sur les pédales et sillonnait les rues à vive allure, en slalomant entre les passants. Je pouvais voir défiler les rues de la Casbah, nous dépassions des femmes voilées de blanc, des jeunes filles les cheveux cachés par des serviettes-éponges, des hommes en djellabas et en babouches qui parlaient en hochant la tête. Le vélo freina d'un coup, fit une embardée, et quelqu'un cria.

– Ah te voilà enfin, David, mon fils. Tu veux le tuer, ton pauvre père ! Viens là, il y a du travail à la boutique.

– Attends, papa. J'arrive.

David entra dans un magasin où je pus jeter un coup d'œil rapide. C'était une épicerie dans laquelle des parfums tentants se mêlaient à des odeurs nauséabondes. Mes narines étaient assaillies, agressées, attirées à chaque seconde par des fumets différents tandis que nous traversions le local. Il fallait que j'explore cet endroit si riche en nouveautés.

David me lâcha dans une pièce en désordre où les draps du lit formaient des tresses avec des chemises et des pantalons jetés en vrac. Des bandes dessinées jonchaient le sol dont on devinait à peine le carrelage. La fenêtre était ouverte, ce qui me fit tressaillir d'envie, mais David la referma.

– Toi, tu vas m'attendre là. Je vais aider mon vieux, et on se retrouve tout à l'heure. D'ac ?

Sans me laisser le temps de répondre, David referma en me laissant tout seul dans ce capharnaüm.

Je visitai, car j'étais un petit chat curieux. Puis je miaulai, parce que ma mère me manquait. Je fis un petit pipi dans le tas de linge en boule qui traînait, puis grimpai sur le lit où je m'endormis dans les replis des draps en désordre. David reparut vers la fin d'après-midi et se jeta sur sa couche sans faire attention. Si je n'avais pas été doté d'intuition et de réflexes rapides, il m'aurait écrasé.

En sentant le mouvement de ma fuite, il poussa un cri effrayé, puis parut se souvenir de ma présence. Je vis sa tête penchée à l'envers sous le lit où je m'étais réfugié.

– Je t'avais oublié, toi. Viens là.

Il me posa sur sa poitrine et commença à me caresser. Je levai le derrière très haut en me dressant sur la pointe des pattes pour montrer que j'appréciais. Cela le fit rigoler.

– T'es un chaton comique. Comment on va t'appeler ? Moka, c'est bien Moka ? Ça te plaît ?

Je me concentrai tout en marchant pour former des dessins sur son torse. Je susurrai un léger « Vrrr » qu'il prit pour une approbation.

– Alors c'est d'accord. Tu t'appelles Moka. Viens, les copains nous attendent.

Et me voilà reparti dans le sac de sport, direction la plage de Sidi-Ferruch.

Toute une bande d'amis l'attendaient qui l'accueillirent par une clameur joyeuse. Les garçons l'appelaient pour faire une partie de jeu de ballon (son ex-ballon), et les filles lui faisaient fête en ronronnant. Ce devait être un beau garçon (il est difficile pour moi de juger de la plastique des humains). David prit un air important, mit un doigt sur ses lèvres et entraîna deux filles à l'écart. Là, il ouvrit son sac d'un air mystérieux pour qu'elles me voient. Deux visages étaient penchés vers moi ; elles me firent un peu peur au début car elles poussaient des piaillements, mais je me rendis vite compte que c'étaient par joie et plaisir de me rencontrer. Pendant tout le temps où David s'absenta pour disputer une partie de volley avec ses amis, je restai avec les jeunes filles. Elles me laissèrent jouer avec leurs longs cheveux, tout jaunes pour l'une et très noirs pour l'autre. Je m'emmêlai dedans, les peignai avec mes pattes. Entraîné par le jeu, je plantai une griffe dans la poitrine rebondie de la brune. Elle me lâcha en poussant un cri et je me retrouvai dans le sable chaud, une matière souple et douce que je n'avais jamais eu loisir de toucher auparavant. J'avais tâté la plage bretonne dans ma vie 3, mais son contact n'était pas si moelleux et si tiède. C'était très excitant. Je me mis à courir, poursuivi par la fille blonde qui essayait de m'attraper. Elle tendit une main vers moi et me toucha presque, mais je repartis dans l'autre sens, en plein délire. C'était si drôle ! Les filles s'étaient emparées de leurs serviettes de plage et me faisaient des barrages pour que je ne m'éloigne pas trop. Je creusai le sable avec facilité et m'enfouis dans un trou. Cela me donna l'idée de faire mes besoins, que je recouvris ensuite soigneusement sous les applaudissements des deux jeunes filles.

Le soir, je dormis comme une souche d'avoir fait tant d'exercice. Je ne pensais même plus à ma maman.

Les semaines passèrent ainsi, entre les sorties avec les amis de David et l'épicerie de son père. Aaron et Miriam, les parents de David, avaient fini par m'intégrer à la famille après avoir beaucoup crié. J'étais une bouche de plus à nourrir ! J'allais les mettre sur la paille ! Leur fils n'avait aucune considération pour leur travail et l'argent durement gagné ! Alors qu'il psalmodiait ainsi, je montai sur les genoux d'Aaron et appuyai ma tête contre son menton. Je lui fis même le grand jeu en enserrant son cou avec mes pattes comme le ferait un enfant humain. À ce moment-là, quelque chose fondit en lui et j'eus l'intuition qu'il avait dans la poitrine un vide, une souffrance qui attirait l'amour que je lui donnais. Il marmonna quelques mots, si bas que personne ne l'entendit. Je crois qu'il s'agissait d'une parole de bienvenue dans une langue qui lui était chère. Et nous devînmes très amis.

Quand je restais à la boutique, c'était un délice. La première fois qu'Aaron me surprit en train de creuser dans un sac de haricots secs, il fit mine de s'arracher les cheveux et m'extirpa par la peau du dos en me traitant de « petit malheureux ». Une autre fois, il m'éjecta d'un sac de grains de café. « Si les clients te voyaient, petit malheureux. » Il me traitait si souvent de « petit malheureux » que je crus que c'était mon second prénom. Cela provoquait des confusions car il appelait également David ainsi, ce qui me faisait arriver en courant.

Le magasin était une caverne aux trésors. En plus des sacs de chanvre où il faisait bon creuser, on y trouvait des pots d'épices qui faisaient éternuer, de nombreuses boîtes de pâtisseries et de loukoums dont le sucre blanc me farinait le museau, des jarres d'olives où je pêchais du bout des griffes. Ah, les olives ! Pour les chats, le parfum en est grisant. Quand je réussissais à en attraper une, je la roulais un bon moment, puis j'y frottais mes joues pour me parfumer et m'enivrer. Si un client entrait, je gagnais le haut du meuble où étaient entreposées les conserves et sur lequel je me sentais en sécurité. De là, j'observais Aaron qui avait des conversations animées avec ses acheteurs, qu'il traitait tous comme de bons amis.

Miriam était plus réservée, mais elle me laissait dormir sur ses genoux quand elle faisait de la couture. Si elle s'assoupissait, je montais plus haut sur sa poitrine pour mettre mon museau dans son cou et téter doucement sa peau parfumée. Elle sentait une odeur merveilleuse, une odeur de maman.

Ma vie était agréable, et j'en aurais presque oublié ma mission auprès de la famille de Vincent si un événement n'était venu me la rappeler.

Un jour, une grosse voiture noire s'arrêta devant la boutique. Une dame en robe fleurie en descendit et entra. J'étais sur mon perchoir, à moitié assoupi, mais mon radar intérieur se mit à vibrer. La dame choisissait de l'huile d'olive tout en félicitant Aaron pour la qualité de ses produits vantés par des amis qui lui avaient conseillé d'aller acheter précisément chez lui. Cette personne m'était familière, et je n'eus pas à réfléchir longtemps. Je reconnus Marie, la douce et blonde infirmière, la femme de Vincent. Elle était plus âgée, un peu plus ronde, mais son visage était le même et son aura encore plus belle qu'avant. Il fallait que je l'approche, je ne devais pas la perdre de vue. Je déboulai de mon armoire, voulus me précipiter vers elle, mais Miriam m'avait vu. D'un geste, elle m'intercepta. Elle ne connaissait pas mes intentions, mais elle préférait m'arrêter car elle craignait une bêtise de ma part. Malgré mes miaulements véhéments, elle m'emporta de force dans l'arrière-boutique.

Quand je pus regagner le magasin, Marie n'était plus là bien sûr.

Mais son odeur, que je connaissais si bien, flottait encore dans l'air ambiant. Je la sentis plusieurs fois en revenant de mes sorties, et je sus que je l'avais encore ratée.

J'étais devenu la mascotte de la bande à David et passais beaucoup de temps dehors avec les jeunes gens. En tant que chaton, j'adorais cela. Je passais de bras en bras et toutes les filles étaient folles de moi. J'aimais jouer avec le sable à la plage, et même écouter la musique avec les adolescents. Mais en grandissant, j'eus besoin de plus de calme et de moments de repli sur moi-même. Je supportais moins bien toutes les « attentions » dont j'étais l'objet, les cajoleries devenaient importunes, et certains jeux dont j'étais le centre me déplaisaient carrément. Notamment, David me faisait faire du « chat-guitare » en s'emparant de moi pour mimer un rocker délirant en grattant mon ventre comme si c'était son instrument. Ce mime avait beaucoup de succès auprès de ses amis qui applaudissaient très fort, mais je détestais cela.

L'adolescence m'avait surpris, et perturbé moi aussi. Dans le quartier où vivait ma famille, de nombreuses chattes erraient dans les rues. Par une nuit de pleine lune, je rencontrai enfin ma première « fiancée ». Elle émettait des miaulements rauques pour signaler qu'elle cherchait un matou, et je me précipitai à sa rencontre. Elle n'était pas très belle, un peu efflanquée, le poil terne, mais son odeur m'enivrait. À ma vue, elle se roula sur le dos, prit une pose lascive. Je vins vers elle pour toucher sa truffe avec mon museau. Elle sentait le poisson, mais ce n'était pas rebutant. Je l'attrapai par la nuque et nous nous mîmes à danser la ronde des chats amoureux jusqu'à ce que je dépose ma semence en son ventre. D'autres chats nous avaient rejoints qui attendaient leur tour, et elle les accueillit eux aussi, chacun déposant des graines de bébés dissemblables dans son giron.

Avant que l'aube ne pointe, je rentrai à ma demeure. J'allais me diriger vers la fenêtre ouverte de David quand des sanglots sourds attirèrent mon attention. Cela venait de la maison, d'un endroit que je n'avais jamais pu explorer car la porte en était toujours fermée. Je changeai de direction et pénétrai prudemment dans une chambre que je ne connaissais pas. Malgré l'heure tardive, Miriam se tenait assise sur un lit recouvert d'un tissu rose imprimé et pleurait à chaudes larmes. Sa poitrine se soulevait d'une façon désordonnée. Elle tenait à la main une photo, et chaque fois que son regard se posait dessus, elle sanglotait de plus belle. Je n'eus pas besoin d'aller voir la photo pour comprendre de qui il s'agissait. Je voyais clairement un fantôme qui flottait, se déplaçait dans la pièce, passait au-dessus de Miriam, essayait de la serrer dans ses bras immatériels.

Je m'arrêtai, pétrifié, en le suivant des yeux. Soudain, l'esprit me remarqua et fondit sur moi. Mes pattes se mouillèrent d'une sueur de peur, mais je ne pouvais pas bouger. Il avait compris que je le voyais, et il me parla, sans mot, juste en envoyant son récit dans ma tête. Il avait été une jeune fille, qui s'était appelée Rebecca.

– Je suis la grande sœur de David. Tu es son chat, Moka ? Je t'ai déjà vu avec lui. Ma mère m'appelle tout le temps, et je suis obligée de rester là avec elle. Mais il y a cette lumière qui m'appelle aussi, je ne sais plus quoi faire. J'ignore depuis combien de temps je suis ainsi. Mes parents pleurent pour que je reste, c'est dur pour moi. Ils ne comprennent pas qu'ils me retiennent ici et qu'ils font mon malheur. Il faudrait que quelqu'un leur dise que nous nous retrouverons quand ils viendront de l'autre côté. Tu ne veux pas leur expliquer ?

L'esprit retourna vers sa mère pour essayer encore une fois de lui parler, mais Miriam s'assoupissait, ivre de douleur.

– Tu ne peux rien faire ? Je suis bête. Tu n'es qu'un chat. Tu vois, j'aimerais bien passer de l'autre côté parce qu'il est déjà là-bas.

La jeune fille fantôme soupira, se détendit, et sa forme blanche s'installa à mon côté. Elle se mit à parler, plus pour elle que pour moi, mais je l'écoutais car j'aurais aimé faire quelque chose pour elle.

– Quand j'étais vivante, je l'ai fréquenté. Il s'appelait Paul. C'était un Français de France. Il venait de Paris voir sa famille en Algérie, et il m'a remarquée. Toutes mes copines étaient folles de jalousie, et moi, je me voyais déjà partir avec lui. Quel rêve ! Nous sortions souvent ensemble et je le retrouvais en ville pour aller au cinéma ou boire un verre de lait au chocolat, j'adorais ça. Paul allait repartir en France, il devait entrer à la faculté des lettres. C'était un garçon très intelligent, et je me sentais si sotte auprès de lui. Mais je voyais qu'il m'aimait bien quand même. C'était le dernier jour avant son départ, le 30 septembre 1956, et nous avions décidé d'aller au *Milk Bar* de la rue d'Isly. C'est un endroit où on peut manger des glaces formidables. J'aimais la *tutti frutti* à la vanille pleine de fruits confits, et Paul était fou des créponnés, des sorbets au citron, trop acides pour moi. Nous étions assis tous les deux, les yeux dans les yeux, savourant nos glaces en riant. Il était 18 h 30, je m'en souviens, je venais de regarder la pendule. Un bruit terrifiant nous a déchiré les oreilles. Je me suis relevée, affolée, en regardant autour de moi. C'était une vision d'horreur, et je compris qu'une bombe avait été posée par le FLN, le Front de libération nationale. Depuis le massacre de la rue de Thèbes, qui avait eu lieu au mois d'août dans la Casbah d'Alger, on aurait pu s'attendre à des représailles ; plus d'une soixantaine de musulmans, femmes et enfants compris, y avait été tués ou déchiquetés. Mais on ne changeait rien à nos habitudes. Et voilà que l'heure de la vengeance avait sonné, et je me trouvais en plein milieu. Comme tous ces musulmans qui avaient été tués dans la Casbah, j'étais moi aussi une victime innocente. Je n'avais rien demandé à personne, seulement le droit d'être amoureuse. Le sang appelle le sang, la violence déchaîne toujours plus de violence. Tout autour de moi, des blessés, surtout des jeunes gens, mais aussi des enfants et leurs parents. Je me tournai vers Paul. Il était au sol et hurlait. Une de ses jambes avait disparu et il tentait d'arrêter les jets de sang qui sortaient du moignon. Je ne savais que faire pour l'aider, je lui parlais, mais il ne me répondait pas. Je tendis ma main vers son visage, mes doigts passèrent au travers de sa joue. C'était impressionnant. Je ne compris pas tout de suite ce qui m'arrivait. Ce ne fut que quand je vis mon propre corps éparpillé en morceaux que je sus que j'étais morte. Quand ils l'apprirent, mes parents eurent si mal qu'ils envisagèrent de me suivre. Ils ne le firent pas pour ne pas laisser David orphelin. Mais ma mère continue à me pleurer toutes les nuits et me retient ici, dans cette chambre qu'elle a laissée intacte et qui est devenue ma prison. Paul est là-bas, de l'autre côté. Il n'a pas survécu à ses blessures. Si tu peux faire quelque chose pour moi, s'il te plaît, aide-moi.

Elle me regardait de ses yeux transparents, je voyais au travers la silhouette de Miriam endormie. J'étais un chat dans sa sixième vie, et voilà qu'une énorme responsabilité m'incombait. Je n'avais pas appris, je ne savais pas comment agir, mais j'avais la volonté de faire quelque chose.

Je fermai les yeux et me mis en méditation – ça c'était de mon niveau –, essayant de dégager des ondes d'amour pour les envoyer en vagues vers le faible champ magnétique qui entourait Rebecca. Puis j'ouvris les yeux et vis mon corps en boule à côté de moi. J'étais sorti de moi-même ! Ça m'a fait tout drôle de me regarder de l'extérieur ! Ce fut mon corps subtil qui alla rejoindre ma nouvelle amie et se frotter à elle. Elle se pencha pour me caresser : j'eus alors l'impression qu'en me touchant, elle s'éclairait comme une lampe quand on presse l'interrupteur. Était-ce moi qui en étais la cause ? D'un mouvement, elle se redressa, et le champ lumineux qui n'était qu'un point une seconde auparavant devint un chemin ouvert. Elle n'avait qu'un seul pas à faire pour y pénétrer, mais elle hésitait. Je m'armai de courage et avançai pour l'inciter à me suivre. Derrière moi, elle flottait comme une voile sous une brise légère. Imperceptiblement, elle entra dans la lumière et distingua aussitôt la silhouette d'un jeune homme. Elle murmura « Paul » puis m'oublia. Elle était passée de l'autre côté. Je me retrouvai dans mon corps, immobile sur le rebord de la fenêtre, mais gonflé d'une énorme fierté.

Il me restait à m'occuper de Miriam. Je montai doucement sur ses genoux pour m'allonger de tout mon long, comme un enfant dans ses bras joints. Sans se réveiller, elle me serra contre elle en murmurant :

– Mon bébé, ma petite fille.

Je savais qu'elle serait un peu apaisée le lendemain car elle allait rêver du bonheur de sa fille dans la lumière. Pour l'instant, je profitais de sa tendresse.

Alexandre m'a laissé sortir au jardin. Il doit aller à un rendez-vous d'humains où on discute de cette chose étrange qui s'appelle l'argent. Il dit qu'il négocie. Je ne critique pas : je sais que cela sert à acheter ma nourriture. Mais pour un chat, l'argent est un concept difficile à saisir.

En attendant, je me prélasse au milieu des plantes que j'ai appris à bien connaître, et je joue avec ces petits êtres élémentaires que l'on appelle les fées. C'est un privilège que j'ai gagné pendant ma septième vie car, d'habitude, elles se méfient des chats qui peuvent être trop brutaux avec elles et qui risquent de les blesser. Il y en a de nombreuses dans cet endroit, elles aiment les fleurs, les arbres et l'eau. Les fées de la fontaine sont très vives. Elles se déplacent comme des oiseaux-mouches. On croit les capter d'un côté, elles sont déjà de l'autre. C'est très amusant de les regarder. Celles des fleurs ressemblent davantage à des papillons, colorées et plus tranquilles. Près du potager, on trouve un genre de kobolds, des lutins malicieux qui veillent à la croissance des légumes. Ils n'apprécient pas trop que je m'approche d'eux car ils me craignent. Ils savent que je peux déplacer leur champ d'énergie d'un coup de patte, ce qui les perturbe un moment. J'avoue m'être un peu amusé à leur détriment, car je trouve qu'ils manquent d'humour. Je ne le ferai plus parce que si les légumes ne sont pas bons, Alexandre va m'accuser d'avoir fait mes besoins dessus, comme la dernière fois. Les kobolds avaient trouvé ce moyen pour se venger de moi. Ils les avaient fait flétrir comme si les racines avaient été brûlées par mon urine. Depuis, je respecte, et protège même les kobolds en faisant fuir les chats errants du potager, et tout va bien entre nous. Ils soignent même mon carré d'herbe à chat !

Mes amies les fées m'ont entouré. C'était un enchantement de les sentir vibrer autour de moi. Toutes ensemble, elles m'ont fait parvenir des images pour me souffler une idée. Une suggestion bien intéressante, car si leur information s'avère juste, cela pourrait changer la vie d'Alexandre. Je vais devoir m'absenter de temps en temps pour aller vérifier si ce qu'elles m'ont dit en secret est vrai. C'est à quelques jardins d'ici. Tant pis pour Alexandre, il va devoir se passer de moi.

Mais ce n'est pas plus mal, cela lui permettra sans doute de comprendre certaines choses !

J'avais ressenti tellement de joie à aider Rebecca et sa mère que je montai d'un cran dans mon cycle d'existences, et de nouvelles chances s'offrirent dans ma vie. Un enchaînement de circonstances, plus ou moins agréables, devait ainsi me ramener vers mes anciens amis.

David avait l'habitude de sortir le dimanche pour aller avec ses copains au *Casino de la Corniche*, un dancing qu'affectionnaient les jeunes comme lui. J'avais coutume de m'y rendre aussi, dans son sac. C'est une drôle d'idée d'emmener un chat danser, pensez-vous, mais David y voyait un intérêt de taille : je lui permettais d'être très populaire auprès des jeunes filles, qui se pressaient autour de lui pour me caresser. J'étais donc avec lui sur son vélo, à moitié sorti du sac, car j'avais pris l'habitude de ces virées, et le vent de la course me grisait. J'admirais les rues d'Alger alors que David pédalait sans trop se presser car il ne voulait pas dégager une odeur de transpiration en arrivant. Parvenus au dancing, mon ami appuya sur ma tête pour que je me cache, et on nous laissa entrer sans encombre. Les cris de joie de sa bande accueillirent David. Tous se congratulaient, se donnaient des tapes dans le dos, se serraient les uns contre les autres. L'orchestre de Lucky Starway jouait des airs trépidants, et David prit une jeune fille du nom de Paulette par la main pour l'entraîner sur la piste. Cela faisait quelque temps que j'avais remarqué leur manège. Paulette ronronnait fort devant David et faisait la belle en se roulant sur le sable à la plage. David gonflait la poitrine quand elle était là, et il miaulait, pardon, il parlait fort. Cela ressemblait beaucoup à nos parades nuptiales félines. La danse finie, quand David et Paulette revinrent s'asseoir, ils rayonnaient de plaisir. Tout allait pour le mieux, mais soudain et sans raison, il m'arriva quelque chose d'étrange. Je sentis mes oreilles bourdonner et un malaise m'envahir. J'hésitai à me terrer au fond du sac, mais je compris que ce n'était pas la bonne solution.

Il fallait que je quitte cet endroit au plus vite, et je voulais entraîner mes amis. Je sortis une patte discrète pour tirer la manche de David, qui se retourna vers moi et se rappela ma présence. En riant, il donna un petit coup de coude à sa copine pour lui montrer mes griffes accrochées à sa chemise. Ils avaient compris que je voulais quelque chose et interprétèrent mon geste dans le sens qui les arrangeait. Paulette gloussa et mit sa main en cornet pour parler à l'oreille de David. Il faut dire que l'orchestre faisait beaucoup de bruit et qu'il fallait crier pour communiquer. David entendit, acquiesça, Paulette ramassa le sac dans lequel je me trouvais et nous sortîmes tous les trois du dancing.

– Viens, on va trouver un petit coin tranquille où Moka pourra faire pipi, roucoula David à Paulette qui hennit en sourdine.

Il avait mis son bras autour des épaules de la jeune fille et flairait ses cheveux qui lui balayaient le visage. Tous deux riaient sans raison, mais moi, j'étais envahi par une terrible intuition qui m'embrumait l'esprit et paralysait de plus en plus mes pattes. Nous descendîmes une rue en pente et nous arrêtâmes dans un coin ombragé à l'abri de maisons où poussaient de grands aloès aux feuilles dentues. David me posa au sol en me conseillant de faire mes besoins si j'en avais envie et, sans perdre une seconde, il empoigna Paulette par la taille pour l'embrasser. Aussitôt que leurs lèvres se touchèrent, une détonation assourdissante me fit sauter en l'air, et je courus me cacher dans un trou sous des pierres en contrebas. Les deux jeunes gens cessèrent leur baiser, et se regardèrent, étonnés, tous deux se demandant si ce bruit pouvait être l'effet d'un coup de foudre. Et puis, ils comprirent ! Des débris, des éclats de métal roulaient vers nous. Des hurlements insoutenables arrivèrent à nos oreilles, nous couvrant de frissons glacés. Les yeux de David étaient exorbités, et il se mit à crier en lâchant Paulette qui, elle, se laissa tomber assise par terre en pleurant. Le garçon courut jusqu'au dancing pour y découvrir une scène d'horreur. Une bombe, cachée sous la scène où était l'orchestre, avait explosé. David avait du mal à croire que ses amis étaient parmi ces danseurs inanimés, et ces corps hurlant ou gémissant. Il enjambait des membres épars, glissait sur le sang qui inondait le parquet, dans une confusion totale, comprenant à peine pourquoi lui était indemne.

Je sortis de mon trou et me glissai près de Paulette, que j'essayai de réconforter. Elle était éperdue, au bord de la folie, et son réflexe fut de me serrer contre elle comme si j'étais une bouée de sauvetage. Comme un automate, elle me ramena à l'épicerie en m'écrasant contre sa poitrine.

Aaron et Miriam avaient entendu l'annonce de l'attentat à la radio. Ils étaient entrés dans une crise d'angoisse absolue, sachant que David était parti à ce dancing et qu'il devait y être au moment de l'explosion. Ils craignaient le pire tout en voulant espérer. Miriam priait en tremblant, suppliant Dieu de ne pas lui faire revivre une seconde fois la perte d'un enfant, et Aaron jurait que si son fils était encore en vie, toute la famille quitterait l'Algérie au plus tôt. J'arrivai dans cette atmosphère survoltée. En me voyant seul avec Paulette, Miriam se jeta au sol en hurlant de douleur. Perturbée, Paulette bafouilla un bon moment avant de faire comprendre à Aaron que son fils n'était pas mort et qu'il allait revenir. Miriam parut ressusciter, elle sortit de son abattement et ne cacha pas sa joie malgré l'horreur de la catastrophe. Elle me prit dans ses bras et mouilla mon dos de larmes de soulagement. David, pendant ce temps, errait dans les rues, en état de choc. Il ne rentra que le soir, raide comme un zombie, le visage tellement gris qu'il ressemblait à un Golem de pierre.

Malgré son apparence sinistre, Aaron et Miriam remercièrent le ciel. Il ne leur restait plus qu'à accomplir leur promesse.

Les jours suivants se passèrent en démarches auprès d'amis proches pour revendre le fonds du magasin et organiser le voyage. Quand les parents me croisaient, ils me caressaient en marmonnant des paroles de pitié. J'avais bien compris qu'ils ne pourraient pas m'emmener avec eux et qu'ils ne savaient pas trop quoi faire de moi. David allait partir le premier et serait hébergé chez des cousins en attendant que son père et sa mère aient tout réglé et le rejoignent en France. Son billet sur le paquebot *Le Kairouan* était déjà réservé. Depuis le jour du drame, il n'avait pas bougé de sa chambre où il passait ses journées semi-prostré à écouter des disques sur son *pick-up*.

La veille de son départ, Paulette vint le voir pour lui faire ses adieux. Elle entra dans la pièce un peu gênée, ne sachant pas trop quoi dire, et sans oser l'approcher, car leur premier – et dernier – baiser était lié à une catastrophe. David la regardait sans la voir, comme si elle était transparente. Après quelques minutes de malaise, Paulette se leva de la chaise où elle s'était assise sur un bout de fesse et marmonna un « au revoir » en haussant les épaules. J'étais collé contre David et essayais de le réchauffer car il était froid comme un morceau de glace. Cependant, au moment où Paulette allait franchir la porte, le jeune homme me regarda et parut prendre conscience de ma présence, puis de celle de son amie.

– Attends, Paulette !

Elle se retourna, pleine d'espoir, mais David ne réagit pas à sa main tendue. Il me prit sous le ventre et me posa dans les bras de la jeune fille qui ne comprenait pas.

– Garde Moka pour moi. Je ne veux pas qu'on lui fasse du mal. Promets.

Paulette hocha la tête, embarrassée, mais incapable de refuser. Elle me prit dans ses bras, tendit sa joue à David qui y déposa un sec baiser rapide, puis qui m'embrassa tendrement sur la tête, et je passai le seuil porté comme un paquet encombrant.

Une nouvelle phase de vie s'ouvrait devant moi.

Paulette allait au lycée Fromentin, un excellent établissement pour jeunes filles. Elle voulait réussir ses études et devenir médecin. Ma présence ne l'arrangeait pas du tout et elle ne m'aimait pas particulièrement, mais comme elle avait promis à celui qu'elle considérait comme l'amour de sa vie, elle se sentait obligée de tenir parole. Ses parents m'avaient accepté dans la plus grande indifférence, en haussant les épaules et en affirmant haut et fort qu'ils ne feraient rien pour moi, que c'était à Paulette d'assurer mes repas et mon entretien puisque « cette demoiselle faisait le caprice de vouloir une bête ». Son père fumait sans arrêt une pipe qu'il bourrait de tabac odorant et je suivais des yeux les volutes de fumée qui dessinaient dans l'air des formes bleutées. Il me regardait d'un œil goguenard tant que je ne bougeais pas, mais si j'avais le malheur de miauler, il me donnait un coup de pied en émettant un son agressif, qui ressemblait à « Pcchhhchchhhh ! ». J'allais me cacher sous un buffet où je passais beaucoup de temps et ramassais beaucoup de poussière dans ma fourrure. Je me sentais mal aimé et envisageais de sacrifier un gîte et un couvert offerts sans affection pour partir à l'aventure.

J'en étais là de mes réflexions quand Paulette annonça à ses parents qu'elle devait aller place du Forum à une manifestation de fraternisation. Elle avait décidé de m'emmener en tant que mascotte, comme le faisait David. Je n'aimais pas me mêler à la foule, même si cette vie m'avait habitué à fréquenter beaucoup de monde, mais je voyais dans cette sortie un moyen possible de fausser compagnie à Paulette. Cette dernière, de son côté, espérait bien que je me perdrais. En fait, nos souhaits concordaient.

Une foule compacte remplissait la place. Tout ce qui peuplait ce pays y était représenté et tout le monde parlait avec le même accent. Certains avaient sur la tête un petit bonnet plat et rond, comme David, d'autres des chapeaux ronds rouges qui contrastaient avec leur peau basanée, des femmes portaient des voiles qui cachaient leur visage, des jeunes en polo et blue-jeans tenaient la main de filles en robes à fleurs. Tous discutaient ensemble, tout le monde souriait, et les vibrations qui se dégageaient étaient colorées et lumineuses. Je regardais ces fils d'amitié reliant les gens entre eux, sans quitter le sac que Paulette avait laissé bien ouvert.

À un moment, je perçus un changement dans l'attitude de la jeune fille. Elle s'était arrêtée. En la regardant, je vis qu'une lumière rose s'était formée entre elle et un jeune homme en tenue militaire. Il était mêlé à la foule et ne portait pas d'arme. Il tenait son képi à la main et regardait Paulette avec un de ces sourires qui ressemble à nos chants d'amour, attirant et discordant. Leur danse de séduction dura un moment. Elle s'éloignait, il faisait mine de disparaître, elle prenait peur et le cherchait. Il réapparaissait sans crier gare, tout en faisant semblant de ne pas la reconnaître. Et tout à coup, il me remarqua. Cela le décida à s'approcher pour engager la conversation.

– Bonjour, mademoiselle. Excusez-moi de prendre la liberté de vous parler dans la rue, mais j'ai vu que vous aviez un chat dans votre sac. J'aime beaucoup les chats. C'est quoi son petit nom ?

Paulette parut soudain me trouver beaucoup plus sympathique. Elle battait des cils très vite tout en me caressant un peu trop fort. Puis elle partit d'un petit rire.

– Il s'appelle Moka. Il est très gentil, et très intelligent. Mais en fait, je ne peux pas le garder chez moi. À cause de mes parents… Je lui cherchais un bon maître. Vous ne voulez pas le prendre ? Comme ça, je pourrai passer le voir de temps en temps.

Et ses yeux papillonnèrent encore de plus belle. Le jeune militaire eut un instant de recul, mais face à l'argument qu'elle venait d'avancer et à ce qu'il avait affirmé au sujet de son amour des chats, il pouvait difficilement refuser.

– D'accord. C'est dit. Mais il faut que vous m'accompagniez chez moi pour l'aider à s'installer. Il vous faut connaître l'adresse pour venir me voir… pardon, le voir.

Et il lui tendit son bras, que Paulette saisit en riant de plaisir.

Nous arrivâmes au bout d'un quart d'heure de marche à une maison blanche avec une plaque dorée qui brillait devant la porte. Paulette s'arrêta devant, en admiration.

– Oh, votre père est médecin.

– Non, c'est ma mère.

– Mais… c'est le métier que je voudrais faire !

Le jeune homme sourit davantage et ouvrit la porte. J'étais moitié sorti du sac et m'en extirpai tout à fait. La maison me plut tout de suite. Je me sentais étrangement chez moi, et mes moustaches et mes cils frémissaient d'expectative car je pressentais que j'étais sur le point de vivre un grand moment.

Le père avait entendu la porte d'entrée et venait au-devant de son fils. Mais ce fut moi qu'il aperçut en premier. Son expression changea. Ses yeux s'attendrirent, sa bouche s'arrondit en un Ooohhh émerveillé. Sans regarder les jeunes gens, il s'accroupit devant moi pour être à ma hauteur et me tendit ses doigts pour un premier contact. Moi, je courus vers lui, enfonçai ma tête dans sa main pour l'y lover comme j'avais eu l'habitude de le faire dans mes autres vies. Je me laissai tomber à ses pieds en ronronnant et il s'assit par terre, tout attendri.

Vous l'avez deviné. J'avais retrouvé Vincent !

Pierre, car le jeune militaire était le petit Pierre, en profita pour prendre la main de Paulette et l'entraîner dans une visite de la maison.

Je restai seul avec Vincent, tout à la joie de nos retrouvailles.

Quand, deux bonnes heures plus tard, Paulette réapparut, les joues toutes roses, Vincent eut un sursaut et réaffirma sa main sur mon dos. Je m'étais endormi près de lui alors qu'il travaillait sur une aquarelle et il me caressait de temps en temps, comme pour puiser inspiration et énergie dans mon poil. Inquiet, il regarda la jeune fille approcher, pensant qu'elle venait me reprendre. Elle le salua d'un « au revoir, monsieur, merci pour votre accueil » et sortit sans attendre de réponse. Vincent relâcha la tension dans ses épaules, me considérant avec surprise. Il avait compris que nous allions être ensemble pour une tranche de vie.

Je n'étais pas au bout de mes joies. Le soir, ce fut Marie qui rentra du travail, une mallette noire à la main. Après la guerre, puis le déménagement en Algérie, elle avait repris ses études et était devenue médecin. L'héritage de Simone l'y avait bien aidée. Le tableau que nous formions, Vincent et moi, devait être attendrissant, car elle nous considéra un bon moment en souriant avant de s'approcher pour me caresser tout en embrassant son époux.

– Tu t'es trouvé un chat ? Tu crois que c'est raisonnable ?

Vincent s'apprêtait à énumérer tout un tas de raisons pour lesquelles il avait cru bon de m'adopter. Mais il s'arrêta, haussant simplement les épaules.

Oui, c'était raisonnable, parce qu'il m'aimait et que je l'aimais.

Vincent et moi retrouvâmes nos anciennes habitudes. Ou du moins, Vincent crut qu'il reproduisait les mêmes gestes qu'avec les chats qu'il avait côtoyés autrefois sans savoir que j'étais tous ceux-là dans un nouveau corps. Je sortais peu, car je voulais profiter au maximum de sa présence et de la sphère d'énergie harmonieuse qui nous enveloppait tous les deux. Je restais à ses côtés alors qu'il peignait ses merveilleux tableaux. J'aimais particulièrement quand il utilisait l'aquarelle. L'eau teintée inondait la feuille et, en quelques coups de pinceaux, des vallons, des rochers, des nuages et des lumières apparaissaient. C'était magique ! Ce n'était que quand il peignait à l'huile que je préférais me mettre à l'écart, car l'odeur agressait mes narines sensibles. S'il lui prenait l'envie de me caresser entre deux étapes de son travail, ses mains sentaient fort, et il pouvait maculer ma fourrure de taches multicolores. Cela le faisait rire, mais ce n'était pas drôle car je détestais lécher cette peinture. Il me regardait crachoter quelques instants, mais vite pris de pitié, il partait chercher de quoi me laver. En remerciement, j'embrassais ses poignets de petits coups de langue.

Marie nous observait d'un air goguenard quand nous étions installés le soir tous deux enfoncés dans un gros fauteuil en cuir et que Vincent frottait mon ventre avec douceur. Je me retournais de plus en plus, la tête renversée, ne présentant plus que le petit triangle de mon menton vers le haut, pour m'abandonner à ses mains tendres. Marie racontait ses journées, sa tournée médicale en ville, les soins qu'elle avait prodigués. Elle parlait des enfants et ses anecdotes amusaient souvent Vincent.

– Le petit Mustapha, mais si, tu sais, le fils de Kaleb le maçon, il a mangé tellement de figues de Barbarie qu'il était bouché comme un canon. J'ai dû lui enlever tous les pépins du derrière avec une petite cuillère. Ça faisait comme un bloc de terre glaise. Mais si, je t'assure ! Et à propos de figues de Barbarie, la petite Suzanne, celle qui vient de France, eh bien, les autres enfants lui ont demandé d'en cueillir, et comme elle ne savait pas ce que c'était, elle a pris une figue à pleine main. J'ai passé plus d'une heure à enlever toutes les petites épines à la pince.

Elle continuait ses histoires, drôles ou cocasses, jusqu'à ce que Vincent s'assoupisse. Elle prenait alors sa douche et revenait nous réveiller pour que nous la rejoignions au lit. Je m'allongeais le long du torse de Vincent, la tête enfouie dans le creux de son cou, pour m'endormir dans la chaleur de ses bras.

Un seul point négatif troublait cette belle harmonie. Pierre faisait son service militaire depuis un an et demi et revenait trop souvent en permission chez ses parents. Il m'avait utilisé pour se rapprocher de Paulette qu'il fréquentait maintenant assidûment, mais il n'avait aucune affection pour les animaux et appréciait peu de me trouver sur son chemin. J'essayais de l'éviter mais il nous arrivait de nous croiser ; alors Pierre me chassait en criant s'il était de bonne humeur, ou m'envoyait un coup de pied s'il était énervé. S'il me voyait endormi, il s'approchait à pas de loup pour me hurler dans les oreilles ou me frapper. Éveillé en sursaut, je fonçais me cacher sous un meuble, le cœur battant. C'était stressant ! Quand le jeune homme était contrarié, ce qui arrivait souvent, il ne s'arrêtait pas là, il prenait un balai pour me débusquer en me tapant dans les pattes.

Mais je ne lui en veux pas, et même je le remercie car c'est grâce à lui que j'avais retrouvé ses parents, et ce fut aussi grâce à lui que je rencontrai Khadîdja.

Un après-midi donc, Pierre s'amusait à me chasser de meuble en meuble et allait m'écraser la queue sous la semelle d'une de ses rangers quand elle entra dans la pièce. Elle portait un petit pull rose et, drapé autour de sa taille, un long tissu blanc lui faisait une jupe jusqu'aux pieds. La jeune fille ne devait pas être bien plus âgée que Pierre. Son visage souriait et c'est la chose qui me frappa le plus. On ne voyait que ce sourire qui illuminait la pièce. Sa peau portait des petits points bleus qui formaient des dessins sur son menton et sur son front.

Les humains appellent cela des tatouages. Elle avança vers Pierre, le poussa et lui prit le balai des mains, tout cela sans se départir de sa bonne humeur.

– Pierre, je dois faire le ménage ici. Vous pouvez sortir ?

J'eus l'impression qu'elle me faisait un clin d'œil complice. Pris au dépourvu, Pierre abandonna ses mauvaises intentions à mon égard et s'éloigna vers la terrasse. En permission, l'action lui manquait et son surplus d'énergie le rendait agressif.

Aussitôt Pierre sorti, Khadîdja m'appela d'une voix douce. Cette femme dégageait une bonté envoûtante ; je sortis de sous le buffet comme attiré par un aimant. Elle ne me toucha pas, mais me parla longuement dans sa langue. Je ne comprenais pas les mots, mais le sens m'était clair. Cela évoquait la protection, l'amour, la tendresse. Quand elle eut fini, j'allai vers elle et me frottai contre ses jambes dont je fis le tour plusieurs fois. Puis je m'assis et la fixai. Je sentis qu'elle lisait dans mes yeux comme j'avais lu dans ses paroles, et un pacte d'amitié fut passé entre elle et moi.

Pierre devait repartir en mission, à la grande angoisse de ses parents car la région où il devait se rendre était dangereuse, et les bruits qui couraient sur les atrocités commises des deux côtés des belligérants faisaient frémir. Comme, dans le civil, il était garde de sécurité, on lui avait proposé un rôle d'encadrement où son caractère violent était exploité au mieux. Les jeunes dont on lui avait donné la garde le craignaient beaucoup. Cela convenait bien à ses supérieurs, on n'entendait pas une mouche voler dans les classes qu'il surveillait car il y faisait régner une discipline de fer. Pierre était fier : c'était la première fois qu'il recevait des félicitations pour sa façon d'agir même si son côté soupe au lait continuait à lui attirer des ennuis sans qu'il en retire jamais une leçon.

Il devait partir le lendemain avec sa troupe. La veille du départ, il sortit faire la fête avec Paulette. Après avoir dansé langoureusement quelques slows, Pierre avait proposé à Paulette d'aller au bar boire un verre pour se rafraîchir. Ils étaient accoudés, les yeux dans les yeux, quand Pierre sursauta. Derrière lui, dans un groupe, un jeune Maghrébin tenait des propos qui lui déplaisaient. Le sujet était banal : le jeune homme était pour l'Algérie algérienne et exposait à voix basse ses arguments indépendantistes à ses amis. Pierre était pour l'Algérie française ; son statut de militaire lui fit penser qu'il devait intervenir. Il se retourna, empoigna le jeune homme par les vêtements et le secoua :

– Tu la fermes, toi, ta grande gueule ! Je pourrais te faire enfermer pour ce que tu viens de dire.

Tout d'abord éberlué, l'autre réagit rapidement, se dégagea et fit face. Les insultes devinrent cinglantes, les deux protagonistes écumaient de haine et de colère et en vinrent rapidement aux mains. On essaya de les séparer, mais, fous de rage, ils ne voulaient rien entendre. Tout un groupe sortit du dancing pour les accompagner dans la rue et assister à la bagarre. Devant Paulette, Pierre ne voulait pas perdre, mais l'autre était plus vif. Les coups pleuvaient et quelques témoins furent aussi touchés. Quand on put enfin les écarter l'un de l'autre, les deux pugilistes amochés, ensanglantés, fulminaient et criaient vengeance, en menaçant leur adversaire de mort.

La vie de Vincent et Marie avait déjà subi bien des hauts et des bas à cause de leur fils. Cette altercation allait être la goutte qui devait faire déborder le vase, influençant notre destin à tous.

Après le départ de Pierre en mission, Vincent et Marie se réfugièrent dans leur travail, Vincent dans sa créativité et Marie dans son dévouement auprès des femmes et des enfants malades. Je passais de plus en plus de temps auprès de Khadîdja dans la cuisine. J'étais passionné par ses mains qui aéraient les grains de couscous et rêvais de l'imiter. Nous les chats aimons pétrir, c'est un geste issu de notre prime enfance et destiné à faire monter le lait des tétines de notre mère. Mais beaucoup d'entre nous continuent à le faire même en grandissant, surtout si nous avons été sevrés trop tôt. Ce geste, en nous ramenant à un état infantile, nous détend. J'avais envie d'aider Khadîdja en plongeant mes pattes dans les grains accueillants. Mais elle sentait mes pensées et, d'un simple regard, m'en dissuadait. Quand elle rêvait, les yeux tournés vers le jardin, j'avançais la patte très lentement comme pour attraper une proie inattentive. Sans même me regarder, elle émettait un claquement de langue qui voulait dire non et j'étais bien obligé de m'arrêter. J'aimais l'accompagner sur la terrasse ensoleillée où elle étendait le linge. Les grands draps blancs qui tombaient jusqu'à terre formaient comme un labyrinthe frais et humide où il faisait bon se promener par les temps de grosses chaleurs. J'y faisais la sieste, en même temps que tout le monde. Car les humains avaient coutume de dormir l'après-midi en fermant les volets pour garder aux chambres un peu de fraîcheur. Par les soirées tièdes, j'allais au jardin où je rencontrais parfois d'autres chats, et surtout des chattes à qui je faisais la cour à la période des amours.

Ma vie aurait été parfaite si les préoccupations de mes humains ne m'avaient pas tant perturbé. Vincent et Marie pensaient beaucoup à Pierre et craignaient pour lui. Marie soupirait souvent, et Vincent posait parfois son pinceau en plein milieu d'un tableau pour enfouir son visage entre ses mains. S'il avait la bonne idée de faire de même dans la fourrure de mon flanc, je me mettais à ronronner pour l'aider. Le ronron apaise et équilibre les énergies de nos corps, mais aussi celles de nos humains. Nous pouvons vous aider à « laver » vos énergies négatives si vous nous aimez. Je faisais mon possible pour aider Vincent et profitais de tous les moments en sa compagnie comme si cela n'allait pas durer. Khadîdja aussi était anxieuse. Elle avait été insultée, et même bousculée, car elle travaillait chez Marie et Vincent. Comme les menaces devenaient de plus en plus difficiles à supporter et qu'elle venait d'apprendre qu'elle attendait son premier enfant, elle dut se résoudre à donner sa démission. Ce fut un jour très triste pour tous. Vincent baissait les yeux, Marie avait pris Khadîdja dans ses bras et la serrait très fort. Elles étaient « sœurs » d'esprit, toutes deux faisaient partie de la communauté anonyme des femmes proches de la lumière qui vivent pour répandre le bien autour d'elles. Avant de partir, Khadîdja me parla longuement dans sa langue et j'eus l'impression qu'elle me faisait une promesse.

Elle s'éloigna, enveloppée dans la blancheur de sa djellaba et du voile qui couvrait sa tête et son visage. Je la fixai jusqu'à ce qu'elle ne soit plus qu'un petit point clair à l'horizon.

Sans Khadîdja, les journées étaient moins joyeuses. L'humeur de Vincent et de Marie s'assombrissait de plus en plus. Quand une lettre de Pierre leur parvenait, il la lisait avec passion et soupirait de soulagement. Marie avait beaucoup de travail, et souvent on l'appelait à n'importe quel moment au chevet de ses patients.

Un soir, nous étions tous couchés, la lumière éteinte, quand des coups violents furent frappés à la porte. Marie sauta du lit et, sans savoir pourquoi, cette fois-là, je la suivis. Elle ouvrit la fenêtre donnant sur la rue pour s'enquérir de ce qu'on lui voulait.

– Docteur, ma femme a des douleurs. Elle attend un bébé mais ce n'est pas encore le moment. Je ne sais pas quoi faire, venez s'il vous plaît docteur.

– J'arrive tout de suite.

Marie était déjà en train d'arracher sa chemise de nuit, de glisser ses pieds dans ses sandales. Elle déposa un baiser sur la tête de Vincent, murmura « À tout à l'heure, mon chéri », saisit sa mallette et sortit rejoindre le père affolé qui l'attendait. Elle ne vit pas que je me glissais en même temps qu'elle dans l'entrebâillure de la porte. J'avais l'intuition qu'il fallait que j'aille avec elle. Elle marchait rapidement au côté de l'homme qui avait pris son sac de docteur pour le porter. Je les suivais à distance dans les rues sombres et désertes, car nous étions en plein couvre-feu. À l'angle d'un carrefour, il y eut un brusque brouhaha, des bruits de voix rageuses, suivi par le cri étouffé de Marie. Je me précipitai et la vis, maintenue par un homme qui pressait un large couteau sur sa gorge. Sans réfléchir une seconde, j'agis. Je sautai sur une poubelle et la renversai en poussant un cri de chat en colère. Les assaillants se retournèrent, inquiets, et Marie se retrouva le visage éclairé par la lumière d'une fenêtre qui venait de s'allumer.

– Arrêtez ! Je la connais.

L'un des agresseurs avait retenu le bras de celui qui s'apprêtait à égorger Marie et qui n'était autre que le garçon avec lequel Pierre s'était battu. En temps de guerre, il est plus facile de faire passer des conflits personnels pour des actes de bravoure. Et là, il s'agissait bien de vengeance, l'ennemi de Pierre voulant l'atteindre à travers sa mère. Mais il avait mal choisi un de ses acolytes.

– Arrête. C'est la femme docteur qui a sauvé mon fils et soigné ma femme. On ne peut pas faire ça. Je lui dois tout.

– Il faut faire des exemples. Laisse-moi.

– Pas question !

Les deux hommes luttèrent pour le couteau et Marie réussit à s'extirper, toute tremblante, de l'étreinte brutale dans laquelle elle était maintenue. Elle se mit à courir vers sa maison, je la suivis. Nous rentrâmes tous les deux et Marie s'effondra dans un fauteuil, blanche comme un linge, en état de choc.

Le lendemain, sa mallette de médecin était devant la porte. Mais la décision de mes amis était prise. Ils allaient quitter l'Algérie pour retourner en France. Pierre avait annoncé que son service militaire devait s'achever dans quelques semaines. C'était le moment de partir. Encore une fois, je sentis sur moi des regards désolés et des caresses chargées de peine, et je compris qu'ils ne pouvaient pas se charger de moi, que, dans ce départ difficile, je serais un fardeau.

Le jour venu, ils me caressèrent longuement, mirent de la nourriture en abondance pour moi et gardèrent la porte du jardin ouverte. En fait, ils me laissaient la maison : mais a-t-on déjà vu un chat vivre seul dans une demeure ?

J'y restai cependant, ne sachant où aller, et la rue avec ses dangers ne me tentait pas. Au bout de quelques jours, j'avais bien entamé mes réserves de nourriture et dormais seul sur le lit quand un fracas me réveilla en sursaut. La porte d'entrée s'ouvrit et une foule de gens envahit la maison. Des personnes de tous âges couraient partout en poussant des cris d'allégresse. Ils portaient des sacs qu'ils remplissaient avec tout ce que Vincent et Marie n'avaient pu emporter, c'est-à-dire à peu près tout, sauf deux valises. Je m'étais caché pendant le pillage, mais dus changer de place car quelqu'un me découvrit sous l'armoire. Je me mis à courir vers la cave en quête d'un abri quand un coup de feu éclata. Une vive douleur traversa ma cuisse droite, et je sentis quelque chose de chaud qui en coulait. Je me précipitai au sous-sol et entrai dans un tuyau d'évacuation désaffecté suffisamment profond pour être hors d'atteinte et trop étroit pour qu'un humain puisse s'y glisser. Celui qui m'avait tiré dessus m'avait suivi : il introduisit son fusil dans le tuyau qui, heureusement, était coudé. Mais je reçus encore des éclats de balle sur le dos, et mon poil fut brûlé à plusieurs endroits. L'homme se lassa de moi et retourna à son pillage. Je léchai mes blessures et me mis à ronronner pour me tranquilliser et ne pas céder à la panique.

Je me sentais très seul, l'espoir m'abandonnait. Une nuit passa où je ne dormis pas et, au matin, j'envisageai de renoncer à la vie en me laissant mourir dans ce trou.

Extrait du journal d'Alexandre

Je connais un peu mieux la période algérienne de mes grands-parents même si j'invente beaucoup de choses. L'inspiration ne me quitte plus. J'ai donc prévu de passer la journée à la maison pour travailler sur mon livre. Je me suis installé avec quelques biscuits et un bon café expresso à déguster autant qu'à humer, et j'ai posé mes doigts sur le clavier. Quelques minutes sont passées ainsi, puis j'ai décidé de relire mes dernières pages. Curieusement, je me suis demandé ce qui allait se passer, si Moka allait mourir dans son trou ou s'en sortir. J'ai dû m'avouer que je n'en savais rien. Et pire, que je ne savais vraiment pas quoi écrire. Des yeux, j'ai cherché Mozart dans la pièce. Il n'était pas là. Je me suis levé de mon fauteuil, je l'ai appelé. Rien ! Je l'ai cherché partout, suis allé voir au jardin. Pas de chat !

La journée s'est passée ainsi. Malgré mes efforts, j'ai bien dû me rendre à l'évidence. Je n'arrivais pas à écrire. Au bout d'une bonne heure, je me suis mis devant la télévision pour passer le temps et ne pas angoisser…

Vers le soir, Mozart est revenu, la queue toute droite en l'air, la bouille satisfaite. Et là, alors qu'il venait de se frotter à mes jambes, j'ai eu envie de retourner à mon ordinateur. Moka était toujours dans son tuyau. Il fallait faire quelque chose !

Cela faisait deux jours que j'étais dans mon tuyau, me refusant à sortir et attendant la mort. Je m'étais replié en boule et la fièvre commençait à me brûler. Je crus que je commençais à délirer, ou à partir de l'autre côté car j'entendis une voix qui appelait mon nom avec douceur. Comme cela ne s'arrêtait pas, j'ouvris les yeux et me décidai à me traîner vers l'ouverture du tuyau. Qu'avais-je à perdre ? Si c'était une ruse de mon agresseur, ma vie se terminerait plus vite. Ce n'était pas une apparition, elle était réelle et tendait ses mains vers moi. Elle était là, et c'était bien à moi qu'elle s'adressait. Khadîdja ! Elle était entrée dans la maison après le pillage et avait laissé couler ses larmes car nombre de ses souvenirs avaient été détruits. Et puis, elle avait vu du sang et suivi les traces et les éclaboussures jusqu'au tuyau dans la cave. Là, elle s'était mise à parler doucement comme elle avait coutume de le faire avec moi. Un instant plus tard, je me retrouvais dans ses bras – c'était la première fois, car elle ne m'avait jamais touché – et elle m'enveloppa dans ses voiles pour m'emporter.

Khadîdja me nettoya, me soigna, me pansa. Elle connaissait des herbes qui guérissent et les utilisa pour moi. Elle changea mon nom : Moka se transforma en Moktar. Cela m'était bien égal, je lui faisais confiance et aurais donné ma vie pour elle. Un jour, ma fièvre tomba et ma santé revint. Je restai boiteux à cause de la balle restée dans le muscle de ma cuisse, qui s'était enkystée. Mais ma vie dans la maisonnette blanche de Khadîdja fut heureuse, et je devais même devenir un gros chat à cause des pâtisseries qu'elle me laissait manger et du couscous que je m'étais mis à adorer.

Comme j'étais moins agile à cause de mon handicap, je mourus, à un âge cependant respectable, d'une pierre qui ne m'était pas destinée et qui me frappa à la tête. Des enfants avaient décidé de chasser les oiseaux au lance-pierre et je fus leur victime. Avant de venir ramasser mon corps, Khadîdja leur cria très fort dessus en les menaçant d'un balai. Tout ce qu'elle tenta pour me ranimer et me soigner fut vain. J'étais bel et bien mort sur le coup.

J'avais eu le temps de la voir dans son rôle de maman et de savourer toute la tendresse qu'elle prodiguait à ses enfants. Cela avait été un spectacle quotidien émouvant dont je ne me lassais pas, surtout quand elle chantait pour eux à mi-voix en se balançant au ralenti. Elle avait eu d'abord une petite fille, puis deux garçons qu'elle chérissait et qui l'aidèrent à supporter ma disparition. Je revins la voir dans ses rêves pour la consoler car bien qu'elle ne soit pas très démonstrative, Khadîdja était sensible et pleine d'amour, et souffrit beaucoup de ma perte.

Qu'Allah – c'est le nom qu'elle donnait à son Dieu – la bénisse !

Extrait du journal d'Alexandre

J'étais content d'avoir finalisé la sixième vie de Mozart, et j'ai passé une nuit paisible. Ce matin, j'ai décidé de me remettre tôt au travail puisque je n'avais pas avancé au cours de la journée d'hier. Aussitôt après le petit déjeuner, j'ai tapé les mots Septième vie... J'ai attendu un peu. Pas d'inspiration ! Mes doigts restaient immobiles. J'ai essayé de me forcer à écrire quelque chose.

Mais en me relisant, j'ai tout effacé. Cela recommençait, je n'arrivais plus à rédiger. Je me suis alors levé pour donner ses croquettes à Mozart. Je l'ai appelé, mais il n'était pas là. Encore une fois, il s'était éclipsé. Il avait dû trouver une copine dans le coin. J'ai préparé sa gamelle et suis retourné au travail. Mais j'ai dû me rendre à l'évidence : je n'arrivais à rien, pas une seule phrase utile ! Je me suis dit qu'une journée de vacances me ferait le plus grand bien et suis allé en ville. Au programme : musée, restaurant et balade au parc !

Je suis parti toute la journée. Quand je suis rentré le soir pour notre rendez-vous écriture, Alexandre n'était pas là. J'ai trouvé mon assiette remplie, je l'ai vidée. J'avais faim après cette journée repérage et espionnage. Une fois repu, j'ai attendu tout seul en méditant sur le sofa, puis suis allé me coucher. Alexandre n'est pas rentré. Comme il m'avait laissé le vasistas de la cave ouvert, j'ai pu aller au jardin au milieu de la nuit. C'était délicieux, l'air était tiède et parfumé, et j'ai vu les fées danser près de la mare. Je les ai admirées puis me suis relié à elles pour les remercier. Elles ne m'ont pas menti. La piste qu'elles m'ont indiquée est bonne. Pour l'instant, je me suis contenté d'observer, mais je vais bientôt pouvoir m'approcher.

Si tout fonctionne comme je l'espère, la surprise va être de taille pour Alexandre !

SEPTIÈME VIE
Flower power

Étrange ! Je me sentais touché tous les jours à travers la paroi du ventre de ma mère et entendais beaucoup de sons. Des voix, graves, aiguës, harmonieuses ou pas, de la musique, des chants, parfois tout contre la peau du ventre sous laquelle je me trouvais. Mes frères et moi semblions être au centre d'une attention particulière. Des mains longeaient mon corps, le lissaient, des doigts touchaient ma tête, tâtonnaient pour deviner ma position. J'entendais des exclamations ravies.

Où étais-je tombé ?

Il allait me falloir encore attendre quelques semaines après ma naissance pour voir ce qui m'entourait. Mais ce qui était certain, c'est qu'il y avait beaucoup de monde autour de nous. Nous étions dans un panier au parfum de fleurs et la musique n'arrêtait pas de jouer. Parfois forte, parfois toute douce – j'en profitais pour dormir –, ou jouée sur des instruments près de nous. De la fumée entrait parfois dans mes poumons fragiles.

Heureusement il faisait chaud et l'air circulait dans la pièce. Régulièrement, des humains nous prenaient dans leurs mains et parlaient contre notre visage, des mots qui sonnaient comme : « Bienvenue, *welcome*, *wilkommen*, *benvenuti*… » Je sentais beaucoup de morceaux de métal autour de leurs doigts. Des bagues ? Cela sentait bon aussi, car quelque chose cuisait en permanence dans cet endroit et d'appétissantes odeurs de nourriture me flattaient les narines. Pour l'instant, je n'en étais qu'au lait, mais ces fumets étaient autant de promesses pour mes papilles.

Un de mes frères m'attirait particulièrement. Je distinguais sa présence entre les autres ; je savais qu'il me cherchait aussi. Je rampai vers lui dans mes premiers jours de vie pour me coller contre son petit corps. Je l'aimais déjà. Quand notre mère nous léchait pour nous laver, je me laissais rouler sous sa langue contre mon frère bien-aimé. Dès que j'ouvris les yeux, ce que j'avais pressenti se confirma. Mon frère était la réincarnation de mon ami Imperator III, que j'avais connu sur un paquebot lors de notre traversée de New York vers l'Afrique. Nous ne nous étions que peu côtoyés, un peu battu au début, mais avions bien sympathisé. J'étais très heureux de le retrouver.

Un soir, les humains se réunirent tous dans la pièce où nous étions. L'un d'eux, un grand maigre avec une longue barbe blonde, s'empara de notre panier qu'il posa au milieu du cercle formé par l'assemblée. Ce qui me frappa par rapport aux personnes que j'avais croisées dans d'autres existences était l'abondance de cheveux et de poils que ceux-ci arboraient. Les femmes portaient des chevelures lâchées sur leurs épaules, des longues robes qui descendaient jusqu'à terre, ou des coiffures en boule volumineuse quand elles étaient frisées. Les hommes avaient des cheveux longs, des bandeaux autour du front, et tous portaient de nombreux bijoux qui tintaient au gré de leurs mouvements. Quelques jeunes filles avaient des couronnes de fleurs fraîches sur la tête. Nous attendions dans notre panier, mais personne ne semblait pressé. Un bâtonnet enflammé circulait de doigts en doigts, et chacun aspirait à son tour des bouffées de fumée. Tous souriaient en nous regardant avec bienveillance.

– Nous sommes réunis ce soir pour baptiser nos amis chats. Qui a des idées de prénoms ?

C'était le grand blond barbu qui avait parlé. Je m'extirpai du panier et fis quelques pas. Tout le monde éclata de rire. Je ne me connaissais pas ce talent comique, mais je continuai à marcher prudemment sans trop m'éloigner de mes frères.

– La petite femelle demande un prénom. Des propositions ?

Je miaulai timidement, ce qui fit exploser de rire l'assistance. Mais je venais de comprendre que j'étais une fille dans cette vie. Peut-être allais-je connaître la maternité cette fois-ci ?

– Janice !

– Aretha !

– Joni.

– Honey.

J'écoutais en tournant la tête vers chaque personne qui ouvrait la bouche pour lâcher un nom, et le barbu observait mes réactions.

– Moïra.

Je me levai d'un coup. Je ne voulais pas encore de ce nom qui ne m'avait apporté que des ennuis. Le grand blond esquissa un geste.

– Harmony.

J'émis un miaulement d'approbation, et tout le monde applaudit. C'était une jeune femme métisse aux yeux félins et aux cheveux tout frisés qui m'avait attribué ce nom. On me mit dans le creux de sa jupe et elle me fit jouer avec ses bracelets tandis que mes frères étaient nommés à leur tour. Imperator III devint Govinda et atterrit sur les genoux d'un jeune homme fragile à peine sorti de l'adolescence. Les humains qui avaient trouvé nos noms allaient devenir nos « guides » et se charger de nos soins, mais tous les autres assureraient aussi le côté affectif pour que notre croissance se fasse dans la sérénité et le bien-être. Ce fut en ce sens que le barbu – un ancien créatif dans la publicité écœuré par le système – orienta un discours éloquent.

Plusieurs sortirent des instruments et se mirent à jouer une musique d'inspiration hindoue. Quelques filles ondulèrent sur les sonorités envoûtantes. De l'encens brûlait et les bâtonnets incandescents continuaient à circuler de main en main. J'étais né au sein d'une communauté du mouvement hippie, un courant de contre-culture prônant l'amour et la paix et rejetant la société de consommation.

La soirée continua au son de la musique, les instruments passaient de l'un à l'autre, des couples se formaient et s'allongeaient sur les matelas qui jonchaient le sol pour s'accoupler. La jeune femme brune devenue mon guide – elle s'appelait Taneka – m'avait reposée dans la corbeille près de ma mère qui semblait abrutie par la fumée. J'avoue que je me sentais un peu bizarre et que la tétée de ce soir-là me fit un effet étrange. J'avais l'impression que le lait était semi-solide et bougeait dans mon estomac. Quand j'eus fini de boire, je cherchai Imperator – Govinda. Je ne le vis nulle part, jusqu'à ce qu'il se trahisse par un léger miaulement. Il était dans le corsage ajusté d'une jeune femme aux immenses cheveux blonds qui vacillait au son de la musique, les yeux fermés. Ses deux oreilles de chaton pointaient à peine, et il était enfoncé entre deux seins volumineux. Je vis une de ses petites pattes qui émergeait. Il se hissa au bord de décolleté. Mais la fille était ailleurs, perdue dans son monde intérieur, et Govinda n'aurait pas pu sauter sans se faire mal. Il fut obligé d'attendre que la danseuse se lasse et finisse par s'asseoir par terre près d'un garçon qui l'attendait, pour enfin pouvoir s'extirper du corsage et revenir vers moi. Je l'accueillis avec soulagement et nous nous endormîmes ensemble malgré l'agitation qui continua presque jusqu'à l'aube.

Au cours des mois suivants, je grandis et, en compagnie de Govinda, j'explorai notre nouvel environnement. Nous étions dans un endroit très beau, une île nommée Ibiza où le soleil était presque toujours au rendez-vous. La communauté à laquelle j'appartenais – les humains m'appelaient « petite sœur » – comprenait un restaurant macrobiotique, une fabrique de bijoux en argent et en perles de verre, un salon de thé avec des cours d'astrologie et de tarots, un atelier de cuir. Une minuscule boutique vendait les objets qui étaient produits sur place : sacs et vêtements en daim, colliers, bagues et boucles d'oreilles, gâteaux et talismans. À l'arrière de la grande maison, un jardin potager donnait des légumes et des fruits. Chaque humain qui vivait là offrait son travail dans une ou plusieurs des activités proposées.

Deux garçons s'étaient consacrés au jardinage. Ils passaient beaucoup de temps assis en tailleur à observer les plantes et à leur donner de l'amour. Peu d'humains peuvent comme nous voir tous les êtres élémentaires qui habitent dans la nature pour aider les plantes à pousser, mais je crois que ceux-ci les sentaient – ou peut-être les bâtonnets qu'ils fumaient les aidaient à les percevoir. En tout cas, ils s'y dédiaient en méditant devant le potager ! Les petits êtres de la nature chargés des fleurs et des légumes semblaient satisfaits car les récoltes étaient excellentes. Les humains qu'on dit avoir « la main verte » sont en fait amis sans le savoir des êtres qui soignent leurs plantes, ils les perçoivent inconsciemment et le lien se formant entre eux dégage une énergie qui aide les êtres élémentaires à rendre la nature merveilleuse. J'aimais rester à côté de ces jardiniers paisibles et partager leur discussion muette avec les plantations.

Nous avions aussi un espace réservé où poussait de l'herbe à chat.

C'est une plante fantastique qui nous met dans un état de conscience modifiée et nous ouvre davantage à la communication avec le monde végétal. Nous avons, en tant que chats, des relations privilégiées avec les plantes. Nous parlons avec elles, surtout après avoir consommé de l'herbe à chat ; et dans cet endroit, je pouvais sentir la croissance des carottes et des salades et le bien-être des herbes aromatiques. Les racines s'allongeaient comme l'on s'étire en dormant et les salades ouvraient leurs feuilles pour que le soleil caresse leur cœur. La menthe, le serpolet et le thym se gorgeaient de lumière pour concentrer leurs arômes et les restituer le soir venu. Les odeurs à la nuit tombée devenaient enivrantes et il faisait bon se promener ou dormir au jardin quand descendait la fraîcheur.

La fabrique d'objets en peau nous amusait beaucoup car il y avait des mini chutes de daim qui s'enroulaient comme des ressorts et faisaient de merveilleux jouets. Govinda et moi faisions des courses délirantes et des matchs en nous servant de ces petits rouleaux. Nous finissions épuisés après nous être dépensés pendant des heures.

Et nous étions de plus en plus proches. Quand nous cessions de jouer, nous cherchions un endroit frais à l'ombre pour nous lécher réciproquement. Faire ainsi la toilette de l'autre est un acte d'amour, mais aussi un rituel nous permettant d'éliminer de notre fourrure tout ce qui pourrait empêcher la bonne circulation de nos énergies. Nous étions ainsi équilibrés et en harmonie l'un avec l'autre. Nous dormions avec nos pattes entrelacées, la tête posée sur le flanc ou sur le ventre de l'autre. Avec Govinda, je connus pour la première fois un amour véritable avec un autre chat.

L'atelier de bijoux nous était interdit car nous ne pouvions pas résister au désir de plonger nos pattes dans les coupelles contenant des perles ou des pierres colorées. Quand nous réussissions à en attraper, nous faisions des jeux joyeux en les faisant rouler sur les dalles du sol. Cela faisait un bruit divertissant et attirait tous les autres chats de la maison qui souhaitaient se joindre à la partie. Généralement, un humain se levait de son poste de travail et nous faisait sortir en nous expliquant, toujours d'une façon très pédagogique, qu'il ne fallait pas toucher à la matière première. Alors qu'il me prenait sous les aisselles pour me raccompagner à la porte, je m'arrangeais pour coincer des petites perles entre mes coussinets. Je les offrais à Govinda qui me remerciait en me lissant les poils de la tête avec sa langue. Cela faisait bien rire mon humaine, qui disait que j'étais « laquée ».

Le soir, nous pouvions aller au restaurant nous promener parmi les clients. Nous étions appréciés pour notre vertu apaisante, et comme la cuisine était végétarienne, nous quémandions peu auprès des dîneurs. La salle était vaste, avec des gros coussins partout et des tables basses en bois ornées de bougies. Les gens s'installaient au sol pour manger et nous pouvions facilement nous pelotonner dans le creux de leurs jambes. Nous obtenions parfois un peu de lait de chèvre ou de brebis en remerciement pour notre présence.

Une petite pièce à l'étage m'intriguait beaucoup car j'y avais entendu un miaulement profond qui m'attirait. Je traînais souvent près de là pour essayer d'en savoir plus. La porte était décorée d'un grand soleil et d'une lune stylisés et peinte avec des symboles des planètes du système. Je n'avais vu la femme qui y habitait qu'une seule fois car elle ne sortait presque jamais. Elle bénéficiait d'un traitement spécial, on lui apportait ses repas dans sa chambre et elle ne participait à aucun atelier. Elle était plus âgée que les autres, son travail consistait à recevoir dans cette pièce des personnes qui venaient la consulter. Elle savait lire l'avenir dans les étoiles ou les cartes du tarot. Ses dons attiraient beaucoup de clients. Son compagnon était forcément un chat intéressant. Je m'étais mis en tête de le rencontrer, mais ce n'était pas facile. J'avais beau monter en même temps que les clients de l'astrologue, la porte se refermait toujours devant mon nez au moment où j'allais me faufiler dans l'entrebâillement. Je restai à l'affût quelques jours, mais comme j'échouai systématiquement, je relâchai momentanément cette surveillance pour repartir vers des divertissements de mon âge.

Ce fut malheureusement un de ces jeux qui m'attira le blâme de la communauté et me valut même de passer en jugement ! Nos humains étaient des hippies, pour l'amour, contre la guerre : toute forme de violence les horrifiait. Nous étions, Govinda et moi, des grands chatons normaux, pleins de vie et mus par notre instinct. Ce jour-là, au jardin, nous repérâmes un mulot, un souriceau petit et blond qui courait en traversant les allées. C'était trop tentant ! D'un seul regard, nous nous comprîmes. Govinda partit s'embusquer derrière un fourré tandis que je me mettais en position de chasseresse, le corps aplati, les épaules ondulantes. J'émettais un petit claquement de bouche pour avertir le mulot qu'il allait être ma proie. Et la danse commença. Je fonçai sur le petit rongeur, le mis en fuite jusqu'à Govinda qui surgit du buisson et arrêta l'animal. Nous le cernions, faisions la ronde autour de lui, le traquions, l'empêchions de trouver une issue et le maintenions entre nous deux. Puis Govinda se rapprocha et lança une patte pour le maintenir au sol. Surpris, le mulot poussa un couinement aigu qui attira l'attention des deux jardiniers méditant face aux choux. Ils se mirent à pousser des cris stridents. L'un d'entre eux saisit mon ami par la peau du dos, l'autre m'attrapa en me traitant de « vilaine Harmony ! ». Tous deux se penchèrent vers le rongeur qui n'avait pas grand-chose et lui parlèrent avec douceur alors que nous étions traités comme des bandits. On nous enferma dans la salle de bains jusqu'au soir.

Quand le restaurant fut fermé et que commença la nuit, toute la communauté se réunit dans la grande salle. Nous fûmes amenés au milieu du cercle pour être jugés. Il ne nous manquait que les menottes ! Comme nous ne pouvions pas nous défendre, un avocat fut désigné d'office. C'était un vrai avocat californien qui avait quitté le barreau après une dépression nerveuse et était venu se ressourcer à Ibiza en paisible compagnie. Ses cheveux n'étaient pas encore très longs, il n'osait pas encore se couvrir de bijoux, et portait un jean et un tee-shirt blanc. Il accepta son rôle sans faire d'histoire. Les jardiniers décrivirent la scène de chasse en des termes dramatiques : Harmony et Govinda terrorisaient une malheureuse souris en la pourchassant. La pauvre bête, si minuscule face à ces félins gigantesques pour elle, ne savait plus où fuir. Elle aurait pu être tuée d'un coup de griffe s'ils n'étaient pas arrivés à temps pour la sauver. Ou pire, être dévorée. Ils n'osaient penser au carnage qui aurait pu avoir lieu dans ce jardin si tranquille.

Des joints circulaient et tout le monde hochait la tête en nous regardant avec réprobation. Des airs de pitié se lisaient aussi sur certains visages comme s'ils éprouvaient de la tristesse à voir des chats qui ne savaient pas contrôler leurs instincts naturels. L'avocat se concentrait. D'un coup, il se leva. Son plaidoyer fut brillant pour un humain, il nous chercha des circonstances atténuantes, notre jeune âge, notre immaturité, l'éducation trop laxiste que notre mère nous avait donnée, le peu de structure dû au manque d'un maître référent. Il parla ainsi une bonne vingtaine de minutes en remuant les bras. Quand il eut fini, un moment de silence s'écoula, puis Govinda et moi commençâmes à miauler de toutes nos forces car nous en avions plus qu'assez d'être maintenus dans ce cercle, empêchés de vaquer à nos occupations. C'est alors que Taneka prit la parole en souriant :

– Les chats vivent selon leur instinct. Depuis toujours ils chassent les souris. Qu'est-ce qu'il y a d'anormal à cela ?

Les regards se croisèrent. Personne ne savait comment réagir ni quel parti prendre, jusqu'à ce que quelqu'un éclate de rire en s'écriant :

– *Ridiculous, it's so ridiculous* ![1]

On nous relâcha, et la soirée continua comme d'habitude avec le roulage des joints, la musique et la danse. Le printemps étant bien engagé, il y eut un happening sous forme d'une bataille de pétales. Govinda et moi fîmes de mémorables glissades dans les fleurs multicolores qui jonchaient le sol.

Finalement, la soirée fut très réussie.

Extrait du journal d'Alexandre

Je dois me rendre à l'évidence. Cela fait une semaine maintenant que Mozart s'absente dans la journée, et

1. Ridicule, c'est complétement ridicule !

cela fait une semaine que je n'arrive plus à écrire quand il n'est pas là. Je ne retrouve l'inspiration que le soir, lorsqu'il revient. Ça a l'air complètement fou, mais je dépends de lui pour travailler ! J'ai d'ailleurs l'impression que cela lui fait plaisir et qu'il s'en amuse. Quand il rentre, la queue en point d'exclamation, il prend tout son temps pour manger avant de venir lentement, un drôle de sourire sous ses moustaches, s'installer autour de mon écran d'ordinateur ou sur mes genoux. J'évite de lui faire des reproches pour ses absences – je ne voudrais pas qu'elles soient encore plus longues –, mais je me demande ce qu'il fabrique toute la journée. Je vais essayer de fermer le vasistas et les portes demain pour l'empêcher de sortir.

Certains jours, quand le restaurant était fermé, tout le monde montait dans des minivans pour partir à la plage. Nous étions du voyage et je retrouvais le bord de mer avec plaisir. Govinda n'avait jamais connu l'océan de près. Je lui fis découvrir les joies de la pêche et de l'escalade dans les rochers.

C'était un dimanche d'été. Nous étions tellement occupés à bousculer des coquillages qui se déplaçaient sur leurs petites pattes griffues que nous ne vîmes pas nos humains s'en aller. Comme il y avait plusieurs véhicules, personne ne remarqua notre absence et nous nous retrouvâmes tous les deux, Govinda et moi, seuls sur la plage. Nullement inquiets, pris par nos jeux passionnants, ce n'est qu'à la nuit tombée que nous commençâmes à avoir un peu faim et que nous regardâmes autour de nous pour constater que la plage était vide. Je me souvenais de ma vie en Bretagne et voulus montrer à Govinda comment survivre au bord de la mer en mangeant des animaux marins. Mais j'eus beau creuser le sable, je ne trouvai rien. J'eus un petit moment de désarroi, mais préférai ne rien laisser paraître devant Govinda. D'ailleurs, nous n'étions plus seuls. D'autres groupes d'humains étaient en train de remplacer ceux de la journée. Ceux-là entassaient du bois sec sur la plage pour faire du feu. Plusieurs bandes se formèrent ainsi et des échanges se faisaient d'un groupe à l'autre. Tous paraissaient sympathiser, s'inviter, pour partager nourriture et bâtons à fumer. Nous attendîmes quelque temps en retrait puis, quand les instruments de musique commencèrent à résonner, nous nous approchâmes d'un groupe qui nous paraissait plus calme que les autres. Deux jeunes filles qui mangeaient nous aperçurent les premières. Elles poussèrent des petits cris de surprise et tendirent leurs mains vers nous. Ô joie, il y avait entre leurs doigts des morceaux appétissants de fromage de chèvre. Nous fûmes accueillis sans aucun problème parmi ces humains, nous nous restaurâmes, reçûmes des caresses, et quand les guitares se turent, nous nous installâmes tout contre une des jeunes filles qui s'était endormie dans son sac de couchage.

Le petit matin nous réveilla. L'humidité et le sel avaient poissé notre fourrure et nous nous léchâmes mutuellement, Govinda et moi.

– Harmony ! Govinda !

Nous étions encore jeunes mais avions bien appris nos noms ; et surtout, nous reconnaissions la voix qui criait. Nous nous levâmes d'un bond mais la jeune fille auprès de qui nous étions attrapa Govinda au moment où nous allions nous mettre à courir vers Taneka. Car c'était bien ma guide humaine qui était venue nous rechercher toute seule. J'étais partagée entre le désir de rester auprès de Govinda, qui était captif, et la volonté de rejoindre Taneka dont les cris m'appelaient. Taneka était une jeune Afro-Américaine à l'abondante chevelure crépue qui aimait porter des larges vêtements aux couleurs du soleil. Elle était impossible à rater car, même dans la lumière du petit matin, son sarouel orange et jaune ressemblait à un phare. Comme mon humaine insistait, je me décidai à laisser momentanément Govinda pour aller à sa rencontre. Elle parcourait la plage en appelant, s'arrêtant pour demander à ceux qui émergeaient des sacs de couchage s'ils n'avaient pas vu deux chatons. Plusieurs lui répondirent que oui, ils avaient bien vu deux petits chats qui aimaient le fromage, mais ils ne savaient pas où ils étaient passés. Soudain, Taneka m'aperçut et je vis son visage rayonner de plaisir.

– Harmony. Je suis contente de te voir. Tu sais où est Govinda ?

Je poussai un miaulement et, m'assurant qu'elle me suivait bien, la guidai vers mon ami retenu entre les bras serrés de la jeune femme endormie. Elle devait le prendre pour une peluche car elle le pressait contre sa poitrine. Il avait beau se tortiller, il ne pouvait pas s'en extirper. Taneka secoua la fille par l'épaule, ce qui la fit grogner, mais elle ouvrit les yeux et comprit qu'on lui demandait de relâcher sa prise sur Govinda. Ce qu'elle fit, et mon compagnon put s'échapper de son étreinte. Taneka nous prit chacun sous un bras. Elle se dirigeait vers le van dans lequel elle était arrivée quand un des garçons du groupe la retint par le bras. C'était aussi un Américain, il l'avait reconnue pour l'avoir remarquée en ville mais sans savoir d'où elle venait. Il profita donc de l'occasion pour l'inviter à boire un peu de thé qu'un de ses amis venait de préparer. Taneka nous reposa en nous demandant de ne pas nous éloigner, et nous eûmes encore le droit de creuser le sable pendant que Bill (c'était le nom du jeune homme) et Taneka échangeaient leurs visions de la vie, philosophaient sur la liberté et l'amour, avant d'évoquer le livre *Le Seigneur des anneaux* qu'ils avaient tous deux lu – et apprécié – récemment. Quand, en fin de matinée, Taneka nous reprit sous ses bras pour quitter la plage, je vis que quelque chose de nouveau brillait dans ses yeux. Je savais ce que c'était : elle était amoureuse. Si nous n'avions pas traîné la veille sur la plage, si on nous avait vus et ramenés à la communauté, Taneka ne serait pas revenue nous chercher ce matin-là, et elle n'aurait pas rencontré Bill. Quand les choses doivent arriver, tout se met en place pour qu'elles adviennent. Et la rencontre des deux jeunes gens était importante pour moi car elle allait être un des éléments déterminants de la réalisation de mon destin dans cette septième vie.

Alexandre a tout fermé. Je ne peux pas sortir. Ce matin, je lui ai accordé une heure pour écrire avec lui. Puis j'ai voulu partir. Mais il avait tout bouclé. J'ai miaulé, gratté, il a protesté, a voulu me faire taire. Il a tenté de me donner à nouveau à manger – il me sait gourmand – mais je ne me suis pas laissé faire. J'ai beaucoup progressé dans la mission que je me suis assignée, j'ai même réussi à établir un contact avec ma cible, et je ne veux pas laisser le lien se distendre. Il faut que j'y retourne ! Je me suis mis à courir dans la maison comme si j'étais devenu fou, j'ai griffé les rideaux, j'ai renversé un vase. Alexandre a pris peur et a ouvert la porte. Je suis parti en courant, pour me calmer aussitôt arrivé au coin de la rue. J'ai vu qu'Alexandre essayait de me suivre pour voir où j'allais, mais je l'ai semé facilement.

Extrait du journal d'Alexandre

Ma stratégie pour garder Mozart à la maison a été catastrophique. J'ai cru qu'il allait tout casser. Je me sens maintenant coupable de l'avoir enfermé et j'espère qu'il va revenir ce soir. J'ai tenté de repérer vers où il courait, mais il a disparu dans des jardins et je l'ai perdu de vue. Je dois prendre mon mal en patience. Bien obligé ! Sans Mozart, ce roman, c'est l'angoisse de la page blanche.

Je me demande pourquoi je ne peux plus écrire sans lui, et quelle peut être la source de ce blocage. J'essaie de relier cette découverte à la période de mes absences, à ces pages écrites dans un état de semi-inconscience, avec une facilité que je n'avais jamais connue auparavant. Juste en m'asseyant face à mon ordinateur mes doigts se mettaient à courir tous seuls sur le clavier ; mais cela ne se passait que quand Mozart était couché à côté de moi. Sinon, rien.

Même s'il fait mine de dormir et qu'il a l'air absent, il est certain que ce chat joue un rôle dans cette inspiration étonnante.

C'est dur à accepter !

Je n'ai plus qu'à attendre ce soir pour me remettre au travail avec lui...

Dans la communauté hippie, il y avait de temps en temps des départs : certains retournaient dans leur pays car leur famille les appelait, d'autres rejoignaient des groupes ailleurs. Parfois, mais c'était plus rare, naissaient des incompatibilités ; il fallait alors, soit que les deux fassent des efforts pour s'entendre – avec l'aide du groupe –, soit que l'un s'en aille.

Taneka et Bill se rencontraient de plus en plus souvent. Nous les suivions quand ils partaient vers le bord de la falaise proche de notre vaste demeure. Ils s'asseyaient en tailleur face à la mer, le visage levé vers le soleil. Nous les chats connaissons bien l'état qu'ils recherchaient, car nous méditons souvent pour être à l'écoute de notre cœur et rééquilibrer notre corps. Quand nos deux humains restaient ainsi immobiles, nous nous mettions en harmonie avec eux et les aidions à amplifier leurs vibrations. D'ailleurs, ils semblaient le ressentir car Bill ouvrait les yeux en clamant « Waouh, *good vibs* ![1] », ce qui voulait dire qu'il avait perçu positivement cette communication vibratoire entre nous.

La falaise était impressionnante. Comme j'étais curieuse, j'aimais m'approcher du bord pour regarder tout en bas l'écume de l'eau mousser sur les rochers acérés. La distance les rendait petits et moins dangereux et je les voyais plutôt comme des jouets dans la mousse d'une baignoire. Mais j'étais consciente que ma patte ne pourrait les atteindre. Je passais beaucoup de temps à regarder ainsi en bas comme si j'avais su à l'avance que cet endroit allait jouer un rôle important dans mon destin.

Bill et Taneka s'aimaient. Govinda et moi aussi. Nous nous étions accouplés tout naturellement, sans nous isoler, comme le faisaient nos humains, et je sus bientôt que j'allais enfin vivre l'expérience de la maternité. Je sentais pousser la vie dans mes entrailles et délaissais un peu Govinda pour me concentrer sur les sensations que me procurait la croissance de mes chatons en mon sein. Je dormais davantage, et ma curiosité concernant la pièce mystérieuse de la voyante s'était

1. Waouh, quelles bonnes *vibes* !

atténuée. J'étais enceinte d'un mois quand un événement inattendu vint me perturber.

Le grand blond barbu, Arnold, arriva un soir suivi par un chien. Ce n'était pas un bien grand animal, juste un chiot maladroit à poil ras blanc moucheté de brun. Un de ses yeux était entouré d'une tache brune qui lui faisait un genre de monocle, et sa langue pendait hors de sa bouche. À sa vue, je me hérissai et gonflai mon champ énergétique pour me faire plus grosse que lui. Arnold retint le chien par le foulard qu'il portait autour du cou tout en tendant la main vers moi pour me tranquilliser. Mais ma grossesse me rendait méfiante et je n'avais pas très envie de m'approcher du chien, qui d'ailleurs était une chienne.

– Haaarmoony… *coool, don't stress. It's O.K.*[1]

Arnold essayait de me calmer, mais je m'étais déjà réfugiée sous le vieux sofa creux dans lequel on trouvait une cachette parfaite et confortable. Je refusai d'en sortir. Govinda vint m'y rejoindre quelques heures plus tard. J'acceptai sa présence car j'étais contrariée et nerveuse. Il me fallait trouver un endroit tranquille pour faire mes bébés et cette présence canine était de trop. Angela, c'était le nom que la communauté avait donné à la chienne, était très à l'aise au milieu de tout le monde, et les autres chats ne se formalisaient pas de sa présence bruyante et agitée. Elle passait des humains aux animaux en distribuant des coups de langue à droite et à

1. Harmony… du calme, ne stresse pas. Tout va bien.

gauche, en manifestant une joie exubérante qui cadrait mal avec mon désir de calme. Taneka avait remarqué mon état et avait compris ma détresse. Elle eut la bonne idée de m'aménager un coin douillet sur une étagère haute. J'eus ainsi un promontoire privé depuis lequel je pouvais tout observer en restant en sécurité. Ce fut de là-haut que je vis Angela lécher Govinda pendant qu'il mangeait. Mon ami se retourna, cracha, mais la chienne se mit en position de jeu, le derrière relevé et les pattes avant à plat. Elle remuait frénétiquement la queue pour encourager Govinda à la rejoindre. Il hésita quelques instants, puis se mit à courir à l'autre bout de la pièce. Angela aboya en le suivant et ils firent tous deux une course endiablée à travers le salon puis dans le jardin. De mon abri, j'assistai, impuissante, à la naissance de cette amitié entre Angela et Govinda. Je pense que ma grossesse, ou plutôt mon attitude repliée, l'avait éloigné de moi et qu'Angela était arrivée juste à temps pour combler un vide dans sa vie. Je le vis même monter sur elle tandis qu'elle dormait pour lui pétrir précautionneusement la peau du dos avant de se mettre en boule et dormir en partageant sa chaleur. Taneka mettait ma nourriture sur mon étagère car mon ventre s'était alourdi et je ne descendais plus que pour aller faire mes besoins. Ma guide m'avait préparé une couche de vieilles robes indiennes bariolées un peu déchirées dans lesquelles je pourrais accoucher.

Mais alors que Govinda et Angela s'étaient liés d'amitié en me laissant en plan, les choses prenaient une tournure similaire pour Taneka et Bill. Ce dernier s'était installé dans la communauté, où il avait été accepté sans problème en tant que petit ami de Taneka. Il partageait une chambre avec elle et s'était mis au travail dans l'atelier de bijoux où il aimait ciseler des bagues en argent. C'est là qu'il avait commencé à discuter de musique avec Monia, une Suédoise aux longs cheveux blond pâle, qui ressemblait à une fée. Tous deux adoraient Pink Floyd et ne se lassaient pas d'évoquer le groupe et les concerts auxquels ils avaient pu assister. Au fil des jours, je vis évoluer la relation de Bill et Monia. Leurs regards se cherchaient tout en se fuyant ; quand ils se touchaient, je percevais des étincelles lumineuses qui se formaient entre eux. Leurs énergies flamboyaient quand ils s'approchaient et des fils de lumière passaient de l'un à l'autre. Taneka était nerveuse. Ses beaux principes sur l'amour libre, la négation de la jalousie, la liberté absolue, s'effilochaient. Elle avait une tache grise qui s'étendait au milieu de sa poitrine. Je me disais qu'elle devait se sentir bien mal.

La nuit où j'accouchai, Taneka vint s'occuper de moi pendant que Bill, fou de désir contenu, rejoignait Monia qui l'attendait au jardin. Le travail fut difficile. C'était mon premier accouchement. Ce qui me perturbait le plus n'était pas les douleurs sourdes dans mes entrailles – ça, je pouvais supporter – mais la souffrance qui émanait de Taneka. Elle se rongeait de jalousie et ne pouvait rien dire. C'était une époque, et un milieu, où la possessivité était très mal perçue, et il n'était pas question de former un couple exclusif. On pouvait s'aimer tout en désirant quelqu'un d'autre et cela ne devait pas créer de problème. En théorie !

Taneka souffrait et je souffrais en conséquence encore plus que je ne l'aurais dû. Un de mes chatons ne supporta pas l'épreuve. Il sortit mort-né et Taneka fondit en larmes en s'écroulant sur le sol. J'essayai de me relever pour aller l'aider, mais n'y arrivai pas. Alors qu'elle continuait à pleurer comme une fontaine et serrant mon enfant sans vie dans ses mains, je finis d'accoucher plus tranquillement de deux autres petits, bien vivants ceux-là. Taneka fit tant de bruit avec ses larmes qu'elle alerta les autres membres de la communauté qui sortirent un par un des chambres, le visage ensommeillé, pour venir voir ce qui se passait. Certains se mirent à consoler Taneka, quelqu'un lui enleva mon chaton pour aller l'enrouler dans un chiffon, et la plupart m'entourèrent pour me caresser et souhaiter la bienvenue à mes deux petits qui rampaient maladroitement en titubant vers mes tétines gonflées. C'est à ce moment-là que Bill et Monia entrèrent dans la pièce, l'air tout étonné d'y voir tant de monde. Bill s'approcha de Taneka dont le visage ruisselait de pleurs et tendit la main vers son épaule pour la réconforter, mais le regard furieux qu'elle lui lança l'arrêta net. Il recula d'un pas. Monia baissait la tête et me contemplait, mais sans me regarder. Je sentais sa gêne : elle n'avait pas vu le chaton mort et pensait que Taneka pleurait à cause de Bill, ce qui était la vérité. Pour corser l'ambiance, la chienne Angela se manifesta. Elle était endormie avec Govinda contre elle, mais la soudaine affluence dans la pièce l'avait réveillée et elle se croyait à l'heure du petit déjeuner. Elle se mit à sauter de l'un à l'autre en donnant des coups de langue et en déposant ses jouets aux pieds des uns et des autres. En tant que jeune accouchée, j'aurais préféré avoir un peu de calme, mais la soirée prit une autre tournure. Tout le monde était bien réveillé et certains revenaient de la cuisine avec des assiettes. On me servit une coupelle de lait qui fut la bienvenue. Un musicien se mit à improviser « la berceuse pour chatons nouveau-nés » qui me parut plutôt être un chant de réveil tant il criait fort. Taneka parlait sans s'arrêter avec une fille qui hochait la tête en l'écoutant. Toutes deux regardaient du côté de Bill qui se tenait trop proche de Monia. Angela sautillait, surexcitée par l'ambiance, et ponctuait la musique d'aboiements bien placés dans les silences. Tout le monde partit se recoucher alors que le soleil commençait à poindre à l'horizon. Je sombrai – enfin – dans un sommeil réparateur.

Les semaines qui suivirent ne furent pas faciles pour moi car Taneka, qui était chargée de me soigner, me délaissait. C'était une autre fille, une Française nommée Sylvie, qui me donnait à manger quand elle y pensait. Je devais laisser mes petits pour aller quémander en cuisine ou au restaurant. Quand je croisais Govinda, il venait à moi pour se frotter contre mon flanc, mais je préférais ne pas lui rendre sa tendresse car j'étais monopolisée par mes enfants. En tant que mâle, il ne pouvait pas bien comprendre, mais il était patient et l'affection d'Angela semblait le combler. Souvent, il était coiffé bizarrement car elle bavait beaucoup et en le léchant elle lui faisait des mèches en crêtes qui hérissaient sa tête et son col. Il ressemblait parfois un peu au lointain souvenir que j'avais des lions. Mais plus souvent, il avait l'air un peu fou avec ses poils en l'air.

Bill avait trouvé un compromis entre Taneka et Monia. Il se partageait entre elles, passait une nuit avec l'une, la nuit suivante avec l'autre, et essayait de donner autant de gestes tendres à chacune. Monia, plus lymphatique, se satisfaisait de cette situation ; mais pas Taneka, qui ne disait rien mais n'en pensait pas moins.

Un jour, mes chatons ouvrirent leurs petits yeux et firent leurs premiers pas. Ce matin-là, toute la communauté était réunie : les applaudissements et les cris de joie furent si vifs que mes deux petits coururent se réfugier auprès de moi, pourchassés par Angela qui voulait jouer avec eux. Cette chienne était un modèle de dévouement, elle ne songeait qu'à distribuer de l'amour. Je la regardai différemment ce jour-là, et je vis bien qu'elle aimait déjà mes petits et qu'elle ne leur voulait que du bien. Cette intuition devait s'avérer juste. Angela se substitua peu à peu à moi dans un rôle de mère attentive auprès de mes chatons. Cela commença par des toilettes. Elle les débarbouillait tant qu'ils revenaient trempés auprès de moi. L'instinct maternel d'Angela se développa à tel point qu'un jour, j'eus la surprise de voir mes petits téter ses mamelles. La chienne avait fait une montée de lait à leur contact. Elle ne se lassait pas de jouer avec eux, leur lançant ses balles ou des menus objets en daim. En grandissant, mes deux bébés se comportèrent davantage comme des chiens que comme des chats, et même leurs miaulements étaient ambigus car ils les modulaient comme des genres d'aboiements. Les hippies s'amusaient beaucoup de cette fantaisie de la nature, et nombreux étaient les clients du restaurant qui venaient voir « la chienne et ses bébés chats ». Le journal local fit paraître un article sur le sujet où l'on voyait une belle photo de mes petits tétant Angela. La tendresse qui coulait du regard de la chienne émut plus d'un humain, et des cadeaux arrivèrent à la communauté sous forme d'argent ou de nourriture pour animaux. Nous reçûmes aussi un bon nombre de corbeilles en osier garnies de coussins au crochet.

De mon côté, je repris mon investigation sur la pièce mystérieuse du premier étage et l'étrange animal qui y vivait. J'avais décidé que je le rencontrerais, qui qu'il soit et quel que soit son mode de vie. Je sentais que cet être détenait quelque chose d'important pour moi et il fallait que je sache de quoi il s'agissait. Comme mes chatons et Angela monopolisaient l'attention de tous, je passais inaperçue quand je me faufilais dans les escaliers. Je pris l'habitude de suivre les clients de la voyante avec l'espoir que l'un d'entre eux refermerait mal la porte derrière lui, mais cela ne se produisait jamais. Enfin, un jour, ce fut l'animal lui-même qui se présenta à moi.

Alexandre a ramené des amis à la maison aujourd'hui. Ils fêtent le succès de l'un d'entre eux en partageant un bon repas et une bouteille de vin. J'ai eu le droit de m'installer avec tout le monde et j'ai été le centre de la conversation pendant un bon moment. Je voyais bien qu'Alexandre était un peu ailleurs. Ses yeux étaient perdus dans le vague, il semblait flotter. Tout d'un coup, au milieu d'un silence dans la conversation, il dit tout haut :

– Mozart et moi, nous avons bien avancé sur le livre. Mozart me raconte ses vies et moi je rajoute ce qui s'est passé du côté des humains. Comme cela, nous nous complétons. D'ailleurs, je crois que je vais mettre aussi son nom comme auteur.

Ses amis rigolent de bon cœur. Ils trouvent sa blague très drôle, car personne ne le croit, bien sûr. Alexandre pose sa main sur moi. Sa bouche sourit, mais ses yeux sont sérieux.

Normal qu'il soit un peu ailleurs. Il sait vers quoi va notre récit, se prépare à affronter des souvenirs enfouis qu'il n'imaginait pas avoir à déterrer un jour…

J'avais donc pris l'habitude de filer les clients de la voyante avec l'espoir que l'un d'entre eux refermerait mal la porte derrière lui, mais toujours sans succès. Jusqu'au jour où je suivis une jeune femme stressée qui montait les escaliers en se tordant les chevilles sur ses sandales plates. Je me tenais à distance car c'était le genre d'humaine capable de trébucher et de tomber sans cause et sans obstacle. Son aura, que je percevais très distinctement, était brouillée et tachetée de fumée grisâtre. La maladie, attirée par ses mauvaises pensées, était sur le point d'entrer dans son corps par plusieurs endroits. Elle pénétra dans la pièce et, comme je le supposais, ne referma pas la porte. Mais je n'eus pas le temps d'entrer, car Il sortit. Je ne pus que m'écraser sur le sol et me faire la plus plate possible devant lui. C'était un matou imposant, entièrement noir, aux poils de moustaches et aux sourcils très fournis, ce qui indique chez nous des « antennes » très développées vers l'invisible. Sa fourrure était longue et épaisse, ses pattes larges et son regard intense. Il passa devant moi sans me regarder, fit quelques pas, puis se retourna. Ses yeux croisèrent alors les miens et j'y lus un mélange de bienveillance, de fierté, de distance et d'amour profond. Il m'ordonnait de le suivre ; je ne me sentais pas de taille à lui résister. Nous nous dirigeâmes à pas lents et mesurés vers le jardin potager.

Son nom pour les humains était Imhotep, ce qui lui convenait très bien car ses premières existences s'étaient déroulées en Égypte ancienne. Nous partageâmes l'herbe à chat et ouvrîmes nos consciences à une communication accrue et intense. Imhotep ronronnait doucement. Je vis briller sa fourrure. Je crus qu'il s'agissait d'une hallucination due à l'herbe à chat, mais en regardant mieux, je sus qu'il n'en était rien. Il était entouré de petites créatures lumineuses qui s'affairaient autour de lui pour lui prodiguer des soins affectueux. Des fées ! D'ordinaire, elles n'aiment pas les chats, mais elles semblaient attirées par mon nouvel ami qui ne bougeait pas un cil et se laissait faire. Il avait acquis une telle sérénité que les êtres de la nature se nourrissaient de sa force. Avec lui, j'appris à respecter ces petits êtres et il m'arriva même d'en sauver des griffes d'animaux moins évolués et brutaux.

Imhotep savait que je le cherchais depuis longtemps, mais il n'était venu à moi que quand il m'avait sentie prête à l'écouter. Nos rendez-vous devinrent quotidiens et il commença par me raconter ses vies passées.

En Égypte, il avait eu une existence très importante. Chat d'un temple, il aidait les prêtres guérisseurs. Ils étaient de nombreux félins à vivre à cet endroit. Certains chassaient les souris, d'autres contribuaient à soigner les malades. Imhotep était parmi ceux-là. Un groupe de chats résidait dans les salles réservées aux patients et purifiait les lieux des mauvaises énergies – et surtout des mauvaises pensées émises par ceux qui étaient passés là. Il faut dire que les pensées sont puissantes et créatrices. Des pensées de haine ou de vengeance, d'égoïsme ou de violence, attirent sur ceux qui les émettent des problèmes et des affections à la mesure de leur négativité. Et tous les malades qui se présentaient au temple avaient amené à eux la maladie par leurs mauvaises pensées, ou simplement par leurs peurs ou leurs doutes. Quand les pièces étaient libérées de ces énergies néfastes, les chats guérisseurs, dont Imhotep faisait partie, entraient pour aider les prêtres à se relier à la source de la guérison et à transmettre les images de santé et de bien-être. Imhotep se liait au patient, écoutait son corps. Il m'expliqua cette étonnante technique qui consiste à se concentrer sur les fréquences de l'individu et à repérer les ondes différentes provenant d'un microbe, d'un virus ou d'un parasite. Les cellules malades, comme les cellules cancéreuses, émettent également des vibrations différentes. Imhotep avait appris à assister le thérapeute en lui donnant sa force, mais aussi à extirper les éléments étrangers du corps des malades volontaires et les purifier dans son champ énergétique, pour ensuite les rejeter sous une autre forme, non nocive. Il arrivait parfois qu'un humain refuse inconsciemment qu'on lui enlève son mal. Il venait accompagné de ses proches qui priaient à ses côtés, mais lui s'accrochait à ses maux et ne laissait personne l'isoler pour les lui ôter. Dans ces cas-là, Imhotep quittait la pièce et le prêtre comprenait que le malade avait pris sa décision de trépasser et qu'il n'en avait plus pour longtemps. C'était particulièrement éprouvant quand il s'agissait de personnes qui avaient choisi de mourir pour se venger de leurs proches. Imhotep devait se lécher longuement pour rééquilibrer son champ énergétique, se débarrasser des « scories » des pensées humaines et laisser couler ses énergies plus facilement sur sa fourrure bien lisse.

Imhotep était à cette époque un chat très mince et long, à la tête triangulaire. Il était si réputé comme équilibreur d'énergies que le pharaon lui-même était venu le consulter. Il se souvenait encore de la figure majestueuse de ce grand roi et de la belle lumière qui émanait de lui. Le félin avait commencé ses incarnations depuis très longtemps. Sa vie en Égypte était déjà sa septième existence.

Il avait eu ensuite une huitième vie très difficile durant la période d'obscurantisme qu'était le Moyen Âge. Comme il vivait auprès d'une femme qui connaissait les secrets des plantes, et qu'il l'assistait dans son œuvre de guérisseuse, les gens des villages voisins se méfiaient. La femme vivait dans les bois pour être plus proche de la nature et de ses bienfaits, pour y rechercher, en compagnie de son chat, les plantes médicinales. Elle se consacrait à aider les femmes à accoucher, à soigner les enfants malades et à guérir bien des maux. Les villageois se cachaient pour venir la consulter, mais la dénigraient dans son dos. À cette époque, les esprits étaient confus et sombraient dans le matérialisme, à tel point que ces femmes guérisseuses, les seules vraiment saines d'esprit, devinrent les ennemies à détruire et furent pourchassées sous l'appellation de « sorcières ». Imhotep périt, avec celle qu'il aidait, de la main de ces mêmes villageois habités par la terreur et la haine. Ils furent pendus ensemble et on brûla leurs corps. Imhotep m'expliqua qu'il avait choisi cette mort violente pour évoluer encore davantage. Il allait finir son cycle d'existences. La femme qui prédisait l'avenir et avec qui il vivait était la réincarnation de la sorcière avec laquelle le chat avait vécu. Il était là pour l'aider à se débarrasser des meurtrissures laissées dans son champ énergétique par la mort brutale qu'elle avait subie. Il espérait bientôt y arriver. Elle ne devait plus rester enfermée dans cette pièce, il lui fallait abandonner ses peurs inconscientes et recommencer à vivre dans la lumière.

Mon amitié avec Imhotep devenait passionnante. C'était un chat exceptionnel et je pouvais rester des heures auprès de lui sans bouger tant ce qu'il dégageait me faisait du bien. Il valait toute l'herbe à chat du monde à lui tout seul, je me sentais planer quand il était proche de moi. Je lui racontai mes vies : il fut un peu étonné d'apprendre que j'avais eu des existences si rapprochées, ce qui, d'après lui, était exceptionnel. Il se concentra un peu et hocha la tête. Il avait reçu un message mais ne voulait pas me révéler le sens profond de mon cycle d'incarnations. Il souhaitait que je comprenne toute seule et me laissa alors à mes réflexions.

Je devins obsédée. Je voulais découvrir pourquoi les autres chats passaient de longues périodes dans l'audelà entre deux vies, et pas moi ; pourquoi je m'étais incarnée si vite, presque sans répit. Je voulais aussi savoir parce qu'Imhotep m'avait laissé entendre que nous ne nous reverrions que lorsque j'aurais avancé en compréhension. À force de me creuser la tête, je me remémorai Vincent et le pacte passé avec sa famille et lui. Quand cette pensée m'arriva, Imhotep fut près de moi dans la seconde, comme surgi de nulle part.

– Je dois me consacrer à un humain en particulier ? C'est bien cela ?

Imhotep hocha la tête, comme à son habitude.

– C'est Vincent, cet humain ?

Imhotep ne daigna pas me répondre. Il se leva et je ne vis que sa queue en point d'interrogation qui s'éloignait. Je voulus le suivre, mais je me sentais lourde et m'endormis sur place.

Un rêve étrange vint me visiter. C'était la ville d'Alger et ses rues blanches, mais je marchais sur les habitations qui étaient minuscules comme des maisons de poupées. De petits personnages, pas plus gros que des souris, se promenaient, et je reconnus Vincent. Au moment où ma patte le toucha, il se divisa, en deux, puis en trois, et c'est ce troisième petit bonhomme que je suivis quand il partit vers le soleil.

Imhotep était là quand j'ouvris les yeux. Je lui projetai mon rêve pour qu'il le lise dans sa tête.

– Tout t'a préparée à rencontrer un humain bien particulier. Tu es liée à lui, et il est lié à toi. Vous avez une chose importante à faire tous les deux. C'est pour cela que tes vies ont été si rapprochées.

J'étais impatiente, je voulais savoir.

– Où est cet humain ?

Imhotep hésita une seconde, mais il dut comprendre qu'il m'avait suffisamment fait patienter.

– Il n'est plus très loin. Il sera bientôt près de toi.

Les jours suivants, j'attendis Imhotep. Mais il ne vint plus à nos rendez-vous quotidiens. Je savais qu'il était là, derrière la porte ornée d'une lune et d'un soleil, et qu'il s'occupait de sa voyante, ex-sorcière traumatisée. Il se recentrait sur elle et en avait manifestement fini avec moi, ce que je refusais d'accepter. Je continuais à l'attendre ! De temps en temps, mes chatons, qui avaient bien grandi, passaient en me bousculant et en miaulant des aboiements. Ils étaient devenus chahuteurs comme des chiots et avaient tendance à se faire les dents plutôt que les griffes. Cela amusait les humains, mais me déroutait. Je ne reconnaissais pas ma progéniture.

C'est à cette période qu'eut lieu le *clash* qui allait ouvrir une nouvelle porte dans mon existence.

Taneka et Monia se partageaient toujours Bill qui donnait de son temps à l'une et à l'autre en profitant des cajoleries de chacune. Avec Taneka, il aimait discuter, échanger sur leurs lectures communes. Ensemble, ils repeignaient l'univers en vives couleurs et rêvaient à un monde sans guerre. Monia était son havre de paix et de tendresse. Incarnation de la sensualité, les nuits qu'il passait auprès d'elle étaient des délices sans fin. Entre Taneka et Monia régnait un *statu quo*. Elles faisaient la cuisine ou la vaisselle ensemble sans trop se parler, simplement pour montrer leur bonne volonté. Mais aucune n'aimait que Bill manifeste sa tendresse à l'autre quand elles étaient dans la même pièce. Un soir, Monia vint se coller contre Bill à la veillée. Les garçons avaient fait un feu dans le jardin et, petit à petit, les hippies venaient avec leurs assiettes s'installer pour manger autour de la flambée. Monia se montrait particulièrement tendre. Taneka faisait semblant de ne rien voir. Tout d'un coup, il y eut un silence et tous les yeux se tournèrent vers la maison. La voyante, sortie de son antre, venait d'apparaître, suivie de mon ami et maître Imhotep. Elle se dirigeait d'un pas tranquille vers le groupe. C'était tellement exceptionnel qu'il y eut un moment suspendu, avant que les conversations ne reprennent. Alors qu'elle détestait le feu d'ordinaire, elle s'installa tranquillement près du foyer et Imhotep me lança un regard triomphant. Il avait réussi à lui faire dépasser son aversion et oublier ses peurs. Toute l'assistance suivait mine de rien ce manège inhabituel. Ce fut à côté de Monia que la femme vint s'asseoir. Elle la regarda en souriant, posa la main sur son ventre et montra deux doigts. La jeune femme comprit immédiatement, elle se savait enceinte, ce que la voyante lui confirmait en lui annonçant de surcroît une gémellité. Monia se tourna vers Bill, les yeux brillants d'émotion, lui murmura quelques mots à l'oreille et le jeune homme, troublé, l'accueillit dans ses bras pour la bercer tendrement. Ils étaient seuls au monde avec leur bonheur sous les regards attendris. C'est alors que Taneka poussa un hurlement sauvage et sortit de ses gonds. Elle voulut se jeter sur Monia, mais deux garçons la stoppèrent net dans son élan. On l'emmena dans une autre pièce où la voyante et Imhotep la rejoignirent pour la calmer. Dès le lendemain, elle faisait ses bagages et partait sans dire au revoir à personne.

Sa chambre ne resta pas vide bien longtemps.

Nombreuses étaient les personnes qui souhaitaient se joindre à la communauté. Le lieu était idyllique, et les activités attrayantes. La compagnie ne manquait pas mais si on avait le désir de solitude, il était aisé de s'isoler. Les musiciens, les artistes, les artisans étaient accueillis à bras ouverts, à condition qu'ils aient l'esprit de liberté, qu'ils prônent l'amour et qu'ils luttent contre la guerre et toutes les formes de violence. Je ne vis pas tout de suite les nouveaux occupants de la chambre de Taneka, mais je sus qu'ils étaient deux car on pouvait compter deux paires de chaussures nouvelles délaissées à l'entrée de la maison. Elles n'avaient pas la même odeur, ni la même taille. Les sandales plus petites avaient un parfum qui me racontait quelque chose. Elles étaient en peau, mais ce n'était pas cela qui me faisait vibrer. J'avais l'impression que celui ou celle qui les avait portées était quelqu'un que je connaissais.

Je décidai d'en savoir plus et grimpai le long de la glycine sur le mur extérieur pour atteindre le balcon de la chambre des nouveaux venus. Escalader des plantes grimpantes n'est pas une mince affaire, je faillis tomber à plusieurs reprises. Les branches se détachaient sous mon poids et il me fallait me rattraper vivement aux ramifications suivantes. Je dus battre un record de rapidité, endommageai la glycine, mais arrivai entière à l'étage. Ils étaient en train de s'installer. La femme défaisait le sac de voyage et pendait de longues robes sur des cintres. Près d'elle, un jeune garçon sculptait un bâton avec un canif. Il était assis en tailleur sur un des matelas qui reposaient directement sur le sol et semblait très absorbé par sa tâche. Je poussai un léger miaulement pour attirer son attention.

– Oh, maman, il y a un chat ! Je peux le caresser ?

– Je pense que oui. Il doit habiter ici. Ne lui fais pas peur.

Il s'approcha de moi, mon cœur battait la chamade. Le garçon ressemblait étonnamment à Vincent, mon ami de plusieurs vies, tout en étant différent.

Il me caressa, je me hissai pour lui sur la pointe des pattes et poussai ma tête dans sa main. Je me frottai à ses joues, léchai ses poignets, me roulai au sol pour lui témoigner ma joie de le rencontrer. Ému presque jusqu'aux larmes, le garçon demanda s'il pourrait me garder dans la chambre auprès de lui. C'était la plus belle chose qui pouvait m'arriver. Et quand sa mère demanda aux autres si Alexandre – c'était le nom de son fils – pouvait s'occuper de moi, on lui répondit qu'il n'y avait pas de problème, bien au contraire, puisque Taneka, qui était ma responsable, venait de partir. Il me fallait un nouvel humain et Alexandre pourrait tenir ce rôle. Pour lui et pour moi, ce fut un grand bonheur, et cela rassura Judith, sa mère, qui avait peur qu'il s'adapte mal à la vie dans la communauté.

Alexandre et moi entamâmes une belle amitié. Nous allions au jardin le matin, puis nous promenions ensemble dans les environs. Je lui montrai mes endroits favoris, dont la falaise où il faisait bon s'installer pour contempler le coucher du soleil, et parfois son lever. Cela m'arrivait souvent d'y assister à l'aube, mais Alexandre avait plus de mal. Il se couchait tard car il aimait traîner quand la chaleur baissait et il profitait, à l'espagnole, de la douceur des soirées. Nous allions voir les vers luisants dont les lueurs vertes ponctuaient le bord des sentiers. Je les soulevais avec ma patte et, une fois, l'un d'entre eux resta coincé entre mes coussinets. Cela fit rire Alexandre qui me surnomma « coussinette luisante » pendant plusieurs jours.

Petit à petit il me raconta sa vie, son enfance abîmée par les conflits puis la séparation de ses parents. Au fil de son récit, je compris qui était Alexandre et que c'était lui l'humain que j'attendais.

Il avait un père qui s'appelait Pierre et qui avait fait son service militaire en Algérie avant d'être démobilisé au bout de près de deux ans. Pierre était rentré en France dans sa famille, où il n'était pas resté bien longtemps. Il avait été un enfant perturbé par la guerre de 1939-1945, était devenu un adolescent violent, et le début de sa vie d'adulte marqué par des événements cruels en Algérie l'avait rendu encore plus désaxé sur le plan psychologique.

J'écoutais Alexandre avec intérêt : il ne pouvait pas savoir que j'avais connu ses grands-parents, un peu son père, et que je pouvais donc comprendre très bien tout ce qu'il me disait. Aussi prenais-je un air détaché pour qu'il ne soit pas trop intrigué par une attention excessive de ma part. J'appris que Pierre était parti vivre à Paris, où il était devenu garde du corps de personnalités. C'était ainsi qu'il avait rencontré Judith, une jeune chanteuse anglaise, qu'il avait protégée pendant ses tournées en France. Judith avait été impressionnée par la musculature de Pierre. Et comme elle comprenait mal le français, elle avait interprété ce qu'il lui disait en rendant tous ses propos positifs et conformes à ce qu'elle souhaitait entendre, transformant même son cynisme en humour. Elle en était tombée très amoureuse, et lui en avait été flatté. Ce n'était pas de l'amour car il n'était pas capable d'aimer vraiment. Leur idylle se concrétisa par la naissance d'Alexandre, un splendide enfant aux boucles blondes et au visage d'ange qui semblait sortir tout droit d'une œuvre de Filippo Lippi. Vincent, son grand-père, l'aurait adoré, en tant que petit-fils et comme modèle pour ses tableaux. Mais Alexandre n'avait jamais pu rencontrer son aïeul car Pierre avait décidé de couper les ponts avec ses parents. Pour se vanter auprès de Judith, il s'était inventé un père et une mère milliardaires, morts ruinés dans un accident d'avion privé, une enfance difficile et solitaire parmi les domestiques, et elle le regardait avec admiration pour ce qu'il avait su devenir malgré ce chemin épineux. Les amours de Pierre et de Judith ne résistèrent pas à l'apprentissage de la langue française pour la jeune femme, suivi d'une connaissance plus réaliste de son époux. Quand Judith y avait vu plus clair et qu'elle avait commencé à démêler le fatras de mensonges que lui servait son mari, elle s'était retranchée dans une attitude défensive. La nature profonde de Pierre avait alors resurgi, et toute sa violence avait déferlé sur sa femme et son fils.

Alexandre pleura sur ma fourrure en me racontant comment son père le battait pour un oui ou pour un non. Si Judith le contrariait, il s'en prenait à leur enfant car il sentait bien que c'était par là qu'il pouvait la blesser davantage. Et puis un soir, Pierre, dans une de ses crises de rage, secoua si fort Alexandre en le cognant contre un mur qu'il lui cassa le bras. Judith passa la nuit auprès de son fils à l'hôpital. Elle attendit que Pierre soit sorti pour aller remplir une valise de vêtements et demanda un transfert dans une clinique privée en Suisse – elle avait suffisamment d'argent pour se le permettre – afin d'y attendre le plein rétablissement d'Alexandre face au lac Léman. Pierre avait perdu leur trace et Judith espérait bien qu'il ne les retrouverait jamais. Elle avait planifié une retraite à Ibiza. Par coïncidence, son arrivée dans l'île s'était superposée au départ de Taneka, qui libérait ainsi une chambre dans la communauté. En tant que chanteuse à succès, Judith fut bien sûr prioritaire pour la location, et aussi accueillie à bras ouverts. Le sous-sol de la maison était aménagé en studio où elle pourrait enregistrer avec les musiciens présents sur l'île. Tout s'arrangeait pour le mieux.

Je voyais cependant qu'Alexandre était souvent triste et pensif. Il n'arrivait pas à comprendre pourquoi son père le détestait au point de lui faire si mal, alors qu'il avait toujours obéi et qu'il travaillait bien en classe. Il se sentait coupable et se torturait en pensées. Je commençai alors à pressentir quel allait être mon rôle auprès de lui.

Mais la vie était belle et nous partagions de merveilleux moments dans cet endroit fantastique. Je m'installais sur ses genoux quand il mangeait, et il me donnait des petits morceaux de nourriture que j'acceptais toujours, même s'il s'agissait de tofu, de carotte ou de salade. Je goûtai même les fruits. J'y pris goût, le sucré croquant de la chair de pomme m'amusait. Nous passions toutes nos journées ensemble, je dormais avec lui dans son lit, la tête sur son épaule, ne me levais que pour me rendre dans le jardin afin de regarder les danses des petites fées ou jouer avec les grenouilles près de la mare. Au matin, j'avais repris ma position dans ses bras et il me trouvait sagement endormie à son réveil.

Un soir, Imhotep vint me rejoindre au potager alors que je m'y trouvais seule. Cela faisait longtemps que je ne l'avais vu, et sa présence me réjouit. Cependant, son air grave m'arrêta net. Mon ami et maître venait m'annoncer quel était mon but dans cette vie. Je devais l'accepter, me dit-il, et me féliciter de ce que j'allais faire, car j'aiderais Alexandre en réorientant sa vie.

Je l'écoutai, compris et opinai de la tête en signe d'assentiment.

Le lendemain, une grosse lettre arriva pour Alexandre. Il la reçut avec surprise car il ne voyait pas qui pouvait bien lui écrire à cet endroit. Judith était étonnée elle aussi. L'enveloppe était libellée à l'attention d'Alexandre, aux bons soins de Judith, et avait été envoyée par sa maison de disques. Du courrier lui était souvent transmis ainsi, la plupart du temps venant de ses fans, mais jamais rien n'était arrivé pour Alexandre par ce biais. Le garçon demanda à sa mère de le laisser seul et se retira dans la chambre pour lire la missive. Curieuse, elle voulait le suivre, mais il n'accepta que moi à son côté. Il resta un moment assis sur son lit, la lettre sur les genoux. Je frottai ma tête contre l'enveloppe dont l'odeur éveillait une vague d'amour dans ma poitrine. C'était presque un paquet en papier kraft, et quand Alexandre l'ouvrit, un flot de photos en noir et blanc en tomba. En dernier, il en sortit une longue feuille de papier soyeux couvert d'une écriture fine et déliée qu'il commença à lire tandis que je regardais les images qui jonchaient le lit.

Il en était au milieu de la lettre quand il s'arrêta pour m'enlever les photos de sous le ventre. Je m'étais couchée dessus pour profiter des ondes bienfaisantes qui s'en dégageaient. De plus, sur l'une d'entre elles, un cliché avec une bordure blanche découpée, on me voyait debout sur un muret en Algérie sous ma forme de Moka. Alexandre venait de découvrir la famille du côté de son père, et toute l'histoire qu'il lisait était racontée avec tendresse par Vincent, le grand-père qu'il n'avait jamais connu. Les photos retraçaient la vie de Vincent, l'enfance et la jeunesse de Pierre… et beaucoup de mes souvenirs.

Quand Judith put enfin entrer dans la chambre, elle avait éclairci le mystère en appelant sa maison de disques. Son agent lui avait raconté qu'un homme d'un certain âge était venu apporter ce courrier pour qu'on le fasse parvenir au fils de Judith, où qu'il puisse se trouver. Les larmes aux yeux, il avait supplié, il venait de découvrir l'existence de son petit-fils et son désir le plus vif était de le rencontrer et de le connaître. Judith hochait la tête ; elle aussi mesurait l'ampleur des mensonges de Pierre et son manque de considération pour ses parents qu'il avait privés de leur descendant.

Mais Alexandre n'était pas ému. Il abandonna la lettre sur le lit et me fit signe. C'était l'heure de la promenade. Pour le garçon, ce grand-père qu'il ne connaissait pas ne lui faisait ni chaud ni froid. Il avait inventé, imaginé une tout autre famille du côté de son père. Celle-là était banale, sans intérêt, et il n'avait pas trop envie de la rencontrer.

Nous repartîmes sur nos sentiers ensoleillés, et Alexandre décida d'oublier ces grands-parents qui ne l'intéressaient pas.

Comme me l'avait demandé Imhotep, c'était à mon tour de jouer.

Extrait du journal d'Alexandre

Excuse-moi, Mozart, je voudrais reprendre la plume. Cette fois, je ne peux plus douter. J'ai bien compris que c'est toi qui me fais parvenir tes récits en me les transmettant par images. C'est à cause de ta « prise de contrôle » que j'ai eu toutes ces absences, et je comprends à quel point tu m'as utilisé pour écrire ce récit ! J'ai eu du mal à l'accepter, mais je sais maintenant de quoi tu es capable. Tu viens de m'ouvrir un monde nouveau. C'est extrêmement perturbant, et passionnant en même temps. Tout ce que tu as raconté sur la vie de mes grands-parents, tout ce que j'ai cru avoir inventé en me servant de vieilles lettres ou de documents anciens, je comprends que tout était vrai et que tu en as le souvenir. Mais là, au stade où nous arrivons dans le récit, c'est mon passé à moi que tu es en train d'évoquer. Je sais ce que tu t'apprêtes à raconter. Les souvenirs de cette époque sont gravés au fer rouge dans ma mémoire. Avant d'avoir ta version, que j'ai pourtant hâte d'entendre, car j'ai compris qui tu es, j'ai besoin de les raconter comme je les ai vécus, moi.

Peut-être pour retarder ce que j'ai peur de lire sous ta dictée…

Je n'avais que dix ans, tu étais ma chatounette adorée, ma belle Harmony. J'aimais tout en toi : ton pelage roux et blanc, tes yeux d'or profonds, les longues moustaches blanches et fines qui ornaient ton visage en triangle, et jusqu'à la petite tache de café qui marquait ta truffe rose. J'ai vécu en ta compagnie des merveilleux moments d'amitié avec un animal, et maintenant que je sais qu'Harmony et toi, Mozart, ne faites qu'un, je ne vous en aime que davantage. Ton histoire est fascinante, je l'ai découverte en l'écrivant avec toi. Mais ce que j'ai vécu le jour où la lettre de mon grand-père est arrivée, je ne pourrai jamais l'oublier, même si je commence à en entrevoir le sens profond.

Nous étions donc tous les deux sur le sentier parfumé d'herbes aromatiques dont j'aimais froisser les feuilles dans mes mains, et allions en direction de la falaise. Tu sautais après les sauterelles, courais en essayant d'attraper les papillons. Tu me faisais rire par tes pitreries, et je me mis à courir aussi pour détendre mes nerfs un peu mis à l'épreuve par la découverte d'un pan de famille inconnu jusque-là. Tu me suivis et, alors que nous arrivions au bord de la falaise, tu ne t'arrêtas pas. Tu connaissais pourtant bien les lieux, nous avions déjà fait la course à cet endroit. Je hurlai au moment où tu arrivas tout au bord, et ce fut le sursaut de surprise qui te fut fatal. J'arrivai juste pour voir ton corps rebondir sur les roches et s'engloutir dans l'océan. Cette dernière scène se déroula au ralenti. J'eus l'impression qu'en tendant les bras, j'aurais pu t'attraper à temps, mais tu avais déjà disparu. Il me fallut quelques minutes pour réaliser. J'étais en état de choc émotionnel, paralysé d'une douleur encore muette. Puis je me mis à crier, à pleurer, à évacuer de mon corps cette souffrance. Je voulais te revoir, te prendre dans mes bras, désespérément. Je n'avais même pas la possibilité de m'apaiser en berçant ton corps. Tu n'étais plus là. Un point, c'était tout !

J'ai longtemps pleuré. Je t'en ai voulu. Je me suis culpabilisé d'avoir crié. Tu n'aurais peut-être pas sursauté, tu ne serais peut-être pas tombée. Ma mère fit tout ce qu'elle put pour me consoler, mais il n'y avait rien à faire.

Et c'est à ce moment-là qu'ILS sont arrivés, à peine une semaine après l'accident.

ILS, c'étaient Vincent et Marie, mes grands-parents. Leur fils Pierre avait fini par leur écrire pour avouer qu'il avait eu un enfant, et que ce garçon de dix ans vivait avec sa mère dont il leur donna le nom. Vincent fit tout ce qu'il put pour me retrouver. Il avait eu l'idée d'aller voir l'agent de ma mère, sa maison de disques, pour faire passer la lettre, et ce fut grâce à une secrétaire négligente qu'il réussit à noter l'adresse à Ibiza où nous nous étions réfugiés. J'étais encore en pleine détresse quand ils se présentèrent à la maison et demandèrent d'abord à parler à ma mère. Ils s'entretinrent longtemps, et je crois que maman les trouva sympathiques. Elle leur raconta ce qui m'était arrivé, et la perte d'Harmony. Elle s'attendait à un sourire de compréhension, sans plus, mais mon grand-père eut une réaction inattendue. Ses épaules s'affaissèrent et les larmes lui montèrent aux yeux. Il demanda à me parler, ma mère lui indiqua la porte de la chambre où j'étais terré depuis le drame.

Vincent vint s'asseoir près de moi. Je réagis en me recroquevillant, je n'avais envie de voir personne. Il eut le bon goût de ne pas m'approcher, de ne pas me toucher. Il resta un moment immobile, puis se mit à parler. Ce qu'il me raconta me fit lever les yeux : je vis un homme sensible, aux traits fins bien dessinés, ses mains d'artiste aux doigts souples bougeant au fil de son récit. Et surtout sa voix m'envoûta. Ses mots étaient comme un baume sur ma douleur car je savais qu'il était apte à me comprendre et que le lien entre nous allait devenir fort. Il me raconta avec des termes simples, presque des mots d'enfant, ce qui s'était passé l'été de ses dix ans, la perte de son chat Marmot. Un chat qu'il avait sauvé de la noyade sur une falaise bretonne, mais qu'il avait emporté à la ville contre son gré. Marmot avait paniqué, s'était enfui, une voiture l'avait fauché. Les mots dansaient : falaise, mer, dix ans. Les coïncidences étaient suffisamment évidentes pour renverser mon esprit qui croyait déjà aux signes dans la vie.

Mon grand-père allait devenir pour moi l'homme le plus important de mon existence. Et je comprends maintenant que c'est grâce à Harmony et à Marmot que ce lien a pu se nouer.

Pardon Alexandre de t'avoir fait aussi mal, mais c'était ma mission, et je ne pouvais pas m'y soustraire. Je peux te raconter maintenant ce qui s'est passé de mon côté.

Imhotep m'avait préparée à mon sacrifice. Il m'avait expliqué que je devais donner ma vie pour qu'Alexandre se lie à son grand-père. Si je ne l'avais pas fait, il n'aurait pas regardé Vincent de la même manière, son grand-père n'aurait pas pu trouver les mots justes pour toucher son cœur, et leur futur à tous les deux n'aurait pas été le même. J'ai fait cela pour ouvrir leur route commune, pour les rapprocher. Ils avaient eu la même expérience, ils pouvaient se comprendre. En acceptant de mourir, je savais que j'allais déclencher l'étincelle qui devait faire naître leur affection. À partir de là, sur la base d'une expérience commune, il ne leur restait plus qu'à continuer à se découvrir, ce qu'ils ont fait avec bonheur, car ils se ressemblaient et avaient beaucoup à partager.

Depuis mon monde parallèle, tout en me baignant dans la lumière et en me laissant soigner et cajoler par l'esprit groupe des chats, j'observais le grand-père et son petit-fils tandis qu'ils consolidaient leurs liens.

Je restai de l'autre côté plusieurs années, attendant le moment propice pour revenir vivre une nouvelle expérience. Au bout d'un temps que je ne pus mesurer, Imhotep me rejoignit. Dans ce lieu merveilleux, il me transmit tout l'art des chats guérisseurs de l'Égypte ancienne. Il m'enseigna le langage des plantes médicinales et m'annonça mon prochain but.

Pour lui, c'était fini. Il avait achevé sa neuvième vie et ne souhaitait pas retourner sur Terre. Il hésitait entre une vie sur une autre planète sous une forme invisible, ou un rôle différent dans l'au-delà.

Moi j'avais encore du chemin à faire. Il me fallait avancer pour mériter la vie à laquelle j'aspirais : être un lion dans la savane !

Extrait du journal d'Alexandre

Je suis bouleversé… Mozart vient de sortir au jardin faire un petit tour et j'ai relu, les larmes aux yeux, ce qu'il a raconté sur son sacrifice quand j'avais dix ans. J'ai dû me retenir de hurler quand j'ai compris qu'il avait fait cela volontairement. L'enfant que j'étais a tellement souffert de cette mort ! Mais j'ai compris et j'avoue qu'il a eu raison car il a agi pour mon bien. Je ne sais pas si j'aurais accepté mon grand-père comme je l'ai fait sans cet événement. Cela a changé toute ma vie. Il ne sert à rien d'imaginer ce que j'aurais vécu si Harmony n'était pas tombée de la falaise. Mais peu de temps après, je suis parti habiter chez Vincent et Marie. Ils m'ont donné beaucoup d'affection et m'ont ouvert des portes dans bien des domaines.

Mon père ne s'est plus jamais intéressé à moi et c'est tant mieux. Il avait joué son rôle en avouant à ses parents mon existence, cela me suffit. Pour ma mère, ces grands-parents inconnus tombaient à pic et l'arrangeaient bien, car elle se sentit plus libre de partir en tournée en me confiant à eux. Peu à peu, elle se sentit si rassurée à mon sujet qu'elle s'investit totalement dans sa carrière internationale.

C'était sa voie, et elle est devenue un genre d'étoile filante traversant de temps à autre le ciel de ma vie. Vincent et Marie ont été les piliers solides contre lesquels j'ai pu me construire.

Toute cette expérience avec Mozart est belle et violente à la fois. Mais surtout énigmatique ! J'ai du mal à faire la part des choses, à y croire, ou à chercher encore des possibilités de coïncidences. Je me dis que Mozart n'est qu'un chat. Mais où s'arrête ce petit être blanc et gris aux grands yeux bleus et aux oreilles en pointe ? Est-il un révélateur de mon moi profond ou un être magique ?

Je ne sais pas encore ce que nous allons raconter sur sa huitième vie, mais j'ai ma petite idée sur celui (ou plutôt celle) qu'il a pu être. J'ai connu une chatte exceptionnelle dans les années 1990, et maintenant que je connais son cheminement, je parierais bien qu'il s'agit encore de lui !

HUITIÈME VIE
Les règles de l'art

Les sons qui me parvenaient depuis le ventre de ma mère n'avaient rien à voir avec ce que j'avais pu entendre jusque-là. Je n'étais pas en France, – ça c'était sûr –, ni aux États-Unis, ni dans un pays arabe. Ce qui me nourrissait à travers le cordon était iodé. Ma mère devait manger surtout des poissons, et cela me parut l'indice que nous étions en bord de mer. Après ma mort du haut de la falaise, cela me parut logique. Il me fallait me réconcilier avec l'élément marin. Ma naissance et les temps qui suivirent furent tranquilles. Je sentais des présences humaines, mais personne ne me parlait, ni ne me touchait. Cela contrastait beaucoup avec ce que j'avais pu vivre avant, et je me demandais où j'étais tombée. Le lait de ma mère sentait fort le poisson et j'entendais le bruit des vagues. Les sons des voix humaines étaient étranges, saccadés. Quand j'ouvris enfin les yeux, je découvris une maison de bois simple et peu meublée. Certains murs, translucides, laissaient passer la lumière. Les humains qui nous hébergeaient, ma mère, mes frères et moi, étaient des pêcheurs. Le père rapportait des poissons que la mère coupait en lamelles et servait avec du riz en boulettes. Toute la famille adorait se baigner dans de grandes cuves de bois remplies d'eau presque bouillante, et c'était pour eux une fête. Ils s'amusaient beaucoup, même si c'était un peu à notre détriment car ils ne pouvaient s'empêcher de nous éclabousser. Vu mon rapport à l'eau, je n'aimais pas ça du tout. J'étais une jeune chatte joueuse, et mon plus grand plaisir était de faire sauter en l'air les arêtes de poissons qui ressemblaient à des peignes doubles.

J'en aimais l'odeur, et après m'être bien divertie, je pouvais passer un moment agréable à lécher mes pattes.

Pour faire plaisir à Alexandre, et aux lecteurs humains qui aiment bien se situer dans le temps et dans l'espace, je peux ajouter que j'étais née en 1991 à Kobe dans l'île de Honshū au Japon. Les Japonais aiment bien les chats. Ils nous considèrent comme des symboles de sensualité à cause de nos poses gracieuses et de la façon délicate dont nous faisons notre toilette. Nous sommes également censés porter bonheur. Neko est le nom qui me fut donné par le petit garçon de la maison où j'habitais. Il était tout petit et apprenait à parler, c'est pourquoi j'héritai d'un prénom très banal : « *neko* » veut dire « chat » !

Pas très loin de chez nous se trouvait une écurie, et j'entendais des souffles et des ébrouements qui me faisaient vibrer de sympathie. Je ne pouvais m'empêcher de penser à mon ami équin Armand. La curiosité me poussa à m'éloigner de chez moi pour aller à l'aventure comme dans ma troisième vie. Le cheval qui habitait là était tout gris, comme je l'étais aussi. Je me plantai face à lui, il sursauta, ce qui me fit ressentir un petit frisson de fierté de pouvoir effrayer un animal tellement plus grand que moi. Comme je ne bougeais pas, il se tranquillisa. Au bout d'un temps que je ne mesurais pas, il abaissa vers moi son museau et je me frottai contre son mufle puissant. Nous devînmes amis, je pris l'habitude de passer le voir régulièrement. Pendant mes premières années je menai une vie tranquille au bord de la mer, me nourrissant de produits marins et passant beaucoup de temps avec mon cheval. J'eus quelques portées de bébés que j'élevai jusqu'à ce qu'ils puissent se débrouiller par eux-mêmes, mais je m'ennuyais dans cette existence monotone et me demandais comment j'allais pouvoir accomplir mon destin. Il fallut que les forces de la nature s'en mêlent pour bouleverser le ronronnement de ma vie et me remettre sur les rails.

L'année 1995 venait de commencer et l'humidité de l'hiver me donnait envie de passer plus du temps contre mon cheval, dont la peau était si agréablement chaude. Ce soir-là – nous étions le 16 janvier –, je dormais sur son dos quand ses tressautements me réveillèrent. Il ne tenait plus en place. Je m'agrippai à lui, gagnée par son inquiétude. Mon ami sentait que quelque chose allait survenir et que nous ne devions pas rester là.

Soudain lucide, je sus qu'il avait raison. Il se débattait et fit tant et si bien qu'il réussit à se détacher et à reculer pour sortir de son box. Sans hésiter, il sortit dans l'air froid de la nuit pour quitter la zone d'habitation. J'étais agrippée au plaid qui le couvrait. Je sentais son angoisse, que je partageais, alors que nous partions vers le centre des terres. Moi aussi, je ressentais cette étrange impression qu'il allait se passer quelque chose de dramatique que personne ne pourrait empêcher. Nous le percevions tous les deux : la nature était en colère. Toute la nuit, mon cheval marcha jusqu'à ce que nous commencions à percevoir le tremblement. Cela débuta par un grondement souterrain, puis la terre se mit à bouger. Ma monture tenait bon, mais ses sabots glissèrent et il tomba. D'un bond, je m'agrippai à un arbre et plantai mes griffes dans le bois d'une branche. Cela dura une vingtaine de secondes. Quand ça s'arrêta, nous savions tous deux que ce n'était pas fini. Mon cheval était semi-couché, les pattes pliées. Il n'avait pas l'air blessé, mais il était choqué. De mon côté, j'étais pétrifiée dans mon arbre. Nous ne pouvions qu'attendre que les éléments se calment. Quinze fois la terre trembla à nouveau. Quand enfin, nous sentîmes que tout était terminé, je descendis de ma branche et allai me frotter contre le cheval. Il avait beaucoup de mal à se remettre debout. Je l'y aidai en l'encourageant de mes ronronnements. Je montai sur son dos et lui donnai toute l'énergie dont j'étais capable. Il se releva enfin et nous reprîmes le chemin vers notre village.

Très vite, nous aperçûmes les flammes. Des incendies s'étaient déclenchés et l'on voyait des foyers un peu partout à l'horizon. Il nous fut impossible de passer pour rejoindre les habitations, qui d'ailleurs n'existaient plus. Nos familles étaient introuvables. Partout, des gens couraient, des véhicules d'urgence sillonnaient les routes endommagées. Nous nous sentions très seuls sur cette terre dévastée et glacée. Mais nous étions ensemble.

Les ruines d'une grange nous fournirent un abri de fortune. Trouver à manger fut assez facile. Beaucoup de petits rongeurs sortaient de partout et s'offraient à moi, désorientés par le tremblement de terre. Le cheval triait du foin parmi les gravats. Il avait plus de mal que moi à trouver de quoi se rassasier et par moments, il hennissait doucement de faim. Les humains secouraient les humains, ce qui était normal, et ils avaient beaucoup à faire. Les animaux n'étaient pas prioritaires dans leurs préoccupations qui visaient au plus urgent : éteindre les incendies, organiser les secours aux blessés, veiller à la sécurité immédiate.

Nous traînâmes ainsi une bonne semaine avant que quelqu'un ne nous prenne en considération. Si nous avions été à la belle saison, cette période aurait pu être très agréable. Nous étions deux amis en toute liberté ; dans une campagne ensoleillée, cette escapade aurait eu un goût de vacances. Mais nous n'étions pas dans une nature idyllique et notre survie était difficile à assurer. Nous fûmes donc soulagés quand des humains s'intéressèrent enfin à nous. Les premiers à nous prendre en considération furent des journalistes étrangers à la recherche d'images inédites. Ils sourirent d'étonnement en voyant un chat à cheval ; ils ne savaient pas que j'avais une expérience déjà ancienne de l'équitation. On nous photographia, et notre image fut publiée parmi d'autres dans des revues internationales au-dessus d'un bordereau de recueil de fonds au profit des victimes. Les secours animaliers nous prirent enfin en charge. On nous fit monter tous les deux dans un camion, moi dans une cage grillagée et mon ami entre deux barres métalliques. On nous donna de la nourriture, mais le balancement du véhicule me donnait mal au cœur et je ne touchai à rien. Ce fut mon cheval qui descendit le premier. Il hennit tout bas. Je sentis sa pensée rassurante et les souhaits de bonheur qu'il m'envoyait. Je lui renvoyai aussi des ondes chaleureuses. Je savais que je ne le reverrais pas dans cette vie. Le camion redémarra, puis s'arrêta régulièrement. À chaque stop, de nouvelles cages étaient chargées et entassées à l'arrière. Toutes contenaient des chats ou des chiens perdus dans le séisme, que des équipes de sauvetage avaient récupérés. Ceux qui étaient blessés gémissaient ou hurlaient. Ce voyage mouvementé et désagréable nous amena jusqu'à un grand refuge où chacun d'entre nous fut installé dans une cage plus grande. Nous étions à l'abri, avions à manger, recevions des soins, mais notre vie était incertaine.

Je préfère oublier cette période qui ne m'apporta pas grand-chose de positif. Je fus encore déplacée plusieurs fois avant de trouver un refuge qui accepte de me garder. C'est donc par une série de hasards que je me retrouvai dans la ville d'Osaka où devait avoir lieu pour moi le rendez-vous le plus important de cette existence.

J'étais un chat gris japonais aux courtes oreilles repliées. Je me rendis compte que, quand je levais la patte en l'air, les soigneurs du refuge me regardaient avec tendresse en souriant. Je ressemblais beaucoup ainsi aux maneki-neko, ces statuettes de chats traditionnelles en porcelaine ou céramique qui lèvent la patte à l'oreille pour attirer l'argent vers leur propriétaire. Tous murmuraient que j'allais apporter du bonheur dans ce foyer.

Moi, j'attendais que mon destin s'accomplisse.

Extrait du journal d'Alexandre

J'ai accepté l'idée que Mozart me soit nécessaire pour écrire ; j'ai même admis que ce soit lui qui, d'une façon qui m'échappe, me transmette ses récits. Tout est si surprenant dans cette intrication entre mon passé familial et les chats qui se sont succédé auprès de mes proches et de moi-même. J'ai fait des recherches sur la réincarnation et les différentes croyances à ce sujet. Le récit de Mozart (ça y est, j'ai accepté qu'il soit devenu l'écrivain !) va dans le sens de ces théories. Depuis que j'ai lâché prise, je me sens libéré. Je me laisse aller, laisse faire mes mains, et découvre progressivement le récit. C'est parfois un plaisir, parfois un choc. Comme un genre de thérapie qui m'aurait fait plonger dans mon passé d'une façon un peu brutale, mais tellement éclairante. J'ai compris beaucoup de choses et tellement réfléchi que je sens que j'ai progressé plus rapidement que je n'aurais jamais pu l'imaginer. Je me demande si d'autres que moi ont vécu ce genre de « félinothérapie » ?

J'ai déjà identifié la chatte évoquée dans la huitième vie, cette « maneki-neko » que j'ai bien connue, mais j'ignorais qu'elle était passée par tant de difficultés avant que nous ne nous retrouvions. Je suis ému, et impatient de connaître tout ce qu'elle a vécu.

J'ai fait une autre découverte : je ne suis bloqué et incapable d'écrire que quand il s'agit de raconter les vies du chat, mais tout va bien si j'écris autre chose. On m'a demandé un article pour une revue et je l'ai rédigé dans la journée sans que cela me pose problème.

Mozart est parti ce matin – c'est devenu une habitude – et je ne l'attends pas avant ce soir, mais je ne vais pas me tourner les pouces d'ici là. Je vais continuer cette histoire vue de mon côté, en évoquant ce que mon grand-père Vincent et moi vivions alors que Mozart passait par les péripéties de son début de huitième vie.

Je n'avais plus dix ans. Le petit garçon que j'avais été à la mort d'Harmony était déjà lointain dans mes souvenirs. Je venais de fêter mes trente ans et commençais à me faire une place dans mon métier de journaliste. Quant à Vincent, il était devenu un peintre reconnu en France, et ses expositions avaient toujours un succès remarquable. Il s'était mis à peindre une série de portraits de chats, très étonnants par le réalisme des postures et des expressions. Le magazine pour lequel je travaillais avait eu l'idée de confronter Vincent avec une artiste plasticienne japonaise, Sakura Moriyama, qui sculptait des chats. Une exposition commune devait avoir lieu à Osaka et j'avais été chargé de suivre ce voyage pour relater tous les événements entourant cette rencontre. Vincent et moi étions donc partis tous deux pour le Japon. Nous nous entendions toujours à merveille, et nos échanges étaient riches et divertissants. Pierre, mon paternel biologique, avait quant à lui continué à briller par sa quasi-inexistence et les quelques rencontres programmées que j'avais pu avoir avec lui s'étaient toujours avérées décevantes. Vincent était mon vrai père doublé d'un ami et d'un conseiller efficace. Ce voyage de travail était pour nous deux un plaisir, et nous buvions du champagne dans l'avion pour fêter cet agréable moment offert par nos sponsors ou employeurs respectifs.

Une voiture nous attendait à Osaka pour nous conduire depuis l'aéroport jusqu'à la maison de Sakura Moriyama. J'avais déjà pas mal voyagé, mais j'ouvrais grands les yeux en traversant cette ville splendide. Le château que j'aperçus à travers les branches des cerisiers en fleur me coupa le souffle. Vincent, à côté de moi, était sans voix et je savais que lui aussi était ému de découvrir cet endroit que nous avions tous deux très envie d'explorer.

Un chemin de pierre large nous mena vers la maison de Sakura, que nous découvrîmes peu à peu. Construite en style traditionnel japonais, avec un toit relevé, des panneaux de bois et un jardin aux arbres taillés en nuages, elle était entourée de sculptures aux couleurs vives qui détonnaient avec l'ambiance calme de la bâtisse. Des chats, tous aux oreilles rabattues comme les chats japonais, souvent de taille gigantesque, mais parfois minuscules, semblaient tourner autour de la demeure, leurs yeux exagérément ouverts et leurs corps peints de volutes ou de carreaux bariolés. Nous nous déplacions dans un décor de rêve enfantin, un peu étrange et saisissant, comme les dessins animés de Miyazaki. Nous fûmes accueillis par une Alice au pays des merveilles japonaise d'environ six ans qui courut à notre rencontre, s'arrêta à deux mètres de nous, puis repartit à toute vitesse dans l'autre sens. L'avions-nous effrayée par nos allures d'Européens ? Une voix haut perchée qui émettait des sons aux intonations difficiles à interpréter nous parvint ensuite. La créature à qui appartenait cette voix apparut à la suite de la petite fille qui revenait vers nous. Elle était époustouflante ! Un énorme pompon en duvet de cygne rose et jaune surmontait sa chevelure noire relevée ; ses vêtements, aussi bariolés que les chats sculptés, se composaient d'une blouse ornée d'une spirale verte sur fond bleu, et de pantalons étroits à gros pois roses. Elle avançait d'un pas vif sur des geta traditionnelles en bois sans se tordre les chevilles malgré la hauteur des plates-formes. Elle était très petite et menue, et son visage mobile était maquillé comme celui d'une poupée de porcelaine, la peau laquée et brillante, les cils longs dessinés au pinceau. Je n'osais pas regarder mon grand-père de peur d'éclater de rire. Tous deux nous tenions très droits, un peu figés, sans trop savoir comment nous comporter face à cette vision inattendue.

Ses cris, manifestement, étaient des ordres donnés à une domestique car cette dernière arriva en trottinant pour recevoir les instructions. Arrivée dans l'allée face à nous, l'attitude de Sakura – car c'était bien la femme peintre qui nous faisait face – changea du tout au tout. Elle prit une posture humble, mains jointes, et s'approcha à petits pas en nous saluant, suivie par la petite fille qui l'imitait. Nous fîmes de même, nous sentant un peu gênés. Sakura s'arrêta, battit des cils plusieurs fois, et nous pûmes admirer la richesse de son maquillage. Puis elle ouvrit grand les yeux et éclata de rire. Tout le ridicule de la situation nous sauta alors aux yeux et nous nous mîmes à rire avec elle. La glace était rompue, d'autant qu'elle parlait un très bon anglais, et un peu de français avec un accent charmant. Elle était ravie de sa plaisanterie, et nous la suivîmes chez elle où elle se comporta comme si nous étions de vieux amis, nous mettant à l'aise en nous installant dans la maison.

Dans les jours qui suivirent, j'eus l'occasion de mieux la connaître. C'était une personnalité excentrique, exubérante, malicieuse, coquine et coquette, et je sentais déjà que je pourrais facilement en tomber amoureux. D'ailleurs, je ne lui déplaisais pas et elle s'amusait à m'aguicher en passant ses ongles dans mes cheveux sous prétexte d'en comparer la texture avec les siens qu'elle me faisait caresser. La petite fille était la sienne. Elle portait le nom de Neneka, ce qui veut dire « fleur d'un matin calme ». Je trouvais ce prénom charmant et lui en fit compliment, ce qui la fit rosir et partir en courant. Ma relation avec Sakura s'annonçait ambiguë, tandis que Neneka semblait s'être amourachée de Vincent. Elle le suivait partout, le regardait avec passion, peut-être parce qu'il portait une barbe presque blanche. Dès qu'il s'asseyait, elle se collait contre lui et le contemplait. Vincent souriait tout en détaillant les traits fins de l'enfant, et je sentais qu'il avait envie d'en faire son modèle. Cela ne tarda pas. Après avoir eu droit à une visite de la ville qui nous enchanta, puis à la rencontre avec le galeriste qui allait abriter les œuvres conjointes de Sakura et de Vincent, mon grand-père demanda s'il pouvait se remettre à peindre. Bien sûr, on mit à sa disposition un atelier bien éclairé, face au nord. Vincent en fit le tour, tata les pinceaux, se retourna, sûr de trouver derrière lui la petite Neneka. Il la prit dans ses bras, et elle passa ses petites mains derrière son cou. Il déposa un baiser sur sa joue et l'installa sur un fauteuil. Elle le fixait de ses yeux sombres en amande. Par gestes, il lui signifia de ne pas bouger, ce qu'elle fit. Il eut à peine le temps de se retourner pour choisir ses fusains qu'elle n'était déjà plus là. Neneka avait bien du mal à tenir en place. Vincent soupira, testa ses nouveaux pinceaux. Cinq minutes plus tard, la petite se hissait à nouveau sur le siège pour une nouvelle trentaine de secondes de pose. En quête de sa fille, Sakura entra dans l'atelier et stoppa net en voyant le tableau qu'offrait l'enfant dans ses quelques secondes d'immobilité face à un Vincent concentré. Elle ressortit sur la pointe des pieds et revint avec une petite sculpture de chat qu'elle avait faite tout récemment. Elle posa la statuette dans les mains de Neneka, et sortit à reculons comme pour contempler son ajout. Vincent lui sourit et elle parut satisfaite. Mais son imagination avait commencé à fonctionner et elle ne devait pas s'arrêter là. Le soir même, pendant le repas, elle proposa à Vincent de faire une œuvre commune. Elle ne savait pas encore quoi, ni comment, mais elle avait envie de mélanger leurs styles si différents dans un travail qui devrait être étonnant et sans doute innovant. Vincent acquiesça, réfléchit aussi, essaya de concevoir la meilleure façon de collaborer. Il avait accepté la sculpture dans le tableau représentant Neneka, et il était même ravi du résultat qui tranchait avec ses œuvres habituelles.

Ce soir-là, nous étions installés sur les coussins autour de la table basse et Neneka prit soudain la parole. Elle s'exprimait dans un anglais inattendu car jusque-là nous avions pensé, Vincent et moi, qu'elle ne parlait que japonais. Comme toujours dans ces cas-là, nous avons eu un moment de stupeur et ne l'avons pas écoutée, tout occupés à essayer de nous souvenir si nous avions dit devant elle quoi que ce soit qu'elle n'aurait pas dû entendre. En voyant Sakura applaudir, nous lui avons demandé de répéter ce qu'elle venait de dire. Elle crut que nous n'avions pas compris à cause de l'accent de sa fille et du coup, elle reformula l'idée. Nous eûmes un moment très court de réflexion avant d'applaudir Neneka à notre tour. Tout le monde était d'accord. Mais qui allait se charger de la quête préalable ? Neneka leva le doigt comme à l'école, et j'en fis autant. Nous nous regardâmes et elle me prit la main gentiment. C'était dit ! Neneka et moi allions partir en mission ensemble dès le lendemain.

Pour fêter cela, nous avons décidé de boire un peu de saké tiède. Neneka nous servait en imitant les geishas d'une manière divertissante. Elle surenchérissait en mimiques, en gestes traditionnels. C'était un vrai numéro d'actrice qui nous faisait tous sourire alors que nous l'admirions. Et puis soudain, elle se jeta en arrière, tomba à la renverse, heureusement sur les coussins, et son corps se tordit au sol. Elle avait les yeux révulsés. Sakura, bien que bouleversée, sauta sur le téléphone pour appeler un médecin. Le numéro était près du combiné, Sakura avait agi si vite qu'elle semblait avoir déjà fait face à ce genre de situation. L'attente des secours nous parut très longue tandis que nous aidions Neneka comme nous le pouvions. La visite du docteur fut rapide. Il administra une piqûre qui fit dormir la petite, effectua quelques contrôles, puis nous salua en sortant à reculons.

Sakura tournait toute seule dans la grande salle peu meublée qui lui servait d'atelier. Vincent, qui ne savait plus quoi faire, se retira dans sa chambre. Quant à moi, je me décidai à aller voir notre amie pour l'aider, je ne savais trop comment. À ma vue, elle hésita entre s'enfuir ou me sauter dans les bras, mais elle prit le parti de se laisser tomber sur un coussin en me tendant une main dont je m'emparai. Je la trouvai fine et fraîche, j'y déposai un baiser. Je m'assis à son côté et, en soupirant, elle posa sa tête sur mon épaule. L'odeur capiteuse et iodée de ses cheveux, son parfum d'orchidée sauvage et de brise marine me troublaient. Je mourais d'envie de l'embrasser, mais je ne bougeai pas, attendant qu'elle se détende. Au bout d'un moment qui me parut durer toute la nuit, elle prit la parole et me raconta le long cancer du père de Neneka et sa mort si éprouvante. Elle parlait bas comme si elle ne voulait pas que je l'entende et, sans transition, me confia que ce n'était pas le premier malaise de la petite, qui souffrait depuis des mois d'un mal que les médecins n'avaient pas su identifier. Ils évoquaient une hyperactivité, qui n'expliquait cependant pas ses crises. Ils voulaient essayer sur Neneka un traitement qui risquait de la rendre amorphe. Sakura hésitait, elle ne croyait pas à ce diagnostic, elle avait peur. Ce fut à peine perceptible, mais je l'entendis murmurer qu'elle ne supporterait pas un nouveau drame. Je caressai sa tête tout doucement et elle soupira, puis, d'une torsion, se redressa, colla ses lèvres sur les miennes en un baiser rapide, et s'enfuit hors de la pièce. Son parfum de fleurs et d'océan m'enveloppait comme un nuage de rêve.

Me voici de retour après une journée bien remplie. Alexandre est détendu et a l'air satisfait. Il n'est même pas pressé de se remettre à écrire. Il m'a accueilli avec plaisir, sans ce stress qui l'accompagnait ces derniers temps. C'est bien agréable ! L'odeur du café envahit le bureau. Mon estomac est bien plein. J'ai fait la danse du jambon avec volutes autour des jambes d'Alexandre. Mieux que la danse des sept voiles, cette chorégraphie est d'une efficacité redoutable, et Alexandre n'y a pas résisté, même s'il me trouve un peu trop « enveloppé » à son goût. Être un peu gras inspire le respect chez les chats. Et ma gourmandise ne peut pas être considérée comme un défaut puisqu'elle sert ma notoriété ! Alexandre s'assied enfin devant sa machine, et je me love sur ses genoux pour reprendre le fil de mon récit.

Je vivais dans un refuge, et le temps que j'y passai me parut bien long même si j'étais un des préférés des employés et que je recevais des caresses et des soins. J'avais envie d'accomplir mon destin, de donner mon énergie d'amour à des humains, de jouer mon rôle dans cette vie que je sentais importante. Mais je le sais maintenant : je devais aussi apprendre la patience.

Notre refuge avait été créé avec les fonds d'une association d'aide aux victimes animales du tremblement de terre. Nous avions bénéficié de vaccinations, de soins, de stérilisations, et attendions en quarantaine de devenir « adoptables ». Pendant cette période, comme ils avaient bien perçu que j'étais une chatte intelligente et réceptive, les soigneurs du refuge m'avaient appris des tours. Avec patience, j'accomplissais les gestes qu'ils m'avaient montrés : lever la patte comme un maneki-neko, saluer en m'inclinant comme les Japonais, faire un grand salut pattes tendues en avant. Ils adoraient également discuter avec moi, et je m'efforçais de répéter au mieux ce qu'ils me disaient. La morphologie de ma gueule ne me permettait pas de tout articuler. Les chats n'ont pas la capacité de prononcer toutes les consonnes, et certaines voyelles, comme le u ou le e, nous échappent. Mais les sons comme ou, in, les f, les s, les m nous sont accessibles et je dois dire que la langue japonaise est une des plus faciles pour nous. Je ne m'en sortais pas trop mal et réussis à dire des mots qui mettaient les humains en joie. Il s'agissait de leurs prénoms, Masami et Miu, que je prononçais très bien. « *Miu* » veut aussi dire « belle pluie » et dès qu'il y avait quelques gouttes qui tombaient du ciel, ils m'incitaient à le dire. Je savais aussi articuler « *miai* » qui signifie « entrevue formelle en vue d'un mariage », et « *misao* », « fidélité ». Tout un programme ! Sans compter mon langage chat qu'ils interprétaient à plaisir. Quand je demandais à manger en clamant « *maru*[1] », ils me demandaient, en riant, de quel cercle je voulais parler. Bref, ces humains se divertissaient beaucoup en ma compagnie.

Nous avions terminé la période de quarantaine : j'avais été déclarée apte à l'adoption par le vétérinaire. J'aurais dû passer mes journées dans une cage visible à attendre les visiteurs pour tenter de les séduire. Mais les employés du refuge n'avaient pas envie de se séparer de moi, et j'étais cachée dans l'arrière-boutique

1. « *Maru* » (prononcer *marou*) veut dire « cercle » en japonais.

pendant les heures d'ouverture. L'avenir me semblait donc sans issue, j'étais une victime de l'affection de ces humains possessifs.

Et puis, par un après-midi d'été particulièrement chaud, une nouvelle stagiaire laissa une fenêtre ouverte dans l'arrière-boutique. Il faut dire que la chaleur y était insupportable, la température pouvant monter à plus de 40°C. Je souffrais beaucoup et ne pouvais que dormir pour m'économiser entre deux visites à mon bol d'eau tiède. Cette fenêtre et le petit souffle d'air chaud qui y entrait me parurent la chance de ma vie. C'était le moment ou jamais. D'un bond, je me retrouvai sur le rebord, et de là je sautai dans le vide, à l'aventure.

Extrait du journal d'Alexandre

Sakura et moi jouions un jeu étrange, gênés par l'attirance qui existait entre nous. Nous nous cherchions et nous évitions à la fois. Aucun de nous deux ne savait plus comment faire le premier pas. J'avais peur de commettre un impair car je ne connaissais pas les coutumes japonaises. Quant à Sakura, elle papillonnait autour de moi en faisant semblant de ne pas me regarder. Comme Neneka allait mieux et qu'elle trépignait pour réaliser son projet, je décidai de partir avec elle pour nous mettre en quête. La petite essayait de prononcer mon nom et s'entraînait en le répétant sans cesse. Au mieux, elle arriva à quelque chose comme « Alessandou », et je l'en félicitai.

Nous étions arrivés au centre-ville, où nous avions repéré une animalerie. À l'intérieur, de nombreux oiseaux, quelques chiens et chats, beaucoup de poissons attendaient des maîtres. Mais Neneka fit le tour presque sans s'arrêter en secouant la tête. Il n'y avait pas ici le modèle qu'elle avait rêvé. Nous cherchions le sujet idéal pour Sakura et Vincent, l'animal qu'ils pourraient peindre tous deux pour en faire le cœur de leur exposition commune. Nous visitâmes ainsi presque une dizaine de boutiques jusqu'à ce que l'on nous oriente vers des refuges d'animaux victimes de catastrophes. En entrant dans le deuxième de ces endroits, dans un quartier populaire, Neneka s'arrêta d'un coup devant un mur où étaient épinglées des photos. Elle se tourna vers moi et tendit le doigt vers les images.

– Alessandou, this is it. I want this one[1].

Elle montrait un chat gris au museau blanc, aux oreilles aplaties, qui semblait poser sur les images. Je dus admettre que le choix était judicieux car, en plus d'être beau, il avait l'air d'un vrai cabotin et n'aurait aucun mal à tenir le rôle que nous lui destinions.

Neneka était déjà partie en courant vers les gardiens pour s'informer. Elle semblait rencontrer une certaine résistance, comme si ce chat n'était plus là ou ne pouvait pas être adopté. Neneka revint vers moi et m'expliqua qu'il s'agissait de la mascotte du lieu et que les responsables ne voulaient pas le laisser partir. Comme elle avait des larmes plein les yeux et que cela

1. Alessandou, c'est lui. C'est celui que je veux.

m'était insupportable, je proposai une somme d'argent conséquente pour aider le refuge en échange de ce chat. Neneka traduisit mes propos, mon offre parut susciter un certain intérêt et, après une rapide concertation, la réticence générale fut levée. Un jeune homme nous fit signe d'attendre et partit vers l'arrière-boutique. En patientant, nous choisîmes une jolie boîte de transport confortable. Mais le retour du jeune homme, les mains vides, déclencha une certaine confusion à laquelle je ne compris pas grand-chose. C'est Neneka qui m'expliqua que le chat que nous avions choisi venait de se sauver par la fenêtre ouverte et que la coupable était la fille qui venait de s'asseoir par terre la tête entre les mains et sur qui tout le monde hurlait. Apparemment, le chat était le porte-bonheur du lieu et il semblait avoir beaucoup d'importance. Je m'apprêtais à consoler Neneka, à lui proposer de continuer le lendemain notre visite des autres animaleries, mais elle me prit par la main et m'entraîna. Elle semblait savoir ce qu'elle faisait. Nous sortîmes du refuge et prîmes un petit passage qui nous conduisit à l'arrière du bâtiment. Il se trouvait là quelques poubelles, et un carré d'herbes et de fleurs entouré de buissons. C'est vers ce petit espace de verdure que Neneka me guida, sûre d'elle.

– Neko ! Neko !

Elle se mit ensuite à émettre des petits cris qui ressemblaient à des miaulements de chatons. Mais rien ne bougeait. Elle me fit signe de la faire passer de l'autre côté des buissons pour entrer dans le cercle d'herbe.

Immédiatement, elle s'allongea à plat ventre devant les buissons. Je la vis sourire et se détendre. Elle ferma les yeux et se mit à miauler tout doucement. Comme je ne voyais rien et que rien ne se passait depuis plusieurs minutes, je voulus la ramener à moi. Elle fit alors un geste léger mais impératif qui me stoppa. Un certain temps passa encore avant de constater que Neneka avait raison. Un petit museau blanc curieux émergea de la masse du buisson, puis une patte terminée par un genre de gant de poils blancs ; puis le chat gris, celui-là même qui figurait sur les photos, sortit tout entier. À pas mesurés, il alla jusqu'à Neneka et se laissa choir à son côté. Je ne bougeai plus car on aurait dit qu'ils conversaient tous les deux, tantôt en mots, tantôt en silences. À un moment, le chat me regarda et je fus frappé par ses yeux qu'il ferma à moitié dans une expression d'une tendresse infinie. Neneka et lui semblèrent se mettre d'accord, et la petite me fit signe de lui passer la boîte de transport, dont elle ouvrit la porte. Le chat y pénétra tout seul.

– C'est une fille. Elle s'appelle Tomomi, ça veut dire « belle amie », déclara Neneka.

Je n'osai pas lui demander si c'était le chat qui le lui avait dit.

O.K., j'avoue, c'est bien moi qui le lui ai révélé. Je voulais avoir un nom qui contienne la syllabe « Mo ». Marmot, Nemo, Moïra, Moka-Moktar, Harmony, Tomomi, Mozart. Vous avez remarqué que dans toutes mes incarnations, cela a été le cas, et je ne voulais pas risquer de perdre ce qui était un indice de reconnaissance pour mes amis.

Cette petite Neneka était toute proche de la nature, et elle pouvait entendre mes pensées. Elle n'avait pas été conditionnée par une éducation qui en aurait limité le champ. Elle pouvait donc facilement se relier à moi ; elle avait su tout de suite où j'étais. Si je n'étais pas sortie immédiatement à sa rencontre, c'est que je voulais faire patienter Alexandre (Alessandou) pour qu'il ne me saute pas dessus dans le but de m'enfermer dans la boîte. Il fallait qu'il comprenne à qui il avait affaire, même s'il ne m'avait pas encore reconnue formellement. J'étais bien sûr folle de joie de le revoir, mais je ne laissais rien paraître car je savais que j'avais en premier lieu une tâche à accomplir auprès de la petite fille.

Arrivés à la demeure de Sakura, je vécus un grand moment de bonheur. Je venais de retrouver deux amis très chers, Alexandre et Vincent, j'étais choyée par une petite fille qui entendait mes pensées et la maîtresse de maison poussait des cris de joie à ma vue. J'étais, disait-elle, le chat idéal qu'elle avait toujours rêvé de sculpter. Elle me voyait déjà ornée de pois roses ou de chevrons verts. Sans prendre encore le temps de visiter la maison et le jardin qui étaient pourtant bien tentants, je passai de l'un à l'autre, dessinai des volutes en m'enroulant autour des jambes, le dos cambré et la queue haute. Sakura eut alors l'idée de me faire marcher sur une palette couverte de peintures multicolores pour que mon trajet soit immortalisé sur le sol. Je découvris les petites traces en forme de fleurs que faisaient mes pattes et me pris au jeu en m'appliquant alors à composer des spirales complexes qui firent l'admiration de tous. Je fus déclarée peintre honorifique et dus par la suite marcher sur de grandes toiles destinées à l'exposition. Comme je fis mine de vouloir grimper sur les genoux de Vincent, Sakura me rattrapa et me nettoya les coussinets avec un chiffon. Je pus enfin me jeter dans les bras de celui avec lequel j'avais partagé tant de beaux moments. Vincent hésitait. Je savais qu'il avait encore en tête ceux que j'avais été et qu'il ne voulait pas les trahir en s'amourachant d'un nouveau chat. C'était tout à son honneur, et flatteur pour moi, mais j'avais décidé de faire sa conquête et je m'y appliquai. Dès que je le sentis se détendre et m'accepter, je passai à Alexandre. Je le pétris un peu puis me laissai tomber pour me lover sur ses genoux et poser ma tête dans le creux de sa main. Il sursauta car cela lui fit faire un bond dans le passé. Vingt ans auparavant, il avait eu Harmony dans les bras, dans la même posture, avec la même tendresse. C'était perturbant pour lui, je le savais bien, mais je voulais qu'il ait un doute car je le savais capable de me reconnaître. Dans les jours suivants, quand je ne posais pas pour les artistes, tous deux ravis d'avoir un modèle si doué, je passais du temps en compagnie d'Alexandre et reprenais une par une nos vieilles habitudes de quand il avait dix ans. Il en était de plus en plus bouleversé.

Alexandre, du fait de son enfance difficile avec son père violent, avait du mal à se lier affectivement. Je savais que ma mort sous la forme d'Harmony avait été un traumatisme, même si elle lui avait forgé un avenir positif. Avec Sakura, il ne savait pas comment se comporter. Jusque-là, ses relations avec les femmes n'avaient jamais abouti sur quelque chose de sérieux, il se contentait de rencontres brèves basées sur l'attraction. L'idée de fonder un couple – et de se retrouver dans le rôle de son père – le répugnait. Il s'arrangeait toujours, inconsciemment bien sûr, pour rompre rapidement, sous un prétexte quelconque. Harmony avait été d'une certaine manière son premier et grand amour qu'il avait perdu, et il retrouvait avec moi cette tendresse sans parole, cette complicité sans compromis, cette promiscuité sans concession. Il était persuadé qu'aucune femme ne pourrait jamais lui donner un tel lien idéal. Ce n'était pas du tout mon but mais, remué par les souvenirs que je lui apportais, il renonça à son histoire d'amour avec Sakura, malgré leur attirance réciproque, car elle lui semblait trop compliquée à vivre. Sakura continuait à le regarder, à le toucher parfois en passant à ses côtés, mais il ne l'encourageait plus. Comme elle était investie dans sa nouvelle série de sculptures de chats gris aux pattes colorées, elle parut mettre de côté ce jeu amoureux.

Vincent avait, je crois, compris assez vite qui j'étais. Lui m'avait reconnue, même s'il ne l'aurait exprimé pour rien au monde et qu'il était très discret à mon égard. Ce n'était que quand nous étions seuls et qu'il s'accordait une pause dans son travail, qu'il venait vers moi pour retrouver les gestes qu'il avait eus à mon égard dans d'autres temps et d'autres lieux. Il m'appela même Moka un jour, et je répondis en miaulant doucement.

J'étais heureuse, mais je devais me recentrer sur ma première mission et me rapprocher de la petite Neneka. Il me fallait gagner totalement sa confiance pour pouvoir agir. Et je m'y employai.

Depuis deux ans environ – c'était selon sa mère au retour d'un mini-camp de vacances en forêt –, Neneka présentait des troubles du comportement. Elle avait vu des psys qui avaient mis sa mère et son environnement affectif en cause. Elle avait consulté des médecins, et la piste qui se dessinait allait vers l'hyperactivité. Elle était très jeune pour être soignée par médicaments lourds, mais le spécialiste en avait parlé et il était question qu'elle commence le traitement dès la rentrée.

Je m'astreignais, malgré les sollicitations multiples dont j'étais l'objet, à dormir chaque nuit sur le lit de la petite fille. Toutes les portes étaient ouvertes pour moi et une espèce de compétition semblait en jeu pour savoir qui je choisirais pour la nuitée. Je passais donc de chambre en chambre dès que Neneka était endormie, aidant chacun à entrer dans le sommeil, avant de retourner chez l'enfant jusqu'au matin. Forte de l'enseignement du chat Imhotep, je me collais contre le corps de la petite et le « scannais » en l'englobant dans mon champ énergétique étendu. En les voyant s'affairer dans son corps, je compris que Neneka était la proie d'une bactérie parasitaire, celle de la maladie de Lyme. Je ne pouvais pas l'interroger, mais elle avait dû être piquée par une tique dans la forêt. Les troubles de la maladie affectant le comportement, il était normal que, vu son contexte de vie, Neneka ait été dirigée vers des psychothérapeutes. Il fallait que je m'assure de sa volonté de guérir car, sans cela, je ne pouvais pas agir. Vincent, qui entrait dans une vieillesse sage, avait l'esprit ouvert et je comptais me servir de lui.

Le vernissage de l'exposition approchait. Les tableaux de Vincent étaient prêts, plus frais, moins « classiques » qu'à l'accoutumée. L'influence pétillante de Sakura avait fait effet sur lui. J'avais été leur modèle commun mais les résultats étaient bien distincts. Vincent avait travaillé sur des chats se reflétant dans des miroirs, dans des bassins d'eau, des images multiples du même chat qui changeait imperceptiblement dans les copies de lui-même. J'avais bien saisi le message subliminal sur mes incarnations et me frottai longuement aux jambes et aux pinceaux de Vincent pour le remercier. Les œuvres de Sakura avaient également initié un tournant. Les chats sculptés n'étaient plus difformes. Ils étaient plus réalistes, bien proportionnés, et la seule fantaisie colorée se trouvait dans leurs coussinets aux couleurs vives et dans les traces de leur cheminement. Les visiteurs de la galerie devraient suivre ces « chemins » de petites pattes qui les mèneraient d'œuvre en œuvre. Mais le plus impressionnant se trouvait dans les visages et surtout dans les yeux de ces chats sculptés. Ils reflétaient des émotions extraordinaires, allant du plaisir à la douleur en passant par le doute ou l'interrogation. Sakura avait représenté l'âme d'un chat très évolué, d'un maître chat, et j'étais fière d'avoir été son modèle.

Le jour du vernissage, j'étais présente. On m'avait mise à la place d'honneur sur une estrade dans une vaste cage destinée davantage à me protéger de la foule qu'à m'empêcher de m'enfuir. Ce n'était pas très agréable, mais je savais que c'était un passage nécessaire et qu'il fallait que je fasse l'effort de me tenir correctement pour aider mes amis.

Les journalistes et les invités commencèrent à affluer. Je fus mitraillée par les photographes et essayai de faire bonne figure. Neneka eut pitié de moi : comme la cage était suffisamment grande, elle y entra et vint poser à mes côtés, ce qui fit redoubler les flashs qui nous éblouissaient. Sakura et Vincent étaient littéralement submergés par la presse. Des micros se battaient en duel devant leurs visages pour enregistrer les paroles qu'ils avaient du mal à prononcer dans un tel brouhaha. Vu l'excitation, les nombreux coups de téléphone qu'échangeaient les invités, l'enthousiasme qui se lisait sur les visages, il était clair que l'exposition serait un grand succès. Même le buffet était délaissé et passait au second plan. Au bout de deux heures, Vincent se rendit compte de la chaleur qui régnait dans la pièce et fit signe aux organisateurs de me retirer de mon piédestal. Sakura avait eu la même idée, et une voiture nous ramena, Neneka et moi, à la maison, loin du bruit et de la foule. Ce soir-là, la petite eut une crise et des malaises. La *baby-sitter* chargée de la surveiller regardait un *reality show* à la télévision et ne se rendit compte de rien. Je m'installai sur la poitrine de Neneka qui respirait fort, et fis ce qu'Imhotep m'avait appris. Au bout d'un quart d'heure, l'enfant se tranquillisa et s'endormit. Je sentais et voyais les bactéries dans son corps, mais il me fallait son accord formel pour l'en débarrasser.

– Maman, c'est Tomomi qui m'a soignée hier soir.

Sakura fronça les sourcils. Elle demanda des explications, et son visage se renfrogna. La *baby-sitter* allait passer un mauvais quart d'heure. Comme elle croisa le regard interrogatif de Vincent, elle expliqua ce que Neneka venait de lui dire, et j'eus alors l'idée de m'exprimer à travers mon ami.

– Est-ce qu'on a fait tous les examens de sang à Neneka ? Le problème est peut-être physiologique ?

Sakura s'arrêta, affirma que ce n'était pas ce que les médecins avaient dit, que c'était soit de l'hyperactivité qui demanderait un traitement adéquat, soit psychologique, auquel cas elle devrait suivre une psychothérapie.

– Si c'est ce que tu crois, c'est ce qui sera, dit Vincent, et je l'en remerciai.

Sakura ne sut comment réagir. Vincent continua :

– Peux-tu demander à Neneka si elle souhaite guérir ?

Sakura haussa les épaules.

– Bien sûr qu'elle voudrait guérir, mais elle n'y peut rien !

– S'il te plaît, demande-lui.

Sakura se tourna vers sa fille et lui posa la question. Et c'est alors que se produisit ce que j'attendais. Neneka me prit dans ses bras, et c'est la joue contre mes moustaches qu'elle murmura à mon oreille :

– Oui, je veux guérir. Je t'aime, Tomomi.

Elle avait prononcé les mots magiques. Sa volonté était là, je pouvais agir.

Les conséquences de l'exposition ne se firent pas attendre. Les articles de presse avaient été dithyrambiques. Une foule se pressait pour entrer dans la galerie, et la queue n'en finissait pas sur le trottoir où des vendeurs ambulants de sushis profitaient de l'opportunité. Des offres tombaient auprès de Vincent et de Sakura : l'exposition allait être présentée dans le monde entier, des produits dérivés, figurines, mangas, déguisements, bonbons et gâteaux en forme de chat étaient proposés, un projet de dessin animé était déjà écrit pour la télévision, et même la mode s'était emparée des pattes de chat colorées qui allaient apparaître sur de nombreux imprimés de tissus et d'accessoires. Je faisais la une de plusieurs magazines et mon image était désormais célèbre. Un service d'ordre devait faire régulièrement le tour de la maison pour chasser les paparazzis et les démarcheurs en tous genres.

Vincent, débordé par un tel succès, se réfugiait dans son atelier et parlait de son départ prochain vers la France. Il était pressé de rentrer. Marie lui manquait de plus en plus et malgré leurs fréquents échanges téléphoniques, il brûlait de la retrouver pour lui raconter en détails cette aventure qu'il venait de vivre, et surtout la revoir. Alexandre avait transmis les infos en première exclusivité à son journal et à une agence de presse ; il avait reçu des félicitations. L'expérience était forte et valorisante, mais il se sentait sur un sommet étroit duquel il avait peur de tomber. Sakura le troublait toujours. Mais surtout, il m'était de plus en plus attaché. L'idée de partir lui donnait des douleurs violentes dans le ventre. Il était perturbé et la perspective de me perdre lui faisait revivre la période de ses dix ans.

Toutes les nuits, je travaillais sur le corps de Neneka et luttais contre les parasites qui l'habitaient. L'énergie vibratoire des bactéries est différente de celle des cellules du corps. Je repérai donc facilement ces étrangers et les isolai. Comme Neneka avait exprimé sa volonté de guérir et qu'elle m'avait fait confiance en déclarant son amour pour moi, je pouvais agir en toute quiétude. J'extirpai donc les bactéries de son corps physique pour les amener dans son champ énergétique. Je pus alors les faire passer dans mon propre champ pour les détruire et les éliminer après les avoir rendues inoffensives. Ce travail me prit quelques nuits car je m'employais aussi à nettoyer la chambre et les pensées de la petite pour qu'elle ait désormais une vision plus positive d'elle-même. Je devais aussi travailler sur Sakura qui devait modifier l'image qu'elle avait de sa fille.

J'étais un chat à sa huitième vie, et les responsabilités qui m'incombaient étaient énormes !

Sakura regardait Neneka jouer, et elle avait cette expression d'étonnement, un sourcil relevé plus haut que l'autre, que je lui connaissais bien. Plus aucun signe d'agitation dans le comportement de l'enfant. La petite était calme et ses gestes mesurés. Elle ne se levait plus pour partir en courant et en hurlant. Elle ne gesticulait plus de façon désordonnée. Sakura regarda ses amis français, puis son regard m'effleura. Elle ne savait à qui, à quoi, attribuer cette guérison qu'elle n'osait espérer définitive. Je la vis saisir son téléphone : je savais qu'elle prenait rendez-vous avec le médecin, puis avec le psychologue. Elle voulait comprendre, mais personne ne pourrait lui expliquer. Je fermai lentement les paupières pour entrer en méditation. Je garderais mon secret.

Pour le médecin, le comportement hyperactif de Neneka trouvait un répit. Mais on ne savait pas quelle serait l'évolution. Il fallait prendre en compte les causes psychologiques.

Pour le psychologue, c'étaient Vincent et Alexandre, deux présences masculines lénifiantes, qui avaient contribué à apaiser Neneka en lui donnant un nouvel équilibre car ils symbolisaient un père et un grand-père à ses côtés. Qu'adviendrait-il lors de leur départ ?

se demandait Sakura, qui ne savait comment adopter les deux Français. Une autre thérapeute avança que le facteur « succès » de l'exposition, apportant de grandes modifications dans la vie quotidienne, et peut-être aussi l'arrivée d'un animal dans la vie de la petite, avaient pu jouer un rôle dans son changement d'attitude. Mais il fallait rester vigilant et bien surveiller l'enfant.

La prochaine exposition allait avoir lieu à Paris. Il avait été convenu que nous irions tous dans la capitale française. Neneka était folle de joie et inquiétait sa mère par son agitation. L'idée de partir en voyage en Europe la rendait presque hystérique. Vincent se rendit compte de la situation et réussit à la calmer en la faisant poser avec moi. Parmi tous les tableaux de Vincent, je dois dire que celui-là est mon préféré. Il y a dans les yeux de l'enfant une telle expectative qu'on dirait qu'elle va jaillir de la toile. Le contraste entre son visage tendu vers l'avenir et ses promesses, et son corps, détendu et relâché, est surprenant. Mais j'y suis pour quelque chose. Bien installée sur ses genoux, je lui transmettais mon calme en ronronnant.

Alexandre fut finalement rappelé par son journal, et il dut se résoudre à songer au départ. Les billets furent pris pour Vincent et lui ; Sakura et Neneka les rejoindraient un peu après, au moment du montage de l'exposition. L'histoire sentimentale d'Alexandre et de Sakura avait continué en pointillés, bancale car trop entachée de leur passé à tous les deux. Sakura projetait sur Alexandre un rôle de père pour Neneka ; Alexandre avait quant à lui peur de s'engager et ne voulait surtout pas être un père. Tous deux se cherchaient, s'embrassaient, se rejetaient, se retrouvaient mais n'arrivaient pas à se comprendre. Ils étaient tendus, mal à l'aise, trop passionnés quand ils étaient dans les bras l'un de l'autre. L'approche du départ exacerba cette situation, et ils n'arrêtaient pas de se faire des promesses en attendant beaucoup de leurs retrouvailles à Paris. Un soir, Sakura demanda à Alexandre s'il voulait emporter quelque chose qui l'aiderait à penser au Japon et à elle pendant leur séparation. Il ne réfléchit pas longtemps… Il demanda à m'emmener, moi, Tomomi ! Je serais ainsi déjà sur place pour le vernissage, et Neneka me retrouverait quand elle viendrait à Paris. Sakura réfléchit un instant, et ce lien lui parut assez fort pour la sécuriser. Elle accepta, orientant ainsi mon destin vers sa réalisation.

Comme je l'ai dit, Alexandre s'était profondément attaché à moi. Il avait retrouvé Harmony, je soignais l'enfant blessé qu'il avait été et qui vivait toujours au fond de son cœur. Je lui donnais confiance et amour. Et avant que Sakura ne lui demande ce qu'il souhaiterait emporter, il s'était déjà renseigné sur les modalités du voyage de retour avec un animal. Il avait même mis une option sur un billet car il ne pouvait plus envisager de vivre sans moi.

Sakura expliqua à Neneka d'une façon si positive mon prochain départ que la petite ne put que l'accepter et même se réjouir de me retrouver dans une ville aussi merveilleuse que Paris, France. De son discours, Neneka retint que nous formions une famille et que l'une des deux filles, Tomomi (moi), allait partir avec son grand-père et son père, mais que nous allions tous nous revoir bientôt.

Nous devions, Vincent, Alexandre et moi, quitter le Japon la semaine suivante.

Il va me falloir revenir sur un sujet douloureux pour Alexandre. Je préfère l'en prévenir, mais je crois que mon récit va aussi l'aider à mieux comprendre et à vivre les choses différemment. Le voyage vers la France fut long, surtout pour moi, même si j'eus le privilège de voyager en cabine de première classe. J'étais enfermée dans une boîte, et on m'avait administré des calmants pour que je ne miaule pas. Mais je reposais sur une couche sur laquelle j'étais censée dormir ET faire mes besoins. Est-ce que vous pouvez imaginer faire vos besoins dans votre lit ?? Donc, je me retenais et c'était affreusement pénible. Au bout de plusieurs heures, je dus lâcher et j'urinai longuement en pleurant. Alexandre se pencha vers moi pour m'encourager et changea immédiatement la couche souillée. Si j'avais su, je n'aurais pas attendu si longtemps.

Vincent était fatigué par le voyage. Son visage était très pâle et sa respiration courte. Comme j'étais enfermée, je ne pouvais pas aller l'aider mais je voyais bien qu'il se sentait mal à l'aise. Il voulut se lever pour marcher un peu dans l'allée, mais ne put faire un pas. Il s'écroula ! Alexandre bondit tandis que je secouais la porte de ma cage pour sortir. Deux hôtesses arrivèrent en courant. L'une appela en demandant s'il y avait un médecin dans l'avion. Mais personne ne répondit. Le seul « médecin » présent, c'était moi et j'étais enfermée. Vincent souffrait, respirait avec difficulté. Son corps était allongé dans l'allée et Alexandre le soutenait comme il pouvait en suppliant qu'on l'aide. Les passagers étaient figés et un silence de glace régnait dans l'appareil. L'hôtesse alla prévenir le pilote, mais nous étions au-dessus de nulle part. Avant d'atteindre un lieu où nous puissions obtenir une autorisation d'atterrissage et où il y avait la possibilité d'hospitaliser Vincent, il nous fallut attendre un temps qui sembla à tous une éternité. Nous atterrîmes quelque part en Allemagne, où une ambulance attendait sur la piste. Le visage d'Alexandre était trempé de larmes et il m'oublia dans l'avion, suivant le brancard où reposait son grand-père.

Vincent avait fait un infarctus. À l'aube de ses quatre-vingts ans, alors qu'il avait toujours joui d'une bonne santé, les fatigues du voyage, les émotions de l'exposition, le trop-plein de travail l'avaient usé. Il fut impossible de le sauver.

Je passai quelque temps dans les services vétérinaires de l'aéroport avant d'être rendue à Alexandre en même temps que ses bagages. Malgré sa peine, il avait dû organiser le rapatriement du corps et, surtout, prévenir Marie.

Mais Marie était déjà au courant. Elle s'était réveillée en sursaut, angoissée pour Vincent. Puis elle avait perçu sa présence et il l'avait rassurée. Bien sûr, elle était triste de ne pas l'avoir revu physiquement, mais elle sentait tellement Vincent auprès d'elle qu'elle ne pouvait pas souffrir autant qu'Alexandre. Marie était une bonne sorcière, une de ces femmes merveilleuses qui ont le don d'aider à soigner tous les êtres vivants, que ce soient des plantes, des animaux ou des humains. Marie savait donner du temps, de l'affection, prêter une oreille attentive aux problèmes des autres et elle ne laissait repartir les gens qui venaient la voir que le sourire aux lèvres et du baume au cœur. C'est elle qui prit ma cage et m'accueillit. Vincent lui avait beaucoup parlé de moi pendant son séjour au Japon et elle avait vu quelques portraits. Elle me considérait déjà comme un membre de sa famille, et elle m'emmena dans sa maison de Verrières-le-Buisson au sud de Paris, où Alexandre devait nous rejoindre aussitôt qu'il aurait terminé toutes les démarches autour des obsèques.

Extrait du journal d'Alexandre

Quelle période difficile pour moi ! Je fis tout ce qu'il fallait, le cœur pris dans un étau. L'enterrement fut grandiose, le cimetière paraissait ne pas pouvoir contenir tous les amis et les admirateurs de mon grand-père. De nombreux journalistes couvraient l'événement. De mon côté, je ne savais plus si j'étais vivant ou mort. J'avais l'impression d'être devenu un zombie ou un robot programmé pour parer au plus urgent. Je n'arrivais pas à croire que Vincent était mort, cela me paraissait impossible. Il était le centre de ma vie, j'avais besoin de lui, il ne pouvait pas m'avoir laissé ainsi. Mes parents étaient venus. Je saluai mon père d'un signe de tête. Il n'avait même pas l'air triste. Judith, ma mère, se tenait à distance. Elle vint me serrer dans ses bras ; du coin de l'œil, j'aperçus la Mercedes noire avec chauffeur qui l'attendait, prête à l'emporter vers son prochain engagement professionnel. Sakura et Neneka avaient fait le voyage pour assister aux funérailles, mais je n'arrivais pas à être chaleureux avec elles malgré mon désir. J'avais l'impression d'être enveloppé dans une gangue de glace qui m'immobilisait et anesthésiait mes sentiments. Neneka semblait tout aussi figée dans une douleur froide. Elle ressemblait à une poupée raide et inerte, et seules les larmes qui ruisselaient le long de ses joues prouvaient qu'elle était encore en vie. Ma chère grand-mère souriait, refusait d'un geste léger les marques de piété, acceptait les poignées de main et les accolades sincères. Au milieu de tout ce monde, elle était la plus digne et la plus rayonnante. Ce fut elle qui sentit le désarroi de Neneka et qui intervint. Elle s'en approcha, essuya doucement les larmes qui faisaient briller le visage de la petite, et lui mit dans la main une paire de boucles d'oreilles en forme de minuscules tour Eiffel roses. L'effet fut radical : Neneka ouvrit de grands yeux ravis, contempla son trésor avant de découvrir sa bienfaitrice, cette femme charmante qui avait été l'épouse de son grand ami Vincent. Pour Neneka, le monument parisien était le symbole même de son rêve de voyage ; ce rêve qui s'était réalisé si différemment de ce qu'elle avait espéré. Elle sourit à Marie qui lui ouvrit les bras dans lesquels la petite se réfugia. Sakura trouva à ce moment-là le courage de se rapprocher de moi et, après un moment d'hésitation, nous pûmes enfin nous laisser aller à pleurer l'un contre l'autre. Je crois que c'est à cet instant qu'elle entra dans mon cœur comme une évidence. Nous passâmes les jours suivants ensemble à tout partager comme un couple en compagnie de leur enfant. C'était si nouveau pour moi que j'allais d'étonnement en émerveillement malgré la douleur de la disparition de Vincent. J'avais presque oublié que cela ne pouvait pas durer et que le retour au Japon de Sakura et Neneka était déjà programmé. Je les accompagnai à l'aéroport, ce fut comme un second deuil pour moi. Nous nous jurâmes de nous retrouver très vite et je restai, bien après le départ de l'avion, dans le grand hall de Roissy, tout aussi figé que je l'avais été au cimetière.

Ma grand-mère Marie avait décidé de s'occuper de moi et m'avait convaincu de passer quelque temps avec elle. De mon côté, je me disais qu'elle avait besoin de moi, qu'il était de mon devoir de lui tenir compagnie. Mais j'avais peur ! Peur de tous les objets appartenant à Vincent auxquels j'allais être confronté. Peur du vide à sa place à table, dans son fauteuil, dans ses pantoufles…

Je passai le seuil avec appréhension. Mon regard tomba en premier lieu sur Tomomi qui était présente dans la maison comme si elle y avait toujours vécu. Son regard tendre m'accueillit, je vis qu'elle ne m'en voulait pas de l'avoir laissée seule dans l'avion et d'avoir si peu pensé à elle ces derniers temps. Je la pris dans mes bras, la serrai contre moi, enfouis mon visage dans sa fourrure douce et parfumée. Son ronronnement me ressourçait, me guérissait, et ce n'est qu'au bout d'un long moment que je m'aperçus que je m'étais installé dans le fauteuil de Vincent alors que je m'étais juré de ne jamais m'y asseoir.

Comme il est étrange pour moi de revenir sur tous ces événements que Tomomi-Mozart a fait remonter en moi par son récit ! Je comprends tant de choses restées jusque-là pour moi comme des boulets, me freinant sur mon chemin. Et ce qui est merveilleux, c'est qu'en les revivant, en en saisissant le sens, ils se détachent de moi. Je n'ai jamais aussi bien dormi. La boule d'angoisse que je transportais dans ma poitrine depuis des années est en train de fondre comme la neige au soleil.

Après le départ de Sakura, Alexandre nous avait donc rejointes, Marie et moi, à la maison de Verrières. Il était très secoué par tout ce qu'il venait de vivre, tous ces hauts et ces bas, et il ne savait plus trop où il en était. De mon côté, j'avais adopté le fauteuil de Vincent. Ou plutôt : Vincent était revenu sous sa forme immatérielle se mettre sur son fauteuil et j'étais installée sur lui. Il attendait son petit-fils et brûlait d'envie de le rassurer, de lui transmettre son bien-être, de lui expliquer pourquoi il était parti. Mais ce n'était pas facile. Après un décès, beaucoup d'humains préfèrent pleurer et n'écoutent pas l'esprit du défunt qui s'égosille auprès d'eux. Souvent, après une longue maladie, les personnes décédées entrent dans un grand bien-être et rient de plaisir d'être débarrassées d'un corps qui était devenu une prison ou un instrument de torture. Elles aimeraient que leur famille se réjouisse avec elles, mais c'est tout l'inverse qui se produit car les proches ne pensent qu'à leur douleur et au manque qu'ils vont ressentir.

Marie, elle, savait. Elle avait perçu tout de suite la présence de Vincent et sa paix, et cela l'avait fait sourire. Elle avait proposé du thé à Alexandre qui avait acquiescé en me serrant toujours contre lui. Bien sûr, je ronronnais et mettais tout en œuvre pour le calmer selon les techniques de l'Égypte ancienne. Quand Marie revint avec le thé fumant, Alexandre dormait profondément. Elle ne put que le couvrir d'un plaid à carreaux et le laisser là pour y faire sa nuit. Vincent et moi, nous allions lui tenir compagnie.

Vincent resta le temps nécessaire à son plein détachement avant de monter vers la lumière. Comme j'étais un chat en huitième vie et que j'avais fait mes preuves, je fus autorisée à lui tenir compagnie. J'avais fait la première partie de cette expérience avec Rebecca, la sœur de David, en Algérie ; mais cette fois, j'accompagnai Vincent plus loin. Ce fut merveilleux.

Nous partîmes tous deux vers un ailleurs à l'horizon lumineux. Là-bas nous attendaient des présences chaleureuses et, en les voyant, Vincent se mit à rayonner de bonheur. Ses parents étaient là, ses amis partis avant lui, ses cousins bien-aimés, et son petit frère mort en bas âge. Tous se pressaient autour de lui pour l'accueillir et lui souhaiter la bienvenue. Il y avait même Simone, qu'il n'avait pas connue, mais dont Marie lui avait tant parlé qu'elle était presque de la famille. Simone me regarda avec amour et mon cœur faillit exploser de joie de la revoir. C'est à ce moment-là qu'un genre d'élastique me tira en arrière pour me ramener dans le salon où dormait Alexandre. Je rapportai des étincelles de lumière d'amour et je me frottai à lui pour les lui donner. Dans son sommeil, il poussa un petit soupir et son sourire était celui de l'enfant que j'avais connu quand il dormait aux côtés d'Harmony.

Ma vie s'organisa auprès de Marie. Comme je l'ai dit, elle était comme ces femmes sages proches de la nature que l'on brûlait au Moyen Âge en tant que sorcières. Elle connaissait les plantes, comprenait les animaux, donnait des tisanes pour les maux, savait soigner les brûlures. On venait la consulter de très loin, et elle comprit vite que j'étais dotée d'une particularité qui allait l'aider dans sa mission. La veuve possédait cette sensibilité fine que peu d'humains développent. Ainsi, un jour où j'avais purifié son bureau, elle poussa une exclamation en y entrant : elle avait senti la différence et perçu tout de suite la qualité autre des vibrations dans la pièce. Elle se tourna vers moi et me remercia. Je pris ainsi l'habitude de lui offrir mon aide et nous apportâmes ensemble soulagement et guérison à bien des humains. Marie trouvait les mots pour stimuler l'optimisme, motiver les souffrants et leur donner envie de guérir pour profiter d'une vie qu'elle savait peindre en paroles colorées. Une fois la volonté et l'optimisme revenus chez ses malades, les trois quarts du travail étaient faits. Il n'y avait plus qu'à donner des soins, les « patients » pourraient faire le reste.

Marie se rendit compte aussi que j'avais un talent pour guérir, don auquel elle pouvait unir le sien. Un jour, on lui avait amené une petite fille qui respirait difficilement. Ses parents l'avaient allongée sur le canapé et discutaient avec Marie, tout en dégageant une angoisse épaisse. Je m'approchai à pas de velours pour monter sur la poitrine de la petite. Le père eut une réaction violente, tapa dans ses mains pour me chasser et se mit à hurler :

– Faites attention, votre chat va l'étouffer !

Mais Marie me fit grand plaisir car elle fit preuve de confiance en moi et sut résister à la pression. Elle demanda aux parents de sortir et de nous laisser avec la petite. Ils quittèrent la pièce à regret, le père me lançant un regard noir. Marie se tourna vers moi :

– Fais ce que tu dois faire. Et dis-moi comment t'aider.

Je me frottai à ses jambes et l'amenai près de la fille qui souriait en me suivant des yeux. Je lui indiquai qu'elle devait s'asseoir et poser ses mains sur la poitrine de l'enfant, puis je m'installai, en boule, un peu plus bas. Je mis en marche mon petit moteur intérieur et fis ce que j'avais fait avec Neneka, en isolant les virus qui avaient envahi les poumons de la petite. Je m'associai à l'énergie puissante de Marie qui sentit mon action et s'y joignit. À nous deux, nous détruisîmes les corps étrangers. Je sautai au sol et la fillette, qui respirait maintenant bien mieux, se leva pour venir me caresser. Ses parents la retrouvèrent souriante. Elle les accueillit en criant :

– Papa, je veux un chat pour mon anniversaire !

Je ne sais pas si elle a obtenu ce qu'elle voulait mais ses parents s'étaient adoucis. Ils avaient eu, ce jour-là, une chance d'apprendre quelque chose. L'avaient-ils saisie ?

Je voyais Alexandre, mais de moins en moins. Son travail l'éloignait de sa grand-mère et de moi. Il partait à travers le monde, voyageait beaucoup, s'enrichissait, mais demeurait très solitaire dans sa vie quotidienne. C'était toujours une fête quand il venait séjourner quelques jours dans la maison familiale et je ne manquais pas de l'accueillir dignement. L'amour que nous partagions était fort, mais il était conscient que j'étais mieux auprès de Marie et qu'il n'aurait pas pu s'occuper de moi comme elle le faisait. C'était tout à son honneur de privilégier mon bonheur. Cependant, il me manquait. J'avais déjà décidé de le retrouver dans ma prochaine vie pour vivre une relation pleine et accomplir quelque chose avec lui.

Extrait du journal d'Alexandre

Tomomi ! C'était une chatte extraordinaire. Ma grand-mère Marie l'a eue auprès d'elle de longues années et, le « bouche à oreille » agissant, nombreuses étaient les personnes qui venaient les consulter. Marie et Tomomi formaient un duo de guérisseuses exceptionnelles qui ont diffusé tant de bienfaits et de bonheur autour d'elles qu'elles mériteraient qu'on élève une statue à leur gloire. Mais, j'en suis sûr, elles résident dans la mémoire de bien des gens qui leur sont reconnaissants. Tomomi a vécu plus de dix-huit ans, ce qui est inhabituel pour un chat. Jusqu'au bout, malgré une légère raideur corporelle, elle est restée active et présente.

Je revenais du Mexique où on m'avait envoyé faire un reportage sur les chiens nus, les xoloitzcuintlis, qui sont aussi des animaux guérisseurs. Quand j'entrai dans la maison sans avoir prévenu, je trouvai Tomomi assise en plein milieu du couloir de l'entrée, regardant vers la porte. Marie m'expliqua que le félin était resté ainsi toute la matinée, et que c'était comme cela qu'elle avait su que j'allais arriver. Le repas était donc prêt pour moi, avec mon menu préféré. Je pris tout de suite la chatte dans mes bras, mais elle se dégagea en miaulant doucement. Je crus lui avoir fait mal et m'excusai. Elle s'élança dans l'escalier en s'arrêtant de temps en temps pour être sûre que je la suivais bien. Arrivée en haut, elle poussa la porte de ma chambre et monta sur le lit. Ses yeux me fixaient, insistants. J'allai m'asseoir près d'elle et elle monta sur mes genoux, puis sur ma poitrine en poussant de son poids plume pour me forcer à m'allonger. Je compris qu'elle souhaitait faire un câlin comme nous en faisions souvent au Japon, elle ronronnant sur mon torse, nos visages tout près l'un de l'autre. Elle s'installa, se détendit. Comme j'en avais l'habitude, je plaçai mes mains sur son dos et profitai de la douceur de sa fourrure. Elle ronronnait fort. Et puis soudain, elle s'arrêta. Sa tête s'inclina en avant et son museau se posa sur ma bouche. C'était inattendu, elle n'avait jamais fait cela. Surpris, je bougeai les mains sur elle, mais elle ne répondit pas et bascula pour tomber de ma poitrine vers le lit. J'appelai « Tomomi ! Tomomi ! », mais elle ne réagissait plus. Marie entra dans la chambre, alertée par mes cris. Elle ne fut pas surprise. Elle savait.

Bien sûr, Marie savait. Nous avions une telle complicité, une telle entente. Et elle avait compris aussi pourquoi j'avais attendu Alexandre pour mourir dans ses bras. Nous les chats préférons être seuls pour passer de l'autre côté car c'est un moment intime de recueillement. Mourir auprès d'un être humain est un acte d'amour. Nous le faisons pour qu'il accepte notre décès, qu'il puisse faire son deuil et lâcher prise. C'était un sacrifice pour moi, mais je me devais de le faire pour Alexandre. Dans ma vie précédente, quand j'étais tombée de la falaise, il n'avait pas pu se consoler en serrant mon corps contre lui. Dans cette vie, il put non seulement me bercer, mais aussi me faire un cercueil décoré et m'enterrer avec tous les rituels qu'il souhaitait pour moi. Il ne s'en priva pas et dédia même un endroit de la maison à ma mémoire avec des photos, des portraits et des sculptures.

À peine trois jours après mon envol, Marie vint me rejoindre.

Nous étions tellement proches que nous ne pouvions que mourir ensemble. Je savais qu'elle allait arriver, Vincent l'attendait aussi, et nos retrouvailles dans la lumière furent merveilleuses. Mais nous étions d'accord : je devais repartir presque immédiatement pour m'occuper d'Alexandre. Pendant les années où il était toujours en mouvement, se déplaçant à travers le monde d'un pays à un autre, son seul point d'attache était sa grand-mère, Marie. Chamboulé par les pertes qu'il venait de subir, sa réaction fut inattendue. Il changea profondément d'attitude et de mode de vie. Son port d'attache, son havre de paix avait disparu. Il était seul et devait se construire différemment. Le jeune homme décida d'abandonner le journalisme, de se fixer dans la maison familiale et de se consacrer à la recherche d'un éditeur pour publier les romans qu'il avait écrits entre deux voyages. Comme il avait de nombreux contacts, il réussit en quelques mois. Son premier ouvrage remporta un succès d'estime et lui permit d'envisager la publication du second, qui gagna beaucoup plus de lecteurs. Désormais, il vivait et travaillait dans la maison familiale.

Alexandre ne s'était jamais marié. Sakura avait été son grand amour. Dès qu'il le pouvait, il la rejoignait au Japon, ou bien elle venait lui rendre visite. Mais aucun des deux n'aurait fait le sacrifice d'aller vivre dans le pays de l'autre. Même s'ils s'aimaient et si Neneka comptait pour Alexandre autant que si elle avait été sa propre fille, leur relation finit par s'étirer comme un chewing-gum trop mâché et par perdre son goût. Bientôt, ils ne ressentirent plus aucun désir l'un pour l'autre, mais conservèrent une réelle amitié. Très régulièrement, ils « chattaient » sur Internet ou se parlaient par webcam interposée.

Alexandre continuait à vivre seul alors que Sakura avait fini par trouver un compagnon qui l'aimait, elle, sa fille et ses sculptures. C'était un avocat d'affaires qui la défendait âprement et l'admirait éperdument.

Alexandre s'était senti trahi, mais il avait compris qu'il n'y pouvait rien. Finalement, il avait eu la sagesse de se réjouir pour Sakura et avait même fait la connaissance de son avocat en reconnaissant que « c'était un mec bien ! ».

C'est au cœur de cette vie calme, mais un peu solitaire, que menait Alexandre, que je décidai d'intervenir en revenant sur Terre.

Arrivé à ma neuvième vie, j'avais conquis le droit de décider de mes choix et le moment me parut propice. Être chat d'écrivain est le plus beau des métiers possibles à mon avis. Beaucoup de chats l'ont fait avant moi auprès de nombreux auteurs. La liste en est tellement longue qu'il serait fastidieux de les citer tous, de Du Bellay à Baudelaire en passant par Anatole France et bien évidemment Colette ! Tous disent avoir écrit par amour des chats ; et c'était bien vrai. Sinon, nous n'aurions pas pu leur insuffler l'inspiration.

Écrire ainsi n'est cependant pas donné à tous les chats, ni à tous les auteurs. Il faut que l'humain ait, en plus de son talent, une sensibilité à fleur de moustache et que le chat soit en huitième ou neuvième vie. Bien sûr, tous deux doivent aussi partager une réelle affection. Cela rend la communication plus facile, le chat intensifie son ronronnement pour donner une impulsion à la créativité de l'humain.

Entre Alexandre et moi est né un petit plus : Alex capte les images que je lui envoie comme s'il regardait un film dans sa tête et il les décrit avec ses mots d'humain. Il ne pense pas humain dans la peau d'un chat, mais chat dans la peau d'un humain, et il a l'impression d'écrire inconsciemment. Il y rajoute son grain de sel pour saupoudrer mes récits de souvenirs ou de points de vue personnels. On peut dire qu'il « capte magnifiquement les vibrations de mes moustaches », ce qui est une expression chat pour définir notre parfaite harmonie.

NEUVIÈME VIE
Retrouvailles

Nous étions au début des années 2010 quand je naquis dans une maison bourgeoise avec pour mère une chatte de bonne famille qui avait « fauté » avec un matou du voisinage juste avant l'opération de stérilisation programmée par ses maîtres. Mon enfance fut heureuse et sans heurts au sein d'une famille avec deux enfants studieux et des parents attentifs. Je manifestai très tôt une personnalité forte et un souci d'indépendance.

C'est ainsi qu'à l'âge de cinq mois, alors que j'avais déjà été choisi comme chat de compagnie par un couple du voisinage, je décidai de m'en aller pour partir à la recherche de mon ami Alexandre. Mon but était bien défini et ma volonté affirmée. Je quittai la maison confortable, ma gamelle bien garnie, ma corbeille moelleuse et mes peluches bien-aimées sans aucun regret. Je comptais sur mon instinct pour trouver ma route et me dirigeai vers la forêt de Verrières qui se trouvait à proximité. Je sentais qu'Alexandre vivait par là, dans un rayon de quelques kilomètres. Il me suffisait de le situer.

Je marchai beaucoup ce jour-là, guidé par mes sens. J'étais bien petit et les hautes fougères me dépassaient ; aussi progressais-je difficilement dans des broussailles épaisses, tandis que le soir tombait. Comme j'étais un chaton très évolué, mes « antennes » captaient tout ce qui bougeait dans mon environnement. C'est ainsi que je perçus le danger. « Il » s'approchait. Je ne savais pas qui « il » était, mais il m'avait choisi comme proie. Il n'était pas question que je périsse aussi bêtement, j'avais encore bien des tâches à accomplir et une mort prématurée me priverait de ma réalisation numéro un de cette vie : offrir mon histoire aux humains dans un livre ! Je sentais maintenant « son » effluve musqué. Il me pensait inattentif, inexpérimenté et se disait qu'il pourrait me croquer facilement. Autre chose bougeait un peu plus loin : je reconnus l'odeur d'un humain. C'est dans cette direction que je me dirigeai le plus rapidement possible. Maintenant, « il » accélérait et je vis les herbes se courber non loin. Il était tout près et je cherchai un endroit où me réfugier. Un trou dans le sol attira mon attention. J'allais m'y précipiter quand j'entendis un cri dans ma tête, un « NON » suffisamment fort pour m'arrêter. Un bref instant décontenancé, je me jetai vers un arbre, dans le tronc duquel je plantai mes petites griffes. En quelques bonds, j'atteignis une des premières branches. C'est alors qu'il sortit des arbres et que je le vis clairement. C'était un renard roux de grande taille. Quand il bondit pour m'attraper, je pus distinguer ses crocs effilés et brillants. Je compris que si je m'étais enfilé dans le trou au sol, j'aurais été perdu. Au mieux, le renard aurait creusé et m'aurait déniché en quelques minutes. Au pire, c'était son terrier et je me jetais dans la gueule du loup car je me serais retrouvé face à sa femelle et ses petits. Le cri que j'avais entendu dans ma tête était la voix de Vincent. Mon ami m'avait aidé depuis le monde invisible d'où il veillait sur moi. Le renard bondissait, me ratant de peu, mais progressait vers moi à chaque saut. Il grognait et glapissait. Tout ce remue-ménage attira l'attention du promeneur qui rentrait chez lui sur le chemin en contrebas. Il s'approcha, comprit la scène et, s'armant d'un bâton, il arriva au pas de course en faisant des moulinets et beaucoup de bruit. Effrayé par cet adversaire inattendu, le renard s'enfuit aussitôt, frustré d'avoir à abandonner son dîner à base de chaton !

– Mais qu'est-ce que tu fais là, mon petit chat ? Allez, viens, descends. Attends, je vais t'attraper.

Je n'étais pas monté très haut. Sans cette intervention humaine, le renard aurait fini par m'avoir car j'étais paralysé sous l'effet de la peur. Après quelques caresses offertes par des mains rugueuses, je me retrouvai dans une espèce de besace où étaient amoncelées tout un tas de plantes et de feuilles. Cela constituait un petit lit assez douillet et les balancements du sac combinés à la chute de l'adrénaline commencèrent à m'assoupir.

Je fus réveillé en fanfare par des feulements agressifs. Le sac avait été ouvert, j'étais dans un appartement très petit, accueilli de cette manière peu civile par un chat que son internement forcé avait rendu agressif. J'identifiai un matou en troisième vie, pas encore très évolué. Difficile de s'entendre avec lui. Son maître, voyant bien que cela n'allait pas « coller » entre nous, prit la décision de nous séparer en me mettant dans la salle de bains pour la nuit. C'était un endroit sinistre, jaunâtre, et je n'avais qu'une envie, celle de m'en échapper au plus vite. Je passai une triste nuit, puis une morne journée où j'essayai tout ce qui aurait pu être une issue, mais sans succès. L'homme m'avait laissé de quoi manger, boire et faire mes besoins, mais l'autre chat n'arrêtait pas de m'insulter sous la porte en m'intimant l'ordre de quitter les lieux. J'aurais bien aimé pouvoir lui obéir ! Au bout d'un moment, je décidai de me calmer pour me mettre en forme de poulet rôti, la position que j'aimais adopter pour méditer, corps ramassé, pattes rentrées sous la poitrine. Je fis bien, car je réussis rapidement à m'abstraire de cet environnement pitoyable et pus entrer en contact avec mes amis partis de l'autre côté. J'entendis à nouveau Vincent, puis Simone, et enfin Marie. Ils étaient là, pas loin, et m'encourageaient. Je devais rester tranquille et attendre. Ils agissaient pour moi.

En fin d'après-midi, l'homme rentra. Il vint me chercher dans la salle de bains où il me trouva tranquille sur le tapis de douche. Avec des gestes tendres, il me remit dans le sac et m'emporta. La besace était vide, j'étais balloté, dans l'impossibilité de pouvoir garder une position stable ; jusqu'à ce que j'entende une espèce de clochette, puis un brouhaha de voix nombreuses accompagné du tintement de verres et de vaisselle.

– Salut, Manu. Tu nous apportes quoi aujourd'hui dans ta besace ?

C'était moi que Manu avait apporté. D'une main, il me brandit devant un alignement de visages étonnés. Je fis bonne figure face à quelques moqueries, accueillit les caresses et les mots tendres avec politesse. Nous étions dans un café-restaurant où, manifestement, le dénommé Manu avait ses habitudes. Au bout d'un moment, on lui servit un verre, il me reposa dans le sac qu'il avait déposé sur un tabouret de bar et m'oublia. J'observai, calme, les consommateurs et écoutai d'une oreille distraite leurs conversations insipides dont je ne comprenais pas les mots mais ressentais la teneur sans intérêt. Personne ne faisait plus attention à moi, mais je ne bougeai pas. J'attendais !

Soudain, il poussa la porte et s'arrêta, indécis. Son regard parcourut la salle, il recula, faillit repartir, mais se ravisa et entra. Mon cœur battait la chamade. Il avait mûri, mais c'était bien lui : mon ami Alexandre !

Extrait du journal d'Alexandre

Je me souviens parfaitement de cette soirée. C'était il y a un peu plus d'un an. J'avais appris depuis quelque temps que Sakura s'était mise en couple avec un certain Mikita, un dingue de travail qui se défonçait pour la couvrir de cadeaux luxueux. Elle avait l'air heureuse. Je savais bien que je ne lui avais jamais rien promis, mais elle faisait partie de ma vie et je la considérais comme ma femme, même si nous n'avions pas l'intention de nous marier.

Enfin, je crois !…

J'étais donc perturbé, déstabilisé. Mon éditeur et ses collègues, qui avaient compris la situation, avaient réagi en m'inscrivant sur Internet à un site de rencontres. Je ne les en avais pas remerciés car je n'avais pas du tout envie de discuter en ligne avec des inconnues qui cherchaient l'homme idéal ou un mâle pour la nuit. Cela me semblait tout à fait artificiel et rien que l'idée me mettait mal à l'aise. Mais mes collègues et amis s'amusaient comme des petits fous – je crois qu'ils projetaient leurs fantasmes sur moi – et passèrent beaucoup de temps sous mon nom à créer des contacts. Enfin ils vinrent me livrer un dossier de « repérages ». Dans cette pochette en carton rose (!), ils avaient fait une sélection d'une dizaine de femmes « vraiment très bien sous tous rapports » que je devais absolument rencontrer. J'en avais déjà vu une, et cela avait été catastrophique. Elle ne me plaisait pas du tout, c'était une blonde ordinaire, sans rien de piquant, mignonne, sans plus. Je n'avais rien à lui dire, elle s'évertuait à tenir toute seule la conversation. Je m'ennuyais ferme car rien, dans son discours, ne captait mon intérêt. Elle finit par se fâcher et me demanda si je cherchais vraiment quelqu'un ou si j'étais un « touriste ». Comme elle avait mis cartes sur table, j'en fis autant et lui avouai tout des manigances de mes copains. Elle hocha la tête, sourit, se leva et partit. Je réglai l'addition, avec la ferme intention de jeter à la poubelle le dossier rose et tout ce qu'il contenait aussitôt rentré. Je n'en eus pas le temps, car un coup de fil m'en empêcha. Ma bande d'amis voulait tout savoir et le récit que je leur fis de ma soirée ne les découragea pas. Cela s'était mal passé avec l'une d'entre elles, mais il y en avait d'autres. Je n'aimais pas les blondes, ce n'était pas grave, ils allaient me prendre rendez-vous avec une certaine Nora, bien plus exotique. J'avais beau leur dire de laisser tomber, ils ne voulaient rien entendre. Ce soir-là, j'étais donc entré dans un café-restaurant pour y rencontrer la fameuse Nora. C'était un bar de banlieue qui se voulait un peu plus haut de gamme que les cafés-tabacs ordinaires. Une certaine recherche dans l'éclairage avec des lampes en métal diffusant une lumière tamisée, les murs peints en rouge, quelques affiches de cinéma m'avaient convaincu de rester le temps de boire un verre et d'attendre de voir si Nora allait venir. Je m'assis à une table dans un coin, ouvris un livre et m'y plongeai.

Dix minutes après, Nora ouvrit la porte, jeta un regard circulaire dans la salle, ne vit pas Alexandre trop dissimulé dans un coin et concentré sur sa lecture, et elle fit comme lui, elle recula, rebutée par les rires gras qui résonnaient autour du zinc. Elle eut le temps de m'apercevoir sur mon tabouret, de me jeter un regard surpris en se demandant pourquoi un chaton était installé au comptoir. Mais elle ne se décida pas à entrer et repartit d'un pas vif dans la nuit.

Extrait du journal d'Alexandre

Au bout d'un moment, comme le serveur ne venait pas vers moi et que je commençais à avoir soif, je posai mon livre sur la table et me levai pour aller commander. Je m'accoudai, le regard braqué sur le patron qui essuyait des verres, et c'est à ce moment-là que je me sentis observé. Je me tournai, ne vis personne. Je baissai les yeux et me trouvai face à lui. Il était tout petit, à moitié enfoui dans un sac de toile et braquait sur moi des yeux bleus rutilants semblables à des aigues-marines. Son pelage blanc et gris paraissait tout doux, et un petit triangle inversé sur le haut de la tête donnait l'impression qu'il était coiffé d'un bonnet. Son regard mature, intense pour un si petit chaton, me bouleversa car, j'en étais sûr, il me parlait, m'appelait et me demandait de le prendre avec moi. J'oubliai ma boisson, mon rendez-vous et me tournai vers les consommateurs.

– Il est à qui, le petit chat ? criai-je tout haut.

Le patron appela « Manu » et un homme grand et trapu s'avança vers moi, un sourire un peu de travers sur son visage buriné. Il parlait comme s'il s'excusait.

– C'est moi qui l'ai trouvé en forêt. Il a failli se faire choper par un renard. Il était tout propre, il a dû s'échapper d'une maison. Je l'ai amené ici parce qu'il ne s'entend pas avec mon chat. Je voulais voir si quelqu'un le reconnaissait ou pourrait s'en occuper.

Pendant qu'il parlait, Alexandre m'avait pris dans ses bras et je ronronnais de joie de l'avoir retrouvé. Je savais bien qu'il n'allait pas me reposer et que cette nuit, je dormirais contre lui.

Et voilà, cela fait maintenant un peu plus d'un an que nous vivons ensemble et je pratique le métier que je voulais : être chat d'écrivain.

Vous l'avez compris maintenant, cela ne consiste pas seulement à ronronner et à donner de la tendresse. L'inspiration se trouve dans une sphère à laquelle les chats d'écrivains sont reliés en permanence, nous pouvons y puiser. Si notre humain est sensible et attaché à nous par un lien fort, nous lui ouvrons l'accès à cette sphère. C'est pourquoi nous passons pour des muses, des sources d'inspiration, et c'est bien ce que nous sommes.

Alexandre et moi avons atteint par nos expériences successives une très grande intimité d'esprit. Vous avez entre vos mains le fruit de notre collaboration, l'ouvrage que je m'étais fixé comme but pour cette existence, et le souhait que je forme est qu'il vous aidera à mieux nous comprendre et à porter un regard neuf sur nous, les chats.

Mais ma vie est loin d'être finie, j'ai encore bien des choses à faire. J'ai d'ailleurs commencé à travailler régulièrement sur mon objectif suivant pendant que nous écrivions ce livre, et dès demain, je vais entrer dans la phase de réalisation…

ÉPILOGUE

Extrait du journal d'Alexandre

5 juin 2012 : cette date est à marquer d'une pierre blanche.

Nous avons fini d'écrire ensemble, Mozart et moi, et nous avons pu fêter cela à notre manière. Je lui ai offert une boîte de son fromage préféré, une crème à base de roquefort, qu'il aime manger sur mes doigts. Puis je me suis installé devant la télévision pour regarder un film mais je me suis rapidement assoupi. Je sais que Mozart aime bien quand je suis paisible sur le canapé, et j'ai voulu lui faire plaisir. Je lui dois tant. J'ai appris énormément grâce à lui sur la vie de mes grands-parents, et la souffrance que je ressentais en pensant à eux et à leur disparition s'est bien atténuée. Elle a même disparu car je pense différemment. Je sais qu'ils ne sont pas bien loin et que je les reverrai un jour.

Mozart a aussi rouvert les portes de ma mémoire, m'a fait revivre des événements que j'avais voulu enterrer sans les comprendre, et il a eu raison. Les souvenirs difficiles de mon enfance sont apaisés et aucune douleur ne subsiste plus en moi. Mozart m'a fait beaucoup de bien en me les faisant voir de son point de vue, si différent mais si raisonnable.

Et surtout, maintenant que je sais que Mozart, Harmony et Tomomi ne font qu'un, mon affection pour eux est devenue encore plus vive !

6 juin 2012 : Ce matin, Mozart est parti dès que j'ai ouvert la porte pour prendre le courrier. Il m'y a habitué ces derniers temps, mais j'espérais qu'il passerait cette journée oisive avec moi. J'avais envie de me consacrer à lui, de jardiner avec lui – il adore quand je déterre un ver de terre. Quand il voit cette petite bête se tortiller, cela le fait bondir de joie. Il la tapote, part en courant comme s'il voulait l'entraîner dans sa course et revient pour la retourner de la patte. Je ne sais pas si c'est de frustration ou dû à ma vieille peur de l'abandon, mais en le voyant s'éloigner tout seul dans la rue aujourd'hui, je n'ai pu m'empêcher d'avoir un petit pincement au cœur.

8 juin 2012 : Mozart n'a pas réapparu depuis deux jours. Je n'aime pas ça. J'ai repensé à mon petit pincement au cœur. Était-ce une intuition ? J'ai fait le tour du pâté de maisons, mais n'ai pas trouvé trace de lui. J'avais à chaque coin de rue la peur de le voir sur la chaussée, tué par une voiture. Il faut que je me calme et que je pense positivement. C'est nul de me faire des films comme ça, je vais finir par broyer du noir et attirer des ondes négatives.

Ce soir, je suis plus tranquille. Il fait doux dehors, je me dis que Mozart sait ce qu'il fait. Je dois avoir confiance. J'ai eu l'impression de l'entendre miauler tout à l'heure et je suis sorti en trombe sur le pas de la porte. Mais il n'était pas là. Je ne sais pas si mon imagination me joue des tours ou si c'est un signe qu'il va bien.

9 juin 2012 : Je me suis mis au travail sur un nouveau roman mais laisse la fenêtre ouverte au cas où. J'ai tout de même appelé les refuges de la région en donnant le numéro de tatouage de Mozart, mais aucun ne l'a recueilli. Ils m'ont conseillé de mettre des affichettes avec sa photo dans tout le quartier et même un peu plus loin. Je vais le faire.

10 juin 2012 : Ça y est, j'ai imprimé une affichette avec une photo où Mozart fait ses yeux doux, sous laquelle j'ai écrit un texte poignant. J'espère que cela portera ses fruits et que j'aurai des nouvelles bientôt. J'en ai fait une vingtaine d'exemplaires que j'ai collés partout dans le quartier. Je sens au fond de moi qu'il va bien, qu'il n'est ni blessé ni souffrant, mais je désirerais qu'il revienne.

Mon sommeil est agité et j'ai fait un drôle de rêve avec des chats multicolores qui dansaient en rond autour d'une mare où se reflétait la pleine lune. Un chien leur aboyait dessus, mais cela ne les perturbait pas le moins du monde. Bizarre.

11 juin 2012 : Rien. J'ai attendu toute la matinée. Je n'ai pas faim. J'ai passé l'après-midi à regarder des âneries à la télévision. Cela m'a fait comme un lavage de cerveau et m'a empêché de penser. Je me sens particulièrement creux en début de soirée, vide et mal à l'aise. Le téléphone se met soudain à sonner. Je me dis que ce doit être encore Baptiste qui va me proposer une de ces sorties dont il a le secret. Je n'ai même pas envie de répondre.

Mais je décroche tout de même le combiné, machinalement. À l'autre bout du fil, une voix féminine inconnue qui paraît confuse, un peu gênée.

– Je ne sais pas si je me trompe, mais j'ai vu les affiches dans la rue…

Une publicité ?

– … avec le petit chat.

Les affiches ? Elle parle des affichettes de perte de Mozart !! Je ne la laisse plus en placer une et la bombarde de questions.

– Vous l'avez retrouvé ? Où est-il ? Dites-moi vite.

– En fait, il est venu plusieurs fois, mais il ne reste pas. Je lui ai donné à manger. On dirait qu'il s'est pris d'amitié pour ma chienne Angie. J'ai essayé de l'appeler par le nom qui est sur l'affiche, Mozart, et il s'est tout de suite retourné. C'est pour ça que je vous appelle. Je crois que c'est bien le chat de la photo.

– Où habitez-vous ? Est-ce que je peux venir le chercher ?

– Eh bien… euh, oui. Si vous voulez. J'habite 7 rue de l'Espérance.

Je regarde le plan et manque de m'étouffer. La rue de l'Espérance est toute proche. Si ce chat est bien Mozart, pourquoi n'est-il pas rentré le soir à la maison ? Que fabrique-t-il dans cette rue ? Tout cela est bien mystérieux. J'ai convenu avec cette dame que je passerais tout de suite. Le temps d'enfiler mes chaussures, et à peine cinq minutes plus tard, je sonne à sa porte.

– Vous avez fait vite !

Elle est étonnée. Je lui explique qu'en fait, nous sommes pratiquement voisins bien que nous ne nous soyons jamais croisés.

J'ai devant moi une femme d'une trentaine d'années, assez grande et mince, brune à la peau mate. Ce qui me frappe dans son visage tranquille sont deux yeux bleus étonnamment vifs, turquoise comme ceux de Mozart. Je ne sais pas trop comment me comporter, aussi je m'excuse plusieurs fois et bafouille un peu. Elle m'indique le jardin et j'y entre d'un pas vif en appelant « Mozart » aussi fort que possible. Sa chienne, un petit fox-terrier blanc, me suit, tout excitée par ma présence, et n'arrête pas de sauter autour de moi pour me lécher les mains. Je me sens un peu ridicule de crier ainsi, avec la conscience que la jeune femme me regarde et m'écoute. Au bout d'un moment, je réalise que la présence de la chienne peut effrayer Mozart.

– Excusez-moi. Est-ce que vous pourriez tenir la chienne ? Peut-être que Mozart n'ose pas venir à cause d'elle ?

Elle marmonne un « ça m'étonnerait ! » mais s'empare du collier et traîne Angie vers la maison. Je continue à appeler mais Mozart n'apparaît pas davantage.

La propriétaire des lieux se rend compte de mon inquiétude. Son regard est chargé d'une grande sollicitude – peut-être un peu mêlée d'ironie ? – et elle me propose de venir sur la terrasse « pour attendre un peu qu'il veuille bien se montrer ». Sur une table de jardin en bois sont disposés une citronnade fraîche et des légumes à croquer. Son sourire engageant me détend et j'accepte. En fait, je m'écroule dans le fauteuil de jardin tandis qu'elle va chercher des verres. Dès qu'elle revient, je ne peux me retenir de tout lui raconter. Je ne sais pas si je suis mal élevé, si j'abuse de la situation, mais tant pis. Je déballe mes sentiments et lui parle de Mozart, de notre connivence, lui décris quel chat incroyable il est. Elle ne paraît pas s'ennuyer, au contraire, elle aussi me confie adorer les animaux, et nous commençons à sympathiser en évoquant nos amis à quatre pattes. C'est la première fois, me dit-elle, qu'elle voit un chat rechercher de cette façon l'amitié d'un chien. Elle trouve cela étonnant et abonde dans mon sens en ce qui concerne le côté exceptionnel de Mozart. Ses paroles déclenchent en moi une onde de fierté et de plaisir. Du coup, je la trouve très agréable. Et même passionnante car elle me raconte les jeux de mon chat avec sa chienne Angie.

– Ils font la course tout autour du jardin, jouent à chat perché ! Ils ont l'air de rire ensemble et cela fait plaisir à voir.

– Comme j'aimerais assister à ça !

– Et je les ai trouvés endormis ensemble, votre chat en boule dans le creux du ventre de la chienne. C'était trop mignon !

Plus grand-chose ne peut m'étonner de la part de Mozart. Je me mets à lui raconter la passion qu'il a pour les peluches et comment il les dispose sur le lit pour dormir au milieu. Cela la fait rire. Je suis tout à fait à l'aise et, me sentant en confiance, je raconte en plaisantant comment j'ai trouvé Mozart dans un café quand il était tout petit, dans un sac sur un tabouret de bar. Comme elle sourit et apprécie mon récit, je n'omets rien des circonstances et, en me moquant de mon groupe d'amis, je remonte au rendez-vous arrangé avec une femme qui n'est jamais venue, mais à qui je suis infiniment reconnaissant car c'est grâce à elle que j'ai trouvé mon merveilleux compagnon. À ce moment-là, quittant sa réserve, elle se met à me bombarder de questions. Je m'aperçois qu'elle a les sourcils froncés.

« Dans quel bar était-ce ? Ce n'est pas celui qui a un intérieur rouge ? Est-ce que vous vous souvenez du nom de la personne que vous deviez rencontrer ce soir-là ?

Intrigué, je fouille ma mémoire.

– C'était un prénom en « a ». Éva ou Nadia.

– Ou Nora ??

– C'est bien possible. Mais cela fait plus d'un an.

– Eh bien, je vais vous en raconter une bien bonne.

Heureusement qu'il n'y a pas encore de mouches en ce soir de fin de printemps car, de surprise, ma mâchoire s'ouvre de plus en plus au fil de son récit. Son histoire commence comme la mienne. Ses copines, lassées de la voir célibataire, l'inscrivent sur un site de rencontres. Il y a un an justement ! Et un premier rendez-vous est organisé dans ce même café-restaurant avec un certain Alexandre. Elle s'y était rendue, avait ouvert la porte, regardé la salle, remarqué un chaton sur un tabouret, mais n'avait pas eu le courage ou l'envie de chercher l'homme qui l'attendait peut-être. En fait, elle avait eu peur de se retrouver seule à une table et d'attendre quelqu'un qui ne viendrait pas. Elle était donc repartie et avait beaucoup déçu ses amies. Elle n'avait plus jamais accepté ce genre de rendez-vous. C'est pourquoi ce moment confus et stressant était resté gravé dans sa mémoire.

– Alors, c'est vous, Nora ?

– Et vous êtes Alexandre ? Enchantée !

Nous nous sourions. C'est drôle… Si Mozart avait voulu nous faire nous rencontrer, il n'aurait pas agi autrement.

C'est d'ailleurs ce moment-là qu'il choisit pour apparaître et venir s'installer sur mes genoux. Je le gronde sans conviction, juste pour la forme et me lève pour partir, en remerciant Nora pour son accueil. Je dois soulever Mozart pour empêcher la chienne de le lécher, je le garde dans mes bras et m'en vais dans la nuit. Tiens, j'ai oublié de demander à Nora ce qu'elle fait dans la vie. À l'occasion peut-être, si nous nous revoyons…

12 juin 2012 : Ce n'est pas vrai ! Dès le matin, Mozart a encore disparu. Je parie qu'il est reparti voir sa copine Angie. Je ne comprends pas pourquoi il s'est tant amouraché de cette chienne. À moins que ?... Non, ce serait absurde. Angie, Angela. Avec tout ce que Mozart m'a fait raconter, j'en arrive à me demander... si Angie ne serait pas la réincarnation de la chienne Angela qui était dans la communauté hippie à Ibiza quand j'étais petit. Je m'en souviens encore, de cette chienne. C'était un modèle de douceur, et elle s'occupait si bien des chatons. Je crois que j'ai peut-être encore des photos...

Ça y est, je les ai retrouvées. Des photos de Polaroid aux couleurs bien délavées. Je les avais faites avec mon vieil appareil, celui avec lequel je m'amusais tant. Je ne me lassais pas de regarder les photos sortir en faisant un petit bruit, puis de fixer le carton gris pour voir l'image apparaître comme par magie. J'ai retrouvé une boîte avec tout un tas de photos d'Harmony. Je ne l'avais jamais ouverte de peur d'avoir mal, mais je sens que l'émotion est calmée en moi. Je n'ai plus ce méchant pincement au cœur en pensant à elle, car je sais qu'elle n'a pas vraiment disparu. Je reste plusieurs heures assis par terre, à revivre tous ces moments de mon enfance : Angela donnant à téter aux bébés chats, ses grands yeux marron noyés d'amour, ma mère en train de chanter, les fêtes devant le feu dans le jardin, les chats et les chiens courant en liberté... En creusant dans la boîte de photos, je retrouve plus au fond des images de mon grand-père Vincent, et de Marie, ma chère grand-mère. C'était en Algérie quand ils habitaient là-bas. Il y a mon père en militaire, et des femmes algériennes entourant Marie. On dirait qu'elle leur fait un cours, peut-être sur la contraception. Elle a fait tellement de bien autour d'elle toute sa vie. J'ai les yeux embrumés d'avoir tant contemplé le passé. Quand je referme la boîte, il est déjà le milieu d'après-midi.

Par politesse, j'attends un peu avant d'appeler Nora. J'ai cherché son numéro dans les pages blanches. Apparemment, elle vit seule avec Angie. Comme elle ne répond pas, je décide d'aller jusque chez elle pour essayer de récupérer Mozart discrètement.

Et bien sûr, il est là. Je pousse la grille du jardin, l'appelle doucement. Au lieu de venir vers moi, le voilà qui part en courant vers l'arrière de la maison, suivi par Angie. Zut, je n'ose pas trop le suivre. Je rebrousse chemin et sonne à la porte. J'attends un peu. Comme personne ne répond, j'entre à nouveau et vais dans la direction où Mozart a disparu. J'ai le temps de voir qu'il a sa gamelle et son bol d'eau à côté de ceux d'Angie, que chat et chienne sont assis côte à côte et semblent me narguer.

– Bonjour !

Je sursaute au son de la voix et me retourne. C'est une jeune femme châtain, pas très grande, tout sourire.

– Vous êtes un ami de Nora ?

Elle a l'air ravie de me voir, et un peu émoustillée. Elle me prend par le pull et m'entraîne dans le patio.

– Les filles, regardez ce que je viens de trouver ! Nora nous cache des choses.

Aïe, je me retrouve au milieu d'un groupe de filles gloussantes, qui en sont manifestement à leur deuxième ou troisième apéritif.

– Comment tu t'appelles ?

– Ça fait longtemps que tu connais Nora ?

– Elle ne va pas tarder à rentrer. On lui fait une surprise pour son anniversaire. Allez, reste avec nous !

J'essaie de partir par tous les moyens, sous tous les prétextes, mais il n'y a rien à faire. Elles me retiennent et ne veulent plus me lâcher. Je suis un peu gêné de m'incruster ainsi à l'anniversaire d'une simple voisine et je tente de le leur expliquer, mais elles ne m'écoutent plus, tout occupées à préparer des surprises.

– Tu as prévenu sa mère ? À quelle heure elle doit appeler ?

– Tout est prêt. Mais qu'est-ce qu'elle fabrique, Nora ? Paula, tu peux lui passer un coup de fil pour voir où elle en est ?

– Allô, Nora ? Ça va ? Où es-tu ? Quel client ? On s'en fout de ton client. Tu sais bien qu'on a prévu d'aller au ciné ce soir. On va rater la séance. Allez, dépêche-toi.

J'apprends incidemment que Nora est avocate et qu'elle est spécialiste des divorces. C'est drôle pour quelqu'un qui ne s'est jamais marié. Quoique, en y réfléchissant, quand on passe sa vie à voir des couples qui se séparent, cela doit rudement saper la confiance au sujet de la vie matrimoniale.

Nora arrive enfin. Je l'accueille en chantant avec les autres car elles m'ont fait boire deux mojitos et cela m'a mis dans l'ambiance. Nora a l'air défaite, et cette surprise la prend au dépourvu. Elle me regarde, ne comprenant pas ce que je fais là. Moi non plus !

13 juin 2012 : En fait, j'ai passé une très bonne soirée. Nous avons ri, bien bu, un peu mangé, dansé et beaucoup parlé. Après le départ des copines. Nora et moi, nous nous sommes installés sur la balancelle du jardin et je l'ai écoutée me raconter sa vie, sa lutte professionnelle, et comment elle s'est imposée en tant que femme dans son métier. Elle vient d'avoir trente-cinq ans et pense que c'est l'heure du bilan. Pendant son récit, Angie et Mozart sont montés s'asseoir près de nous chacun d'un côté, comme pour nous rapprocher, Nora et moi, vers le centre de la banquette. Sans doute sous l'effet de l'alcool, je lui ai demandé si elle avait été mariée. Mais elle a riposté par une autre question :

– Et toi ?

Là, j'ai senti qu'il était l'heure de partir.

Et, j'en suis confus, j'ai oublié Mozart là-bas !

Je ne suis pas inquiet, je sais que Mozart va bien et qu'il apprécie son séjour chez Nora et Angie, mais je me sens gêné car j'ai un peu l'impression d'abuser de leur hospitalité. Je vais appeler Nora ce soir, lui demander si je peux reprendre Mozart et je l'enfermerai à la maison jusqu'à ce qu'il oublie ses escapades. Et puis, j'aimerais bien donner un petit cadeau d'anniversaire à Nora. C'était grossier d'avoir participé à sa fête les mains vides. Même si je n'étais pas au courant !

J'ai appelé toute la soirée, mais personne n'a répondu. Vers vingt-deux heures, sous prétexte de faire une petite promenade, je suis passé chez Nora. La maison était sombre, la grille fermée, les animaux devaient être à l'intérieur. J'ai glissé le cadeau dans sa boîte à lettres et suis parti en râlant. Elle est tout de même gonflée de voler mon chat. Qu'est-ce qui lui a pris de l'enfermer ? Cela m'énerve. J'ai du mal à dormir.

14 juin 2012 : J'ai rendez-vous avec mon éditeur. Je dois passer la journée à Paris. J'appellerai Nora en rentrant pour aller chercher Mozart.

Ils m'ont retenu pour dîner avec des représentants de leurs correspondants à New York. Je ne pouvais pas refuser. Il est plus de vingt-trois heures quand je rentre enfin. Un coup d'œil dans le miroir m'indique que je ferais mieux d'aller me coucher. Ce n'est pas que j'aie une sale gueule ce soir, mais j'ai tout de même mauvaise mine !!

15 juin 2012 : J'écoute la messagerie de mon portable. Je ne l'avais pas fait hier. J'ai plein de vœux d'anniversaire. Et un message de Nora qui m'a appelé pour me remercier. Elle a adoré le collier japonais en pattes de chat que je lui ai donné en cadeau. Je l'avais acheté sur une impulsion quand j'étais au Japon sans savoir à qui j'allais l'offrir, et il a attendu une dizaine d'années avant de trouver enfin sa propriétaire. C'était le modèle « Pattes arc-en-ciel de Tomomi ».

À la fin de son message, Nora m'invite pour le soir en me proposant de dîner chez elle. Je suis touché et lui renvoie un SMS pour confirmer ma présence.

Du coup, je refuse les invitations de mes copains. Je ne les connais que trop : ils sont bien capables de m'avoir commandé une stripteaseuse qui leur fera bien plus plaisir qu'à moi.

Je travaille sur mon nouveau roman. J'ai presque fini le plan général. Je suis un peu nerveux sans trop vouloir me l'avouer et me surprends à regarder plusieurs fois la pendule pour surveiller l'heure.

Il fait doux ce soir. Je me suis habillé d'un pantalon de toile blanc et d'un pull léger en cashmere. Je ne sais pas sous quelle étrange impulsion j'ai pris, au moment de sortir, la boîte contenant les photos que j'avais ouverte l'autre jour. J'ai envie de les montrer à Nora, de partager avec elle les chats de ma vie et de lui faire découvrir l'image d'Angela, cette douce chienne qui maternait les chatons. Je suis sûr qu'elle va apprécier.

Je vous l'ai un peu fait comprendre au cours de mon récit, j'ai un nouveau but : faire un cadeau d'anniversaire à Alexandre.

J'ai décidé de lui offrir ce qui lui manque le plus.

Son enfance, son père violent, sa mère absente, la mort d'Harmony ont construit Alexandre dans une peur de l'abandon, et il a toujours préféré ne s'attacher à personne plutôt que de risquer d'être encore laissé seul. Mais notre travail en collaboration l'a fait évoluer, il paraît enfin prêt à vivre une vraie relation affective. J'ai repéré la personne qu'il lui faut. C'est Nora ! Le plus drôle est qu'un premier rendez-vous raté a déjà eu lieu dans le café-restaurant où Alexandre m'a trouvé. Mais c'était trop tôt pour tous les deux. Ce n'était qu'un indice de la vie pour les mettre sur la voie.

Le meilleur est à venir. Et j'ai aussi prévu un cadeau pour moi.

Nora a préparé un repas berbère. C'est sa manière d'afficher ses origines car elle ne se souvient pas d'en avoir parlé avec Alexandre. Elle sent confusément que cet homme est important pour elle, mais ne sait pas encore s'il sera un grand ami ou davantage. En le voyant arriver avec sa boîte dans les bras, elle croit qu'il lui apporte encore un cadeau et elle tend les bras en affirmant « qu'il ne fallait pas » ! Du coup, Alex est déstabilisé, car il doit avouer que ce ne sont que des photos souvenirs qu'il a envie de lui montrer. Dans sa tête, je le vois bien, règne une grande confusion. Il se demande ce qui lui a pris de venir avec ces photos chez quelqu'un qu'il connaît à peine. Mais cette impression est gommée rapidement car Nora sourit, sans aucune gêne. Elle évoque le menu : salade, couscous, pâtisseries orientales, et en profite pour parler de son pays d'origine.

Nora est née et a fait toutes ses études à Paris, mais elle passe ses vacances presque tous les ans en Algérie auprès de sa grand-mère. Elle guette la réaction d'Alexandre qui l'écoute avec attention et brûle de se confier à son tour. Angie et moi nous asseyons à table sur des chaises avec les humains, mais ils ne font plus du tout attention à nous. Tous deux parlent avec volubilité comme s'ils se connaissaient depuis longtemps, ou qu'ils se retrouvaient après s'être perdus de vue. Alexandre savoure le couscous en évoquant celui de sa grand-mère Marie, et Nora s'intéresse. Où Marie avait-elle appris à faire si bien ce plat traditionnel ? Les vannes des souvenirs d'Alexandre s'ouvrent peu à peu, puis sa mémoire les déverse en flots. Tout ce que Vincent et Marie lui ont raconté remonte à sa conscience. Leur maison en Algérie, leurs amis, le dévouement de Marie à soigner sans discrimination. Nora l'écoute d'autant plus que sa grand-mère habite la région qu'il décrit. Alexandre se souvient alors de ses photos. Il tend la main vers la boîte et l'ouvre.

Tadam !! Il y a des instants comme cela où on ne s'attend pas du tout à ce que l'on va déclencher. Ce moment-là en est un. Alexandre plonge la main dans la boîte comme un magicien le fait dans son chapeau, et en sort une poignée d'images qu'il jette sur la table. Dans un film, la scène se passerait au ralenti ! Ce sont les photos qu'il a regardées trois jours auparavant. Le mouvement des petits cartons brillants me fait bondir. Comme par jeu, de mes deux pattes tendues, je bouscule le tas pour en faire tomber quelques-unes sur les genoux de Nora. En riant, elle se penche pour les ramasser et reste figée. Dans ses mains tremblantes, elle en tient une où l'on voit Marie et une femme algérienne qui se parlent amicalement en se tenant par les mains. Nora bredouille :

– Mais comment as-tu eu cette photo ? Ce n'est pas possible…

Alexandre tend la main, prend l'image et la retourne. Au dos est écrit « Marie et Khadîdja, 15 décembre 1961 ».

J'avoue, j'ai fait fort en faisant se rencontrer Nora, la petite-fille de Khadîdja, et Alexandre, le petit-fils de Marie, et je n'en suis pas peu fier ! Ils ont beaucoup en commun et toutes ces coïncidences ont brisé leurs résistances. L'accumulation des signes a fait qu'une relation affective ne leur est plus apparue comme quelque chose d'impossible. Je suis heureux d'avoir pu contribuer à apporter ce qui manquait dans la vie de ces deux-là.

Nous vivons maintenant tous ensemble, Alexandre, Nora, Angie et moi. J'ai dû abandonner ma place dans le lit d'Alexandre, mais cela m'est égal, je dors bien au chaud contre ma copine Angie.

Une autre bonne surprise, de taille celle-là : comme le ventre de Nora s'arrondit et qu'un nouveau venu dans la famille va bientôt arriver sur Terre, mon amie Khadîdja, qui est toujours en vie et bien portante, a annoncé sa visite prochaine. J'ai hâte de la revoir, et je me demande si elle me reconnaîtra. Que disait-elle déjà quand elle espérait quelque chose ? Ah oui : *Inch Allah !* Destin ? Volonté divine ? Moi je dis qu'il faut savoir rêver puissamment puis croire en son rêve avec confiance. C'est ce que j'ai fait ! Plus tard, lorsque nous, les animaux, arriverons au stade où en sont les hommes aujourd'hui, Alexandre sera mon guide, mon ange. Je promets d'être un bon protégé qui saura évoluer en écoutant ses conseils. Mais pour l'instant, je partage une vie heureuse avec des amis de longue date, et je n'ai plus qu'à attendre que mon rêve se réalise.

La prochaine fois, je naîtrai en Afrique dans la savane. Je tremble déjà d'impatience de fouler la terre brune et de rugir à pleins poumons. Je serai un superbe animal solaire, un lion à l'abondante crinière !

Je l'ai rêvé, j'y ai cru. Et je l'ai bien mérité, vous ne croyez pas ?

miaou thérapie
Et si votre chat était votre meilleur allié bien-être ?
Des livres recommandés par la revue miaou*
Isabelle Collin
Experte féline
miaou thérapie
Le fabuleux pouvoir de nos chats
Isabelle Collin
Experte féline
miaou thérapie
Dans la peau d'un chat
*La revue des amoureux des chats est disponible chez votre marchand de journaux, en librairies et sur www.prismashop.com
www.editions-prisma.com
Clé Prismashop MIAOUT1

Responsable éditoriale
Ambre Rouvière
Assistants éditoriaux
Étienne Fournet et Mathilde Sauzon
Relecture et maquette intérieure
Nord Compo Multimédia
Conception graphique de la couverture
Emmanuelle Audebrand & Marine Delranc
Illustration de couverture
© Linn Currie

Directeur des éditions Nouveaux auteurs : Jean-Laurent Poitevin

ISBN : 978-2-8195-0625-6

Depuis 2009, Prisma Media met en place une politique d'achat écoresponsable. Ainsi, près de 100 % du papier de nos magazines est certifié PEFC (gestion durable des forêts). La fabrication des livres des Éditions Prisma s'inscrit également dans cette démarche.

PEFC™
10-31-1601
Certifié PEFC
pefc-france.org

Dépôt légal : septembre 2020 – N° d'impression : 2008.0018
L'ouvrage a été imprimé en France par Aubin Imprimeur.